KB132240

피에로들의 집

윤대녕 장편소설

피에로들의 집

문학동네

차례

1

내가 '아몬드나무 하우스'에 입주한 것은 1월의 마지막 일요일이었다. 그 집에 입주할 수 있게 도와준 김현주는 그날 어떤 음악가를 취재하기 위해 제주도에 내려가 있었으므로 막상 얼굴을 볼 수 없었다. 그녀의 이모이자 집주인인 '마마'도 밤늦게까지 외출 중이어서 다음날 저녁에나 만날 수 있었다.

이사를 마치고 나니 금세 저녁이었다. 시장을 보기 위해 밖으로 나오자 싸락눈이 날리고 있었다. 성북동의 밤은 등화관제를 하는 마을처럼 사방이 어둡고 드문드문 가로등 주위만 겨우 환했다. 길고양이 한 마리가 가로등 밑에 웅크리고 앉아 밤하늘을 올려다보고 있었다.

2

그즈음의 내 인생이란 비 내리는 아침에 난데없이 유실물 처리장으로 끌려간다 해도 달리 불평이나 저항을 할 만한 상태가 아니었다. 그렇듯 '나'라는 존재를 방치한 채 무력하고 피폐한 날들을 보내고 있었다. 때문에 어느 날 김현주가 내게 연락을 해와 입주 얘기를 꺼냈을 때 내심 당황할 수밖에 없었다. 그녀가 마마의 심부름으로 왔다는 것을 곧 알았지만, 나로서는 미처 두 사람의 제의를 받아들일 준비가 돼 있지 않았던 것이다. 그것은 사실 호의나 배려에 가까운 것이었다. 하지만 누가 보더라도 그들과 나는 그럴 만한 관계가 아니었다. 근거 없는 호의나 배려가 상대에게 얼마나 큰 짐으로 작용하는지, 또한 지속적인 긴장을 요구하는지 모르는 사람이 있을까.

김현주도 그런 내 속내를 읽고 있었을 것이다. 그녀는 의뢰라는 말을 거듭하면서 생각할 시간을 가져보라고 진지하게 말했다. 내가 끝내 거절할 경우 그녀는 마마에게 사실대로 보고만 하면 될 거였다. 내게 매달릴 하등의 이유가 없는 것이다. 김현주와 헤어지기 전에 나는 일주일쯤 시간을 달라고 했다. 삶의 환경을 바꾸는 일을 처음 만난 자리에서 충동적으로 결정할 수는 없었다. 이후 며칠 동안 나는 지난 세월을 돌이켜보며 많은 생각을 거듭했다. 그리고 이대로 자신을 방치한 채 소멸의 순간을 기다릴 게 아니라면, 계속 살아갈 만한 어떤 계기가 필요하다는 결론을 내렸다.

지난 연말, 그러니까 크리스마스 다음날이었다. 그날 나는 안국역 근처에 있는 정독도서관 앞에서 약속이 있었다. 전에 몸담고 있던 극단의 대표이자 연출가인 선배와 오후 다섯시에 만나기로 했던 것이다. 여러 번 통화를 시도한 끝에 어렵사리 받아낸 약속이었으므로, 나는 먼저 도서관 앞에 나가 그를 기다렸다. 그러나 삼십 분이 지나도록 그는 나타나지 않았고 전화조차 받지 않았다. 문자메시지를 남겼지만 역시 대꾸가 없었다. 그제야 그가 나를 극구 피하고 있다는 것을 깨달았다. 딱히 새삼스러울 것도 없는 것이, 수년 전에 이미 관계가 끊어진 상태에서 굳이 만남을 청했던 내게 문제가 있다는 것을 다시 확인한 것뿐이었다. 어떻게든 재기해볼 양으로 시도한 만남이었으나, 대학 때부터 동고동락하며 붙어다녔던 그는 더이상 내게 만날 기회조차 주지 않기로 한 것이었다.

서른여섯 살의 전직 연극배우이자 극작가. 몇 년 전까지만 해도 무대에 작품이 오를 때마다 언론에 종종 언급되던, 사회성 짙은 작품을 쓰고 가끔 연출가로도 활동했던 남자. 하지만 그는 상시적인 우울과 불안에 시달려야 했으며, 오랫동안 일념을 유지하며 매달려왔던 일이 자기 한 몸조차 제대로 건사하지 못한다는 사실에 수치심과 환멸감을 느꼈다. 당시 그는 악마에 홀려 있는 기분이었다. 그런데다 어떤 여배우와의 불가해하고 열광적이었던 사랑이 끝난 뒤 닥쳐온 상실감과 결핍감이 그러한 감정을 더욱 부추겼다. 온갖 주체할 수 없는 정념과 변덕스러운 충동과 집요한 탐닉이 휩쓸고 지나간 뒤, 그는 갑자기 이별을 경험했고 그로부터 맹목적인 분노와 자기파괴 충동에 시달렸다.

그러한 상태로 공연을 기획하고 준비한 것부터가 잘못이었다. 그는 속칭 '누드 연극'의 대본을 일주일 동안 꼬박 밤을 새워가며 쓴 다음, 주위의 만류에도 불구하고 직접 연출까지 맡았다. 요약하자면 이런 것이었다. 관음증이라는 떨쳐내기 힘든 생리적 욕구를 미끼로 불특정 다수의 관객을 끌어모으는 선정적인 방식을 통해 자신을 괴롭히던 왜곡된 감정을 해소하고 세상에 대한 은밀한 복수까지 감행하려 한 것이었다.

연극을 준비하는 과정에서 그는 평소 안면이 있던 스태프와 배우들까지 동원하게 되었다. 불면증을 소재로 한 연극 〈밤샘하는 사람들〉은 짐작대로 관객을 끌어모으는 데는 성공했으나, 결과적으로는 작가의 영혼을 담보로 한 위험한 도박이 되고 말았다. 한동안 대중의 관심에서 멀어졌다가 노이즈 마케팅 삼아 무대에서 전라 연기를 펼쳤던 여배우도 이후 재기하기 힘들 만큼 바닥으로 추락했다. 평소 연극에는 그다지 관심이 없던 넥타이 차림의 직장인들이 연일 몰려들었으나, 반대로 공연중에 밖으로 뛰쳐나가는 여성 관객도 적지 않았다. 어느 쪽이든 관객 모독이라는 비판에서 자유로울 수 없는 상황이 돼가고 있었다. 그리고 연장 공연에 돌입할 즈음 그는 연극계의 사람들이 담합이라도 한 듯 하나둘씩 등을 돌리고 있음을 알아차렸다. 그들이 예술가로서 지니고 있는 자존감을 욕되게 한 결과였다. 언론도 극작가로서의 윤리와 자질을 문제삼으며 개탄조의 단신 기사를 내보냈다. 그렇다고 수중에 돈이 들어온 것도 아니었다. 입장료 수입의 대부분은 극장 대관료로 빠져나갔고 배우와 스태프들을 챙기고 나니 남은 것은 몇 달 치 생활비에 불과했다. 그 대가로 그는 연극계에 쉽사리 발을 들여놓을 수 없는 처지로 전락했다.

이후 삼 년의 시간이 흐르는 동안 그는 불규칙하게 시간제로 일하며 연명했고 와중에 영화사에서 에로물의 집필을 제의받았으나 그 일만은 마다했다. 그리하여 편의점, 주유소, 가구점, 식당, 술집, 택배 배달원에 이르기까지 다양한 분야의 일을 전전하며 근근이 버텼다. 하지만 근래 들어서는 그조차도 제대로 할 수 없는 지경이 되어 있었다. 심각한 알코올의존증 때문이었다. 어둠이 내리면 악귀처럼 찾아오는 술에 대한 유혹이 어느 날부터는 아침에 눈을 뜨면서부터 시작됐고, 술을 마시지 않으면 눈에 보이는 모든 것이 두려움의 대상으로 변했다. 그렇게 공포와 다름없는 순간들이 시시각각 흘러갔다. 제 발로 찾아간 병원에서 공황 장애 판정을 받고 나서 그는 필사적으로 술을 떨쳐내려 했으나, 그럼에도 밤에는 기어이 마셔야만 잠이라도 잘 수 있었다. 바닥이 보이지 않을 만큼 깊고 어두운 함정에 빠져 몸부림치다 어느 날 그는 자신이 서서히 죽어가는 모습을 목도했다. 또한 낯선 타인처럼 변해 있는 자신을 참담한 심정으로 돌아보고 있었다. 생의 한가운데, 아직 삼십대 중반의 나이였다. 그렇다면 마지막 단 한 번만이라도 삶에 대한 구애의 포즈를 취할 필요가 있지 않을까? 라고 자문하며 그는 오랫동안 함께 작업을 해왔던 극단 선배에게 연락을 했던 것이다. 말할 것도 없이 '그'는 현실의 '나'였고, 오늘 다시금 자신에게서 쓰디쓰게 버림을 받은 셈이었다. 그러므로 더이상 선배를 기다릴 것도 없었다.

사위에 어둠이 내리고 있었다. 시장기(술)가 엄습했으나, 나는 일단 견뎌보기로 하고 정독도서관 앞을 떠나 어디로 갈 것인가를 생각해보았다. 이대로 연신내의 지하 단칸방으로 돌아가자니 지레 몸서리가 쳐졌다. 또 구멍가게에서 술이나 사들고 들어가 혼절할 기미를 느낄 때까지 마시다 폐허처럼 쓰러지겠지.

나는 정독도서관 건너편에 있는 아트선재센터로 향했다. 엊그제 아트선재센터 지하에 있는 씨네코드선재에서 〈셜리에 관한 모든 것〉이란 영화를 개봉한다는 기사를 읽은 기억이 떠올랐던 것이다(어쩌면 이 때문에 정독도서관 앞으로 약속장소를 정했는지도 모른다). 미국의 화가 에드워드 호퍼의 그림을 영상화한 작품이라는 기사를 보고 나는 제풀에 또 기함을 했다. 마치 밤길을 걷다 맨홀 속에 발을 헛디딘 심정이었다. 언젠가 기회가 오면 이 영화와 같은 설정으로(에드워드 호퍼의 그림을 오마주한) 대본을 써서 무대에 올릴 계획을 가지고 있었던 것이다. 이를테면 재기 작품으로 말이다. 순간 나는 절망 이후에 찾아온다는 체념과 마주하고 있었다. 말해 무엇하랴만, 몸과 마음의 중심을 잃고 삶을 허비하게 되면 어떤 기회라도 늘 다른 이의 몫으로 돌아가게 마련이었다.

〈셜리에 관한 모든 것〉은 하루에 한 번만 상영했고 마침 오후 여섯시에 시작이었다. 나는 지하로 통하는 계단을 내려가 좌석표를 구매해 극장 안으로 들어갔다. 관람객은 고작 스무 명 남짓밖에 되지 않았다. 극장 안의 불이 꺼지자 타는 듯 목이 말라왔으나 나는 그대로 참고 있었다. 광고가 끝나고 나서 잠시 후 영화가 시작되었다. 호퍼의 1965년 작품인 〈체어 카Chair Car〉를 영상으로 복원한 첫 화면이 나타났다. 거의 완벽하리만큼 재현된 영상 속에서 한 여자가 등장해 자리에 앉더니 에밀리 디킨슨의 시집을 펼쳐들었다. 나는 숨이 멎었다. 길게 화면을 고정시켜 보여주는 롱 테이크 기법이 이어지면서 스크린은 고스란히 연극 무대처럼 변했다. 미장센 또한 지극히 연극적이었다. 새삼 고통스러운 느낌이 몰려왔다. 호퍼가 화가로 활동했던 1930년대부터 1960년대까지의 미국 사회를 연대기식으로 보여주는 과정에서 열세 편의 그림이 영상으로 복원됐고 그때마다 롱 테이크와 독백이 반복됐다. 누가 보더라도 연극적인 요소가 강한 작품이었다. 주인공 셜리 또한 극단에 속한 배우였다. 극적인 요소가 없는 지루한 시간의 연속과 평면적인 화면 때문인지 어느덧 앞자리에서 낮게 코를 고는 소리가 들려왔다. 갈증은 점점 심해지고 있었다. 가습기의 물이 줄어들 듯 시간의 흐름에 따라 온몸의 기력이 피처럼 빠져나갔다.

얼마쯤 시간이 지났을까. 호퍼의 가장 유명한 그림 중 하나이자 영화 포스터에 쓰인 〈아침의 태양Morning Sun〉이 눈에 남아 있는 걸로 봐서 아마 그때쯤부터였던 것 같다. 믿을 수 없게도 나는 깜빡 졸고 있었다(전날 마신 술의 숙취 때문이었으리라). 졸음에서 깬 것은 환청처럼 들려온 웃음소리 때문이었다. 뒷전에서 누군가 웃고 있었던 것이다. 〈셜리에 관한 모든 것〉을 보면서 만약 웃는 관객이 있다면 그는 나보다 더 상태가 안 좋거나 잠결에 꿈을 꾸고 있는 게 분명할 터였다. 어떤 노파의 웃음소리였다. 아까 극장에 들어올 때 할머니 관객 두엇을 본 것 같은데, 반사적으로 그들의 모습이 눈앞에 떠올랐다. 내가 두리번거리자 웃음소리는 감쪽같이 귀에서 사라졌다.

영화가 끝나고 자막이 길게 올라가는 동안 누군가 뒤에서 내 어깨를 툭 쳤다. 돌아보니 머리가 하얀 할머니가 앉아 있었다. 그러나 표정까지 읽어내기는 힘들었다. 뭔가 착각한 거겠지, 라고 생각하며 나는 자리에서 일어나 나갈 채비를 했다. 어서 물부터 마시고 싶었다. 그때 이런 소리가 귀에 날아왔다.

"밖에서 나 좀 볼까요?"

노인답지 않게 힘이 배어 있는 또렷한 목소리였다. 나는 엉거주춤한 자세로 그녀를 다시 돌아보았다.

"자네와 잠깐 얘기를 나눴으면 하네. 먼저 밖으로 나가 기다려도 상관없고."

영문을 알 수 없었으므로 나는 대꾸를 하지 않은 채 일단 밖으로 나갔다. 그리고 매표구 옆에 있는 정수기에서 물을 받아 마시고 계단을 올라가 담배를 피워물었다. 정독도서관 앞에는 짙은 어둠이 내려 있었다. 휴대폰을 확인해보았으나 그사이 걸려온 전화나 문자메시지는 없었다. 담배를 다 피울 즈음 극장 안에서 내게 말을 걸어왔다고 짐작되는 노인이 느린 동작으로 계단을 올라와 내 앞으로 다가왔다. 그때까지만 해도 나는 그녀가 나를 다른 사람으로 착각한 거겠지, 라고 생각하고 있었다. 나는 담배를 바닥에 떨어뜨리고 발로 비벼껐다. 그녀는 그런 나를 한심하다는 표정으로 바라보았다. 왜소하고 마른 몸집에 머리칼은 온통 희었고 감색 코트 차림에 검은색 가방을 손에 들고 있었다. 내가 우두커니 마주보고 있자 그녀가 말을 건네왔다.

"자네는 알 리 없겠지만, 나는 오늘로 세번째 자네를 만났네. 이렇게 이야기를 나누는 것은 물론 처음이 되겠지만."

나는 입을 다문 채 잠자코 있었다.

"별로 신경써서 듣는 눈치가 아니군."

날씨는 매우 추웠고 나는 노파를 위해서라도 한시바삐 자리를 벗어나고 싶었다.

"나와 저녁 같이할 텐가? 별다른 뜻은 없고 마침 시장기가 돌아서 하는 말이야."

나는 극장에서 나올 때부터 해장국집으로 직행할 생각만 하고 있었다. 하물며 낯선 노파와 마주앉아 격식을 차리며 밥을 먹고 싶은 마음은 없었다. 곰곰이 내 얼굴을 살피던 그녀가 말했다.

"뭐, 술이라도 상관없네. 대신 조용하고 깔끔한 집이면 좋겠지."

이쯤 되면 나도 무슨 말이든 해야 했다.

"혹시 사람을 잘못 보신 게 아닌가요?"

그녀가 사이를 두지 않고 냉큼 되받았다.

"그럴 리가 없어! 몇 해 전에 대학로에서 자네 연극을 본 적이 있으니까."

"……"

"그다음에 자네를 본 것은 재재작년 여름, 덕수궁에서 열린 '휘트니미술관 소장품전'에서였지. 미국 현대미술전 말이야, 기억하겠나? 손을 떠는 걸 보니 알코올중독이 심각한 상태군."

"상관하실 이유라도 있나요?"

"말버릇이 고약하군. 아무튼 딱 한 편뿐이었지만, 호퍼의 그림을 보러 갔었지. 여름이었지 아마?"

나는 무심결에 대꾸했다.

"〈해질 무렵의 철로Rail Road Sunset〉라는 작품이었죠. 근데 왜 저한테 저녁을 청하시는지 여쭤봐도 될까요?"

"다시 만난 김에 물어보고 싶은 게 있어서 그래. 아직 치매증상은 없으니 경계할 필요는 없네. 자네만큼 맛이 간 상태는 아니니까."

듣다보니 입이 험한 노파였다. 썩 내키지는 않았으나 나는 노인을 배려하는 차원에서 길 건너편에 있는 사골칼국숫집으로 들어갔다. 그녀는 내게 물어보지도 않고 종업원에게 칼국수와 돼지고기 보쌈과 소주와 맥주를 한 병씩 주문했다. 종업원을 대하는 그녀의 태도는 가증스러울 만큼 부드럽고 상냥했다. 음식이 나오기도 전에 그녀는 소주병을 따서 내 잔에 가득 부어주었다. 돌이켜보니 누군가 내게 술을 따라주는 것도 실로 오랜만의 일이었다. 나는 참을성 없게도 단숨에 소주잔을 비우고 이번에는 내 손으로 직접 술을 따랐다.

음식이 나왔을 때 이미 소주병은 바닥나 있었다. 노파는 아무렇지 않은 표정으로 종업원에게 소주를 한 병 더 주문했다. 그러는 사이사이 가물거리는 눈빛으로 나를 유심히 살펴보았다. 그러나 묘하게 거부감이 들지는 않았다. 이쪽을 관찰하고 파악하기보다 어쩐지 받아들이고 있는 느낌을 주었던 것이다. 그녀는 우선 상대를 안심시킨 다음 자기가 원하는 쪽으로 분위기를 가져가는 능력이 있었다. 나는 어느덧 방심한 상태가 되어 빠른 속도로 칼국수를 먹어치우고 이어 보쌈으로 젓가락을 옮겨갔다. 그녀는 맥주를 아주 조금씩 나눠 마셨다.

"왜 그런 거지?"

그릇이 비어갈 즈음 난데없이 이런 말이 귀에 들려왔다. 나는 젓가락질을 멈추고 노파를 마주보았다. 잘못 들은 걸까? 그녀의 얼굴에서는 아무 표정도 읽어낼 수 없었다.

"요즘은 통 활동을 안 하는 것 같은데, 그럴 만한 사정이라도 있는 건가?"

나는 그녀가 에둘러서 말하고 있음을 직감적으로 알아차렸다.

"대학로에서 연극을 보고 난 뒤부터 자네한테 관심을 갖게 되었지. 그런데 요 근래에는 전혀 활동을 하지 않더란 말이야. 듣고 있는 건가?"

나는 문득 긴장하고 있었다. 왜 그런 거지? 라는 말이 귀에 들려왔을 때부터 이미 긴장하고 있었을 것이다. 나는 얼결에 방어적으로 되받았다.

"배우나 작가한테는 불가항력적으로 이따금 공백기가 찾아옵니다. 그게 슬럼프인 경우도 있고요."

"그렇다는 말은 나도 들었네만."

그녀는 무슨 말을 더 하려다 말고, 잠시 그대로 있었다. 나는 변명조의 말을 덧붙였다.

"일을 다시 시작하기에는 아직 제 상태가 좋지 않습니다. 판단은 제가 하는 거고요."

"물론 전혀 좋아 보이지 않아. 오히려 나빠 보인다고 해야겠지."

나는 마침내 신경이 곤두섰다.

"그렇더라도 누가 상관할 일은 아니라고 봅니다."

"상관하지 않아. 다만 물어볼 게 있다고 했지."

"그럼 지금이 바로 그 순간인 것 같은데요."

"재촉하지 마. 그건 내 성미에 맞지 않으니까. 좀더 마시지 그러나. 고작 두 병째인데."

"……"

"그래, 꼭 묻고 싶은 게 있었지. 마침 오늘 또 만나게 될 줄은 몰랐지만 말이야. 그건 그렇고, 어쩌다 호퍼의 그림에 관심을 갖게 됐지? 뭐, 누구나 그럴 수 있는 것이긴 하네만."

"물어보실 게 그거였나요?"

"하나의 질문엔 대개 다른 질문도 포함돼 있게 마련이지."

더이상 노파와 말씨름을 하고 싶지 않아 나는 사실대로 털어놓았다. 어떤 여배우가 오 년 전에 뉴욕 연극제에 참석했다가 구겐하임미술관에서 호퍼의 〈주유소Gas〉라는 복제품을 구입해 귀국한 뒤 내게 선물한 적이 있다고 말이다.

"그런 일이 있었군. 그 작품을 처음 보았을 때의 느낌이 어땠나."

"지나치게 평면적이고 단순하다는 생각이 들더군요. 하지만 이내 마음을 사로잡는 그림이라는 것을 알았죠."

나는 〈주유소〉라는 작품을 떠올리며 말했다. 도시 외곽에 위치한 한적한 도로 옆의 작은 주유소. 해질 무렵의 시간대. 도로 건너편으로는 어둠에 휩싸이기 시작한 숲이 보인다. 그리고 초로의 남자로 보이는 주유소 직원이 나와서 주유기를 손보고 있다. 간판에는 모빌가스라고 써 있고 방금 불이 들어온 것처럼 보인다. 또한 사무실에서 새어나오는 불빛이 어두워지는 주유소 앞마당에 길게 떨어져 있다. 어둡고 우울한 하늘빛, 짙은 나무숲, 모든 것이 마치 영화의 스틸 컷처럼 고정돼 있다.

그녀가 눈을 감았다 뜨고 말했다.

"어떤 점이 그렇게 자네의 마음을 사로잡았을까."

"그 독특한 구도와 색감과 질감 모두 다가 되겠죠."

"나는 지금 자네의 느낌이 어땠는지를 묻고 있는 거야."

"몸을 관통하는 듯한 적막감과 외로움을 느꼈죠. 누구나 그의 작품을 보면 자기 안의 고독과 공허함을 응시하게 될 거라고 생각합니다."

그녀는 그저 무표정하게 앉아 있었다. 더이상 할말이 없어 잠자코 있자, 그녀가 눈을 가늘게 뜨고 툭 쏘아붙였다.

"말이야 그럴듯하지만, 역시 진부하고 설득력이 떨어지는군.

자네가 대본을 쓰고 직접 연출한 〈밤샘하는 사람들Nighthawks〉처럼 말이야."

나는 옆구리에 칼을 맞은 듯 눈을 부릅떴다.

"〈밤샘하는 사람들〉은 알다시피 호퍼의 대표작 중 하나야. 그런데, 왜 그랬지?"

나는 신음하듯 되받았다.

"지금 무슨 말씀을 하시는 겁니까?"

그녀는 추궁하듯 말했다.

"내가 보기에 자네가 만든 그 연극은 쓰레기나 다름없더군. 관객들을 어두운 극장에 가둬놓고 마치 최음제를 살포하는 느낌을 받았으니까. 그런데 그게 호퍼의 작품과 무슨 상관이 있다는 거지?"

마음 깊숙이 똬리를 틀고 있던 해묵은 고통의 감정이 순식간에 되살아났다. 나는 어두운 구석에 몰린 쥐처럼 그녀에게 궁색한 말을 늘어놓았다.

"제목을 빌려오긴 했지만, 사실 호퍼의 그림과는 별 상관이 없습니다."

"물론 나도 아무 상관이 없다고 생각해. 그러니 내가 알고 싶은 건 왜 관객들을 함부로 조롱하고 기만했냐는 거야. 혹시 자해하는 모습이라도 보여주고 싶었던 건가?"

나는 불쾌한 얼굴에 쉼없이 땀을 흘리고 있었다. 급기야 나는 고개를 떨어뜨린 채 몸을 떨기 시작했다. 그렇게 맨발로 깨진 유리를 밟고 있는 듯한 순간들이 더디게 흘러갔다.

내가 감정을 추스를 때까지 그녀는 가만히 도사리고 앉아 나를 지켜보고 있었다. 오늘은 필시 액운이 겹친 날이었다. 섣불리 집 밖으로 나온 게 잘못이었다. 지금이라도 서둘러 돌아가야겠다는 생각이 들었다. 긴 한숨 소리가 앞에서 들려왔다. 이어 한껏 가라앉은 목소리로 노파가 말했다.

"미안하게 됐네. 이렇게까지 자네를 몰아 붙일 생각은 아니었는데."

나는 가까스로 얼굴을 들고 말했다.

"괜찮습니다. 어차피 돌려받아야 할 건 돌려받아야 하니까요."

"그렇게 생각하나?"

"저도 한 가지 말씀드리자면, 오래전부터 호퍼의 작품을 오마주한 연극을 만들어볼 생각을 가지고 있었습니다. 하지만 오늘 영화를 보셔서 아시겠지만, 이제 그럴 만한 기회를 영영 놓쳐버리고 말았습니다. 그런데다 마침 할머니까지 만나 흠씬 두들겨맞기까지 했죠. 그러니 그만 일어나고 싶습니다."

큼, 하고 목을 가다듬은 뒤 그녀가 대꾸했다.

"내가 경솔했던 모양이군. 그렇다면 오늘 자네에게 빚을 졌다고 생각하겠네."

"그러실 필요 없습니다. 이미 저녁까지 얻어먹었으니까요. 일어나겠습니다."

"조금만 더 앉아 있으면 안 되겠나?"

그녀가 문득 애원조로 말했다.

"지금 일어나봐야 또 어디로 술이나 마시러 가겠지. 그러니 좀 더 앉아 있어보게. 내가 자네한테 뭔가 갚을 수 있는 게 없나 생각해보겠네. 알다시피 빚은 언제라도 갚아야만 하는 거야."

"더이상 마음에 두지 마십시오. 부탁입니다."

"자네는 지금 누구한테 뭘 부탁할 만한 처지가 아니야."

"그만하십시오."

"언젠가 다시 만나서 자네와 이런저런 얘기를 나눠보고 싶군. 진심으로 하는 말이야. 그러니 내게 전화번호라도 남겨주겠나? 오늘 일은 내 다시 사과하겠네. 사람이 늙는다고 해서 모두 현자가 되는 건 아니라네."

그것까지 거절할 수가 없어 나는 그녀에게 휴대폰 번호를 알려주었다. 식당 벽면에 설치된 텔레비전에서는 아홉시 뉴스가 방영되고 있었다. 밤이 깊어가면서 바람까지 거세게 불고 있었다. 나는 지나가는 택시를 세워 노파가 타도록 부축해주었다.

택시에 올라타기 전 그녀가 말했다.

"태도가 썩 나쁜 것만은 아니로군."

"얼마 전까지는 그랬죠."

"담배꽁초는 아무데나 버리면 안 되는 거야. 기억해두길 바라는데, 조만간 나를 다시 만나게 될걸세. 자네는 어떤지 몰라도 나는 오늘 꽤나 즐거웠거든. 참고로 나는 성북동에 살고 있네. 혹시 성북동에 와본 적 있나?"

"선잠단 앞에 홍어애탕을 잘하는 집이 있어 가끔 갔었습니다. 이미 오래전의 일이긴 하지만요."

"또 술 얘기로군. 내가 살고 있는 집 근처인 것 같은데, 가는 길에 거기까지 데려다줄까?"

"아뇨, 할머니와는 지금 즉시 헤어지고 싶습니다."

그제야 그녀는 킬킬거리며 웃었다.

3

해가 바뀌고 나서 열흘쯤 지난 금요일 오후에 나는 김현주라고 자신의 이름을 밝힌 여자의 전화를 받았다. 매우 바쁜 목소리였고, 주위에 사람들이 모여 있는지 웅성거리는 소리가 들려왔다. 도무지 어디라고 짐작할 수 없는 공간에서 그녀는 내게 불쑥 전화를 걸어온 것이었다. 그녀는 다짜고짜 저녁에 나를 좀 만났으면 한다고 말했다. 어둑한 반지하방의 삐걱이는 철제 침대에 누워 나는 유령처럼 중얼거렸다.

"그렇다면 내가 그 이유를 알아야만 하지 않을까요?"

"그건 만나서 얘기해요. 지금은 경황이 없는 상태니까."

나는 침대에서 억지로 몸을 일으켰다.

"혹시 지금 나와 통화를 하고 있는 공간이 어딘지 알 수 있을까요?"

그녀는 돌부리에 걸린 듯 잠깐 침묵한 뒤 입을 열었다.

"그건 왜죠?"

"무슨 음모가 진행되고 있는 느낌이 들어서요."

후후거리고 웃으며 그녀가 되받았다.

"비슷하네요. 여긴 방송국 녹화장이니까. 일곱시 정각에 그 홍어애탕 잘한다는 집에서 봐요. 근데 그 집을 어떻게 찾아가야 하죠?"

나는 아까 했던 질문을 되풀이했다.

"왜 저와 만나려 하는 거죠?"

그녀는 체념한 투로 말했다.

"마마의 하명을 받았거든요."

"네?"

"대비마마의 줄임말. 하지만 실제로는 엄마라는 뜻에 가깝죠. 지난 연말에 두 분이 만나셨다고 들었어요. 그러니까 저는 전령 같은 존재가 되겠네요."

삼십대 초반으로 짐작되는 그녀는 시종일관 쾌활한 목소리로 통화를 했다. 더이상 물으면 일에 방해가 되겠기에 나는 그 집의 위치와 상호를 알려주었다. 선잠단 맞은편에 있는 작고 오래된 술집. 통화를 마치고 나는 그녀의 전화번호를 휴대폰에 저장해놓았다.

그녀는 여덟시 가까이 돼서 나타났는데 한눈에 봐도 지친 기색이었다. 청바지에 하얀 다운점퍼 차림이었고 불룩한 숄더백을 메고 있었다. 얼굴은 작은 편인데 키가 크고 마른 체형이었다. 피곤해 보였지만 사람을 끌어당기는 타고난 생동감이 온몸에 배어 있었다. 자신을 방송국 다큐멘터리 작가라고 소개한 그녀는 앞자리에 앉자마자 스스럼없이 악수를 청해왔다. 그녀는 술집 벽면에 가득 붙어 있는 폴라로이드 사진들을 눈여겨보다 내게 얼굴을 돌렸다.

"연극하는 사람들이 자주 드나드는 술집이죠. 그렇다면 저 사진 속의 인물들은 배우, 연출가, 극작가 들일 테고요. 저로서는 오늘 이 집에 아는 얼굴이 안 보여 천만다행입니다만. 시장해 보이는데 무얼 드시겠어요?"

그녀는 어깨를 으쓱해 보이고는 손에 들고 있던 메뉴판을 내려다보았다.

"홍어애탕 한번 먹어볼까요? 아직 시도해본 적은 없지만, 어떤 맛인지 궁금해요."

"단지 호기심 때문이라면 별로 권하고 싶지 않은데요. 금방 후회하게 될지도 모릅니다."

그러자 그녀가 눈을 반짝 뜨고 말했다.

"언제나 그렇게 연극 대사조로 말하나요?"

전에도 가끔 들어본 적이 있는 말이어서 나는 굳이 대꾸를 하지 않았다.

그녀는 주인에게 홍어애탕과 막걸리를 주문한 다음 그제야 손목시계를 확인했다.

"제가 많이 늦은 거로군요."

"괜찮습니다. 저는 바쁜 사람이 아니거든요."

"또 연극 대사조."

전화가 걸려와 그녀가 통화를 하는 사이 뚝배기에 담긴 홍어애탕과 막걸리가 나왔다. 특유의 퀴퀴한 냄새에 눈살을 찌푸리던 그녀는 거듭 숟가락을 가져가더니 슬쩍 나를 쳐다보았다.

"듣던 대로 발효 냄새가 지독하지만, 이상하게 점점 속이 시원해지네요."

이어 막걸리를 따라 반쯤 마시고 나서 그녀는 잔을 내려놓았다. 이제는 전령이 가져온 얘기를 들을 차례였다. 그녀는 어쩐지 복잡한 표정으로 입을 열었다.

"막상 어디서부터 말을 꺼내야 할지 모르겠네요."

"마마께서 하신 말씀만 그대로 전해주면 됩니다. 혹시 바닥에 무릎을 꿇고 하명을 받아야 하는 건 아니겠죠?"

내 말을 건성으로 흘려들으며 그녀가 뜬금없이 주한 네팔대사관을 아느냐고 물어왔다. 나는 고개를 가로저었다.

"여기서 가까운 곳이에요. 아무튼 네팔대사관 근처에 연립식의 사층짜리 주택이 있어요. 건물 입구의 대리석에 '아몬드나무 하우스'라는 글자가 새겨져 있죠."

나는 막연히 그 건물을 상상해보았다.

"이미 짐작했겠지만 마마와 제가 살고 있는 집이에요. 삼층과 사층에는 현재 세 사람의 입주자가 세들어 있고요."

이모와 조카 사이인 두 사람은 이층에 살고 있다고 했다.

"그런데요?"

음, 하고 그녀는 또 뭔가를 생각하는 눈치였다. 그사이에 나는 막걸리잔을 비웠다. 이어 그녀가 빈 잔에 술을 채워주었다. 내가 무심코 고맙습니다, 라고 하자 그녀는 뜨악한 눈빛으로 나를 쳐다보았다.

"일층은 상가로 지어졌는데, 북카페를 하다 지금은 문을 닫은 상태예요. 그동안 이모가 가게를 맡아서 운영해왔는데, 작년 가을부터 건강이 나빠져 더는 일을 할 수 없게 됐어요."

"……"

두 잔 정도 마신 것 같은데 그녀의 얼굴이 발갛게 달아오르고 있었다. 이마에 잔물결 같은 빛이 사이사이 일렁였다. 그녀는 상대를 편하게 대하면서도 적절히 중심을 유지할 줄 아는 타입이었다. 무엇보다 표정과 태도가 좋다. 밖에서 바람이 불어가는 소리가 들려왔다. 그녀가 슬쩍 말투를 바꿔 얘기를 계속했다.

"마마가 저한테 이르시기를, 오늘 어떤 남자를 만나 정중하게 전하라 하셨어요. 또 충분히 생각할 시간을 주라고 하셨고요. 내용인즉 그 남자에게 북카페를 대신 맡아줄 수 없느냐고 물어보라 하셨어요. 사층에 집이 하나 비어 있는데, 거기에 입주하는 조건으로요."

"왜 하필 저에게 그런 제안을 하셨을까요? 우연히 한 번 만났을 뿐인데."

그녀는 재빨리 고개를 흔들었다.

"제안이 아니라 의뢰라고 하셨어요."

"그런데 저는 왜 의뢰가 아닌 배려처럼 느껴질까요? 제가 잘못 생각하고 있는 건가요?"

그녀는 거듭 강조해서 말했다. 짐작건대 마마의 단속이 있었던 듯했다.

"의뢰라고 분명히 말씀하셨어요."

"그러니까 저더러 북카페를 맡아달라는 얘기죠?"

나는 그저 확인조로 물었다. 그녀가 숨을 가다듬고 나서 말했다.

"이쯤에서 제 생각을 얘기해도 될까요?"

나는 고개를 주억거렸다.

"듣기에 어떨지 모르지만, 제 생각엔 집사 겸 건물관리인이 돼

달라는 뜻이지 싶어요. 어차피 카페에선 크게 수익이 나지 않을 테니까요."

"그건 왜죠?"

"사실 카페를 할 만한 위치가 아니거든요. 주택단지 안에 있어 주민들 말고는 오가는 사람이 드물어요. 물론 조용하긴 하죠. 밤에 고양이가 지나가는 소리가 들릴 정도로."

"입주와 관련된 또다른 조건이 있나요?"

"북카페를 맡아주는 대신 입주 보증금과 월세에 대한 부담을 덜어주는 정도가 되겠죠. 만약 카페에서 수익이 발생하면 그때 가서 합리적으로 얘기를 나누면 될 테고요."

이왕에 여기까지 얘기가 오간 터여서 나도 터놓고 말했다.

"카페를 맡아서 운영하자면 바리스타 자격증 정도는 있어야 할 텐데요."

그녀는 단순하게 말했다.

"어차피 가게엔 로스팅머신도 없어요. 로스팅할 사람을 따로 둘 수가 없거든요. 하지만 당일 볶은 신선한 원두를 공급해줄 만한 사람은 제가 알고 있어요. 몇 년 전 인터뷰를 하면서 알게 됐는데 지금도 연락이 가능한 관계죠. 오랫동안 이탈리아에서 커피 공부를 한 다음 귀국해 강남역 근처에 가게를 냈고, 지금껏 잘 유지되고 있어요. 그 사람이 낸 책은 커피를 배우려는 사람들한테는 필독서처럼 읽히고요. 게다가 여름과 겨울에는 직접 아프리카와 남미 등을 여행하면서 커피 연구를 하고 있어요. 순수한 커피 전문가란 뜻이죠."

"내가 그만한 조건으로 그 집에 입주할 만한 자격이 되는지 모르겠습니다."

이런저런 궁리 끝에 나는 말했다. 그녀와 얘기를 나누는 동안 나는 줄곧 사골칼국숫집에서 만났던 노파의 얼굴을 떠올리고 있었다. 조카의 말에 따르면 지금 건강이 좋지 않다고 했다. 김현주는 자신이 하던 말을 계속했다.

"가게를 오픈할 때 에스프레소머신은 꽤 쓸 만한 걸 들여놨어요. 그라인더와 드리퍼와 프렌치프레스도 구비돼 있고요. 커피전문점이 아니니까 당분간은 그 정도로 버틸 수 있을 거예요. 바리스타 과정은 스스로 경험하면서 터득할 수밖에 없고요. 그럴 만한 감각은 있을 거라고 이모가 말씀하셨어요."

"하나 물어봐도 될까요?"

그녀는 턱을 치켜들고 나를 바라보았다.

"김현주씨가 생각하기엔 어떨 것 같습니까. 내가 그 집에 입주하는 게."

그녀가 직설적으로 되받았다.

"그건 아직 알 수 없는 거잖아요? 사람관계는 시간을 두고 서로 조금씩 만들어가는 거라고 알고 있어요."

"……"

"아무튼 집사 같은 존재가 필요한 건 사실이에요. 수소문하면 누군가 나타날 수도 있겠지만, 이모의 성격이 워낙 까다로워서 비위를 맞추기가 쉽지 않을 거예요."

"……"

"이모는 집에 빈 공간이 있는 걸 유독 못 견뎌해요. 저만 해도 밤늦게 퇴근해서 집에 돌아올 때마다 어두운 북카페를 바라보면 왠지 오싹한 기분이 들어요. 텅 빈 무덤 속을 들여다보는 느낌이죠. 그때마다 누군가 안에서 불을 밝혀놓고 있으면 좋겠다는 생각이 들곤 하죠."

"등대지기처럼 말인가요?"

그녀가 내 표정을 살피며 말했다.

"역시 부담스러운 모양이네요."

"일반적인 경우라고 할 수 없으니까요. 그러니 생각을 좀 해봐야겠습니다. 그쪽에서 요구하는 일을 내가 제대로 해낼 수 있는지 점검해봐야 하지 않겠습니까? 물론 내게도 그게 필요한 일이어야 하고요."

이로써 그 집에 입주하는 일과 관련된 결정은 온전히 내 몫이 되고 말았다.

아몬드나무 하우스로 들어가는 것이 결과적으로 어떤 선택이 될지 알 수 없었다. 하지만 지금의 나는 외부의 사람들과 대면하고 부대껴야 할 필요가 있다는 생각이 들었다. 어떤 상황에 직면해서 누구나 최선의 경우를 선택하려 들지만 그것은 사실 결과가 말해주는 것이다. 그러니 모든 선택은 차선에 속한다고 봐야 하리라.

4

연신내에서 성북동으로 짐을 옮겨오던 날 서울 일원에 희끗희끗 내리기 시작한 눈은 저녁참이 되자 눈발이 굵어지면서 거리를 하얗게 덮어버렸다. 식당에서 김치찌개를 먹는 동안 김현주에게서 문자메시지가 도착했다. 제주도 남쪽에는 겨울비가 여름 장마처럼 내리고 있다고 했다.

—이사는 잘하셨나요? 며칠 후에나 서울로 올라갈 듯. 다음 주말쯤 저녁 함께해요. 등대지기 아저씨.

—성북동에는 상기 눈이 퍼붓고 있습니다. 드문드문 켜진 가로등 불빛 속으로, 길고양이의 배고픈 눈동자 속으로.

—그거, 누구 시예요?

—섬의 여로에, 겨울비에, 감기 조심하셔야 할 듯.

문자는 여기서 끝났다. 나는 아몬드나무 하우스로 돌아와 샤워를 하고 소주를 한 병 마신 다음 자정 무렵 잠자리에 들었다. 방바닥은 따뜻한 편이었으나 침대에 누우니 외풍이 심한데다 어디선가 밤새 웅성거리는 소리가 들려와 잠을 제대로 이룰 수가 없었다. 밖에서 길고양이들이 설쳐대는 걸까? 온갖 꿈에 시달리다 새벽에 눈을 떴을 때, 나는 잠꼬대처럼 중얼거리고 있었다. 삭막한 방이로군. 전에 이 방에 누가 살았던 것일까?

아침 일찍 일어나 나는 성북동 일대를 둘러보았다. 눈은 밤사이 그쳐 있었다. 깊은 잠을 자지 못한 탓인지 몸이 무겁고 이물질이 들어찬 것처럼 머릿속이 불투명했다. 네팔대사관 근처에는 성당과 초등학교가 있었고, 그 뒤편으로 돌아가니 전에 가봤던 간송미술관이 보였다. 나는 선잠로로 빠져나와 성북성당 앞을 지나쳐 길상사로 올라갔다. 어디를 가든 조용한 동네라는 느낌이 들었다. 거리에서 마주친 사람들도 한결같이 표정이 담백하고 차분한 분위기였다. 한데 아몬드나무 하우스는 뭔가 더 지나치게 가라앉아 적막한 느낌마저 주는 집이었다. 나는 길상사 경내를 서성이며 왜 그런 걸까 생각해보았다. 스님들이 마당에 나와 빗자루와 가래를 들고 눈을 치우고 있었다. 적막하다못해 무겁고 음울한 분위기가 감도는 집. 무슨 이유가 있는 걸까?

해장국집에서 속을 달래고 나는 아몬드나무 하우스로 돌아갔다. 김현주의 말대로 큰길에서 비스듬히 사잇길로 이어지는 주택가에 위치해 사람의 왕래가 드문 곳이었다. 상가를 겸한 건물이

어서 주변의 다른 빌라나 연립주택과는 구조가 달랐다. 현관이 건물 왼쪽에 나 있어 그곳을 통해 위층으로 올라갈 수 있었다. 또한 삼층과 사층은 복도식으로 지어져 두 가구씩 입주해 살게 돼 있었고 사층 계단 끝에 옥상으로 통하는 문이 있었다.

북카페의 출입문은 건물 오른쪽에 나 있었는데 '북카페-아몬드나무'라는 조그만 나무 간판이 출입문 옆에 걸려 있는 게 보였다. 막연히 짐작했던 바와 달리 카페에는 책이 무척 많았다. 작은 도서관이라고 불러도 될 정도였다. 통유리창으로 된 한쪽 면과 주방을 제외한 나머지 벽면이 책들로 가득 채워져 있었다. 눈여겨보니 음악, 미술, 문학, 신화, 종교, 대중문화에 이르기까지 다양한 책들이 분야별, 장르별로 꼼꼼하게 정리돼 있었다. 게다가 진공관 오디오 세트와 구하기 힘든 LP 음반들까지 보였다. 하지만 창고처럼 곳곳에 먼지가 쌓여 있었고 커피기구들이 놓여 있는 스탠드와 주방은 밤에 쥐들이 돌아다닐 것만 같았다.

홀에는 사인용 테이블 네 개와 창가 쪽으로 이인용 테이블 세 개가 나란히 놓여 있었다. 출입구 맞은편 벽에는 빈센트 반 고흐의 〈꽃 핀 아몬드나무Almond Blossom〉라는 그림이 걸려 있어 카페 안으로 들어서면 가장 먼저 눈에 띄었다. 고흐가 정신병원에서 사망하던 해 동생 테오가 아들을 낳았다는 편지를 받고 조카의 탄생을 축복해주는 의미로 그려준 작품이었다. 오래전에 나는 암스테르담에 갔다가 고흐박물관에 전시돼 있는 이 그림을 직접 본 적이 있었다. 너무나 신비롭고 아름다운 작품이어서 그 앞에서 한참을 서 있었던 기억이 따스하고도 황홀한 느낌 속에서 되살아났다. 그제야 나는 이 많은 책들과 음반과 고흐의 그림만으로도 당분간 여기서 살아갈 이유가 생겼다는 생각이 들었다. 어제 이삿짐을 옮겨오던 순간부터 나는 정체 모를 거북함과 불안감에 시달리고 있었던 것이다. 또한 마마가 나를 이 집으로 불러들인 속내를 모르고 있다는 사실을 뒤늦게 깨닫고 있던 참이었다. 북카페를 맡아달라는 것은 구실에 불과할지 모른다는 생각이 든 것도 이사를 마치고 난 다음이었다. 나는 마마의 요청보다는 김현주의 신중하고 솔직한 태도에 더 마음이 끌렸던 것이리라.

나는 종일 카페 구석구석을 청소하고 커피기구들과 그릇들을 닦고 책장에서 찾아낸 『커피의 환상』이란 두툼한 책을 읽었다. 가게를 다시 오픈하기까지는 얼마쯤 시간이 걸릴 터였다. 오후가 되면서 날이 풀리기 시작했고 처마에 설치해놓은 천막 차양에서 눈 녹은 물이 흘러내리고 있었다. 나는 그렇게 오후 내내 창가에 앉아 책을 읽으며 누군가를 기다리고 있었다.

마마가 북카페로 내려온 것은 그날 저녁참이었다. 어제 동창회에서 늦게 돌아온 뒤 몸이 좋지 않아 종일 누워 있었다고 그녀는 말문을 열었다. 그녀는 빨간 누비옷을 입고 있었는데 혈색이 좋지 않은 것을 의식한 옷차림으로 보였다. 지난 연말에 만났을 때와는 달리 얼굴에 생기가 거의 느껴지지 않았다. 내가 앉아 있는 테이블로 다가와 그녀는 작고 초라한 몸을 내려놓으며 어둠이 내리기 시작한 통유리창 밖을 까마귀처럼 내다보았다. 이윽고 가늘게 한숨을 내쉬며 그녀가 나를 바라보았다. 스피커에서는 아까 내가 틀어놓은 바흐의 〈평균율〉이 낮게 흘러나오고 있었다.

"청소를 한 솜씨를 보니 태생은 깔끔한 스타일인 것 같군. 조만간 이발소에 가서 머리도 다듬고 옷도 좀 사입지 그러나."

그러고 보니 어제오늘 거울을 보지 않았다.

"어떤가? 여기, 내 집에 들어온 느낌이."

아직까지는 불시착한 기분이라고 나는 말했다. 그녀는 의미를 알 수 없는 미소를 지어 보이고 나서 말을 이었다.

"오랜만에 대학 동창회에 나가봤더니, 그새 또 몇 명이나 세상을 떠났더군. 청춘을 함께했던 사람들이 흔적도 없이 하나둘씩 사라진다는 게 어떤 기분인지 자네는 아직 모르겠지."

"……"

"속물적으로 들리겠지만, 나는 누구나 알 만한 명문 여고와 대학을 나왔지. 그따위를 내심 자부심으로 삼아 여태껏 살아왔다는 뜻이야. 오죽 내세울 게 없으면 그랬겠냐만, 그건 억지로 꾸며낸 환상 같은 거였지. 그런데도 지금껏 그 누추한 환상에 매달려 살아왔다는 생각이 들어. 아닌 게 아니라 무대에 올라가 있는 주인공인 양 아주 필사적으로 말이야. 그런데 결국 이게 뭐지? 지금의 내 꼬락서니 말이야."

나는 돌연 당황해 말을 얼버무렸다.

"말씀드릴 처지는 아닙니다만, 누구나 얼마쯤은 환상에 매달려 사는 게 아닐까요? 자아라는 것도 어쩌면 허상에 불과한지도 모르고요."

"그럴지도 모르지."

"연극만 하더라도 거기에 출연하는 배우들은 모두 허깨비에 불과합니다. 하지만 그런 허깨비 놀음을 경험하면서 그 이면에 웅크리고 있는 삶의 실체를 엿보려는 거겠죠. 관객이든 배우든 말입니다."

그런가? 라고 되받으며 그녀는 말을 이었다.

"그런데 어떤 사람은 영영 환상에서 놓여나지 못하고 마침내 죽음의 순간에 이르러서야 그게 다름 아닌 허영심이었다는 것을 깨닫게 되지. 결코 돌이킬 수 없는 순간에 직면해서 말이야. 욕망보다 더 지독한 게 허영심이지."

그녀가 정작 하고자 하는 말이 무엇인지 알 수 없었으므로 나는 그만 입을 다물었다. 그녀는 내게 무언가를 전달하고 싶어하는 눈치였다. 그러나 지금은 그때가 아니라고 생각하는 것이다. 밖에서 누군가 카페 안을 기웃거리는 느낌이 들어 나는 무심코 고개를 돌렸다. 고등학생으로 보이는 웬 남자아이가 나와 눈이 마주치자 재빨리 몸을 돌려 현관 안으로 사라졌다.

"삼층에 혼자 사는 아이야. 오랜만에 가게에 불이 켜져 있으니

들여다본 모양이군."

이 집에 혼자 사는 고등학생이 있다고 그녀는 말했다. 다소 뜻밖이어서 나는 마마를 마주보았다. 얘기를 할 듯 말 듯 망설이다 그녀가 입을 열었다.

"고아나 다름없는 처지지. 먼 친척뻘 되는 아이인데, 어찌어찌해서 이 년 전부터 내가 데리고 있게 됐네."

"부모가 없는 건가요?"

"저 나이에 생기는 문제란 물론 부모로부터 비롯된 경우가 대부분이지. 벌써 오래전의 일이 되겠지. 가족이 함께 여름휴가를 다녀오다 서해안고속도로에서 바퀴가 빠져나가면서 차가 전복됐는데, 신기하게도 다들 멀쩡했지. 저애의 어미만 빼고 말이야. 어미는 목을 크게 다쳐 수술을 받았지만 딱하게도 말을 잃게 됐지. 그러고 나서 예기치 못했던 날들이 찾아왔어. 알코올중독자로 변한 남편한테 상습적으로 구타를 당하기 시작한 거야."

"어째서 그런 일이 생긴 걸까요?"

"낸들 알겠냐만, 못난 사람들은 흔히 가까운 약자를 괴롭힘으로써 자신을 두둔하고 눈앞의 현실을 모면하려는 고약한 속성들을 지니고 있지."

"그건 엄연한 범죄행위 아닌가요?"

"말해 무엇하겠나. 아이가 잠들면 그때부터 집요하게 구타가 시작됐어. 염병할! 그건 누가 들어도 고문과 다름없는 끔찍한 짓이었지. 아이는 중학교에 들어가서야 그런 사실을 알게 됐어. 그리고 밤마다 어미에게 행해지는 가혹한 폭행을 제 방에서 혼자 견뎌야만 했어. 결국 아이는 경찰에 제 아비를 신고했지. 하지만 아비란 자는 곧 풀려났어. 아이의 어미가 남편한테 폭행을 당해왔던 사실을 극구 부인했다고 하더군."

"……"

"그로부터 얼마 지나지 않아 아이의 어미가 느닷없이 나를 찾아와 자초지종을 글로 적으며 아이를 부탁한다고 읍소하더군. 그게 왜 하필 나였는지는 모르겠네. 평소에 왕래가 없었던데다 그리 가까운 친척도 아니었으니까. 아마도 아이의 안전을 먼저 생각했던 것 같네. 나는 집안사람들과는 오래전부터 인연을 끊고 살아왔으니까. 아무튼 말도 못 하는 여자가 내 앞에서 무릎을 꿇고 읍소하는데 도무지 밀어낼 수가 없더군. 급기야 함께 끌어안고 울며 내 그러마, 하고 말했네. 형편을 떠나 오갈 데 없는 애 하나를 거두는 것도 늘그막의 내 일이다 싶었지. 입양하는 셈 치고 말이야."

한동안 사이를 두었다가 그녀가 목쉰 소리로 중얼거렸다.

"그후 한 달쯤 지나 아이의 어미는 자살을 했네."

"……저애도 그런 사실을 알고 있나요?"

"사실 그대로 얘기하진 않았지만 눈치로 아는 것 같더군. 그후로 저 아이도 말을 잃었네."

나는 참았던 숨을 몰아쉬었다.

"기다리고 있지만, 아직 입을 열 기미가 안 보여. 아침저녁으로 밥을 먹으러 내 집으로 내려오는데 강아지처럼 밥만 꾸역꾸역 입에 밀어넣고 나가버리지. 불쌍한 영혼 같으니라구."

그 참에 나는 물어보았다.

"이 집에 입주해 있는 다른 사람들에 대해 여쭤봐도 될까요?"

"궁금하겠지. 휴학중인 대학생과 사진작가가 함께 살고 있네. 사진작가는 자네 옆집에 세들어 있는데, 지금은 여행중일 거야. 뭐, 짐 싸들고 돌아다니는 게 일이니까."

여기까지 말한 뒤 그녀는 방금 잠에서 깨어난 것처럼 눈을 비벼댔다.

"현주가 제주도에서 언제 돌아올지, 아직 연락이 없구먼."

자리에서 일어나다 말고 그녀가 이런 말을 툭 던져왔다.

"전에 자네에게 호퍼의 그림을 선물했다던 여배우와는 헤어진 거지?"

나는 에둘러서 대꾸했다.

"그런 것 같습니다."

"아마 저쪽에서 자네를 버리고 떠났을 거야, 그렇지?"

"어느 쪽이냐가 중요한 건가요?"

"여자가 남자를 떠날 때는 다 그럴 만한 속사정이 있는 거야. 차마 말못할 이유나 진실 말이야. 요컨대 떠나간 여자를 원망하는 남자만큼 어리석은 존재는 없다는 뜻이지."

"이쪽 탓이라는 뜻인가요?"

"생각해보면 알겠지만, 대개는 그렇다고 봐야지."

자정에 카페의 불을 끄고 나는 사층으로 올라갔다.

식탁에 앉아 맥주와 소주를 섞어 마신다. 첫잔이 들어가자 이윽고 뱃속에 후끈한 열기가 퍼진다. 담배에 불을 붙인다. 그게 신호인 듯 내부에 잠들어 있던 또다른 내가 부스스 깨어나 말을 걸어온다. 이봐, 오늘도 변함없이 마시고 있는 건가? 그래, 술은 낮을 잊게 하고 밤은 과거를 불러오지.

온갖 사념들이 파편적으로 되살아난다. 아까 눈이 마주쳤던 사내아이의 얼굴이 떠오른다. 가로등 밑에서 눈을 맞고 있던 고양이의 모습이 그 위에 겹친다.

오늘도 방이 춥다. 누군가 벽 속에서 흐느끼는 소리가 들려온다. 내가 이사 오기 전에 이 방에서 도대체 누가 살았던 걸까?

새벽 두시. 누군가 현관문을 밀고 안으로 들어오는 소리가 들려온다.

사 년 전 나를 떠나간 여배우의 얼굴이 떠오른다. 그녀는 이제 서른한 살이 됐을 것이다. 지금은 어디에 있는 걸까? 내게 말못할 진실과 이유라는 건 무엇이었을까?

5

난희를 마지막으로 본 건 일산 신도시에 있는 생맥줏집에서였다. 그즈음 연예기획사에 소속돼 활동을 시작한 그녀는 좀처럼 만나기가 쉽지 않았다. 대학을 졸업하고 연극 무대에 데뷔하면서 그녀는 단숨에 스포트라이트를 받기 시작했고, 얼마 지나지 않아 영화사의 섭외를 받고 혼란스러워했다. 영화나 방송 쪽은 애초에 염두에 두지 않았기 때문이었다.

이후 그녀는 올곧게 연극 무대를 지키며 외부의 어떤 요구나 제안에도 응하지 않았다. 여고 시절부터 동경해왔던 연극 무대에 대한 순수한 열의와 정념을 지키고 싶었을 것이다. 더군다나 그녀는 자신이 선택한 삶에 대한 복종심이 대단한 여자였다. 그래서 피하기 힘든 유혹 앞에서도 늘 당당했고 욕망과 허영심이 가져올 대가를 본능적으로 경계하고 있었다. 말하자면 그녀는 오로지 예술가로 살아남고자 했다.

하지만 시간이 지남에 따라 그녀는 현실과 심각한 불화를 겪게 되었다. 가난한 집안에서 어렵게 성장한 그녀는 변함없이 생활고에 시달려야 하는 삶에 극심한 피로를 느꼈다. 가난은 자주 원죄의식을 불러왔고 결코 익숙해질 수 없는 형벌처럼 그녀를 괴롭혔다. 그녀는 모래내시장에서 생선 좌판을 하는 홀어머니 밑에서 장녀로 자랐는데, 대학을 졸업하기까지 온갖 아르바이트를 하며 혼자 힘으로 억척스럽게 버텼다. 오직 과거로부터 자유로워지기 위하여. 그러나 한사코 도망치려 해도 과거는 늘 악령처럼 쫓아다니게 마련이었다. 연극에 출연하면서 받는 생계비 정도의 돈까지 그녀는 대부분 집으로 보내고 있었다. 지병을 앓아오던 어머니가 병원에 입원을 한 상태였던 것이다. 그녀에게는 세 살 터울의 남동생이 하나 있었으나 십대 때부터 부랑아처럼 살며 걸핏하면 경찰서를 드나들었고, 그때마다 가족에게 짐을 지워주는 인물이었다. 그녀를 더욱 힘들게 했던 것은 다름 아닌 어머니의 태도였다. 그녀는 입원한 뒤부터 딸에게 수시로 전화를 걸어 자식의 도리 운운하며 참기 힘든 욕설을 퍼부어댔다.

그 무렵 그녀는 자신에게 적대적인 삶을 비난하는 발언을 서슴지 않았고 무대에서의 연기도 전처럼 독보적인 느낌을 주지 못했다. 단시간의 성공에 이어 그녀는 자신이 그만큼 빨리 빛을 잃어간다는 사실을 알아차렸다. 그녀가 처음 무대에 데뷔할 때부터 함께 작업을 해왔고 내밀한 관계를 맺고 있던 나는 그녀에게 변화를 염두에 두는 게 어떻겠냐고 조심스럽게 말했다. 옆에서 지켜보기가 힘들었던 것이다. 에둘러서 말했지만 대중매체로 활동 영역을 넓히는 것을 두고 한 말이었다. 과거에는 예술이 보수적인 위치에서 대중문화에 대해 배타적인 태도를 취하던 시절이 있었으나 오늘날엔 그 구분 자체가 무의미해지고 있었다. 아니, 예술가란 존재도 어떤 식으로든 대중에게 각인되어야 살아남을 수 있는 시대였다. 선택권은 어디까지나 소비자인 대중이 쥐고 있었다. 각박하다못해 나날이 생계마저 위협받는 지경이 되면 누구라도 오래 버틸 수 없었다. 이러한 삶에 그녀는 급기야 위기감을 느끼고 있었고, 기회라는 것이 아무 때나 찾아오지 않는다는 것도 알게 되었다.

그녀는 뮤지컬에 몇 편 출연하면서 새삼 연기력을 인정받았고, 방송과 영화 쪽에서 다시 출연 제의를 받았다. 비록 단역이었지만 그것은 활동영역을 넓히기 위해서는 으레 겪고 지나가야 하는 과정이었다. 얼마 지나지 않아 그녀는 몇몇 연예인들과 함께 음료 광고에 출연하게 됐는데, 그때부터 분위기가 달라지기 시작했다. 텔레비전에 광고가 나가자 연예기획사에서 찾아와 본격적인 연예활동을 지원하겠다고 계약서를 내밀었다. 당시의 그녀에게 그것은 뿌리치기 힘든 유혹이었다. 또한 놓쳐서는 안 되는 기회이기도 했다. 설명하기 힘든 야릇한 불안감이 엄습했으나 나는 주저하는 그녀를 옆에서 부추겼다. 그녀가 연예인이 된다 한들 비난하거나 탓할 사람은 없었다. 물론 그것은 욕망이 들끓는 시장에 자신을 내던지는 일이었고 자칫 돌이킬 수 없는 곳에 발을 들여놓는 일이 될지도 몰랐다. 그즈음 내가 느끼고 있던 불안감의 실체도 실은 그것이었다. 욕망을 거래하는 시장에는 필연적으로 눈에 보이지 않는 음모와 모략과 질시와 핍박이, 그리고 불합리한 타협이 존재하게 마련이었다. 대중이 매 순간 불필요한 소비를 강요당하며 살듯 연예인은 자신을 상품화시켜 계속 팔아야만 했다. 또한 그 둘을 뒤에서 움직이는 것은 역시 자본의 막대한 권력이었다.

그녀는 곧 분주해졌고 몇 편의 영화에 조연으로 출연하면서 연극배우가 아닌 영화배우로서 대중에게 알려지기 시작했다. 더불어 나와 만나는 일이 점점 줄어들었다. 안 보면 멀어질 수밖에 없는 것이 관계의 속성이다. 그렇다고 해서 그녀와 나의 관계가 근본적으로 달라졌다고 보기는 힘들었다. 연예기획사에 소속된 이후에도 그녀는 틈이 날 때마다 내게 전화를 걸어왔고 하루도 빠짐없이 문자메시지를 보냈다. 하지만 역시 만나기가 힘들었다. 심지어는 약속을 해놓고 취소를 하는 경우가 허다했다. 그녀가 자의적으로 그랬다기보다는 그때마다 누군가 나타나 중간에서 가로막는 느낌이 들었다. 짐작건대 기획사에서 소속 연예인의 이미지 관리를 위해 사생활을 단속하는 눈치였다. 그러나 단지 그 때문만은 아닌 듯했다. 그녀는 밤마다 정체를 알 수 없는 모임에 불려나가는 것 같았고, 어느 날 내게 알리지도 않고 서울에서 일산에 있는 오피스텔로 거처를 옮겼다. 드라마에 출연이 결정된 직후의 일이었다. 일산에 드라마제작센터가 있어서, 라고 했지만 거기엔 뭔가 다른 이유와 의지가 개입된 것처럼 보였다.

어느 순간부터 나는 더이상 그녀를 힘들게 하지 말아야겠다는 생각을 갖게 되었다. 그녀는 새벽에나 겨우 시간이 났고 만나더라도 진지하게 이야기를 나눌 수 없을 만큼 지쳐 있었다. 오히려 전보다 모습이 더 나빠 보였다. 그럴수록 그녀는 내가 옆에 있어주기를 바랐다고 병든 앵무새처럼 말했다.

그녀와 마지막으로 만나던 날, 나는 새벽 두시에 걸려온 그녀의 전화를 받았다. 그녀의 목소리는 얼음장 밑으로 흘러가는 물소리처럼 차갑게 가라앉아 있었다. 뭔가 다급한 느낌이 전해져왔다. 나는 잠결에 서둘러 택시를 잡아타고 일산으로 갔다. 지하철 종점인 대화역 입구에서 만나 그녀와 나는 옆에 있는 이층 생맥줏집으로 올라갔다. 한데 잘못 들어간 것일까. 주류회사에서 직영하는 그 생맥줏집은 이백 명, 아니 삼백 명이라도 수용할 수 있는 대형 술집이었고, 월요일 새벽이었으므로 홀에는 손님이 단한 사람도 없었다. 자리를 옮길 만한 정황이 아니어서 그녀와 나는 창가 쪽에 자리를 잡고 앉았다. 이어 오십대 초반으로 보이는 여자가 메뉴판을 들고 나타났다. 영업시간은 네시까지라고 했다. 홀의 대부분은 이미 불을 꺼놓은 상태였다. 어쩐지 무대에 앉아 있는 기분으로 그녀와 나는 스치듯 서로를 마주보았다. 야구모자에 찢어진 청바지 차림으로 나온 그녀는 미처 가방도 챙기지 못한 채 가출한 여자처럼 보였다. 얼굴이 어둡게 긴장돼 있었다. 며칠째 잠을 제대로 못 잔 모습이었다. 그녀는 좀처럼 나와 눈을 마주치려 하지 않았다. 시간이 흐를수록 그녀의 얼굴은 점점 무표정하고 차갑게 변해갔다. 무슨 일이 있는 거냐고, 나는 물었다.

태엽이 풀려가는 인형처럼 힘없이 고개를 가로저으며 그녀가 가까스로 되받았다.

"그냥, 명우씨를 봐야겠다는 생각이 들었어."

"그냥이라고?"

그녀는 내게 거짓말을 하고 있었다.

"아무 일도 없었고, 이제 더이상 아무 일도 일어나지 않을 거야. 어차피 다른 세계에서 벌어진 일들이니까."

그녀는 맥주를 한 모금 마시고 나서 떨어뜨리듯 잔을 테이블에 내려놓았다. 좀 전에 맥주를 가져다준 여자가 스탠드에서 휴대폰을 들여다보고 있다 도둑처럼 이쪽을 돌아보았다. 나는 곳곳에 어둠이 들어차 있는 홀 내부를 둘러보았다. 빈 테이블과 그보다 더 많은 의자들이 어둠 속에 정렬돼 있었다. 불현듯 숨이 막혀왔다. 그녀에게 재난이 닥쳐 있다는 느낌이 확연하게 몰려왔다. 그럼에도 그녀는 그것에 대해 말하려 들지 않았다. 이 시간까지 화장도 지우지 못한 그녀의 모습은 슬픔에 찌든 피에로처럼 보였다. 그녀에게 무엇을 해줘야 될지 도무지 알 수 없는 막막한 시간들이 지나가고 있었다. 한순간 그녀의 뺨으로 눈물이 주르륵 흘러내렸다. 이마에 흘러내리는 한줄기 피처럼. 하지만 그녀는 그것조차 의식하지 못하고 있는 듯했다.

네시 정각이 되자 예의 오십대 여자가 다가와 문을 닫을 때가 됐노라고 알려주었다. 나는 그녀를 데리고 밖으로 나왔다. 새벽

비가 내리고 있었다. 많은 비가. 계단을 내려와 건물 입구에서 비를 바라보고 있던 그녀가 웅얼거렸다.

"우리 오늘 어디로 떠날까?"

아까 들었으되, 그녀는 그럴 만한 처지나 상황이 아니었다. 오후에 드라마 촬영이 있다고 했다.

"종일 비가 내리는 곳으로. 눈이 내리는 곳으로."

오피스텔까지 데려다주겠다고 말하며 나는 택시를 잡았다. 그녀는 당장 잠을 자야 할 것 같았다.

"우리 오늘 떠나. 어디가 됐든 상관없어."

나는 대답하지 않았다.

"태국이든 캄보디아든."

태국과 캄보디아는 이 년 전에 그녀와 함께 여행을 갔던 곳이었다. 우기에 정말 비가 많이도 내렸었지.

"졸음이 마구 쏟아지네."

오피스텔 앞에서 그녀는 내게 그만 가달라고 했다. 뒤미처 잡아채듯 내 손을 잡고 절박한 어조로 말했다.

"오후 세시에 인천공항에서 만나. 알았지? 그리고 좌석이 남아 있는 비행기를 타고 어디로든 떠나."

그제야 나는 그녀가 진심을 말하고 있다는 것을 깨달았다. 그렇다면 더이상 이유를 묻거나 확인할 필요가 없었다. 알겠다고, 늦어도 세시까지 공항에 나가 있겠다고 나는 그녀에게 말했다.

"지금부터 휴대폰 꺼놓을 거야. 그러니까 꼭 약속시간에 맞춰 공항으로 나와야 해."

난희가 사라진 것은 바로 그날이었다. 그녀는 공항에 모습을 나타내지 않았다. 오후 다섯시까지 나는 출국장에 앉아 있었다. 새벽부터 내리기 시작한 비는 그때까지 줄기차게 퍼붓고 있었다. 그녀와는 연락조차 되지 않았다. 주위를 수소문해보았으나 마찬 가지였다. 안 되겠다 싶어 나는 직접 연예기획사에 연락을 해보 았다. 그러나 기획사 직원은 호들갑을 떨며 오히려 나를 의심하 는 눈치였다. 하루이틀, 일주일, 그리고 한 달을 기다렸지만 그녀 는 끝내 나타나지 않았다. 이후 사 년이 지나도록 완벽하게 소식 이 두절돼 있는 상태였다.

나중에 알아보니 그녀는 나와 공항에서 만나기로 한 사흘 뒤, 인천공항에서 독일 국적기인 루프트한자를 타고 다음날 런던 히 스로 공항에 내렸다. 그러나 그후의 행적은 말 그대로 묘연해서 지금껏 찾을 길이 없다.

누군가와 헤어졌다는 사실보다 그 존재 여부를 알 수 없다는 것이 뒤에 남겨진 자의 더한 고통이자 혼란이다. 세월이 흐르면 서 그 사라짐의 의미도 조금씩 변해갔다. 한동안은 그녀를 탓하 고 원망하던 시기가 있었다. 이후 긴 자책의 시간이 찾아왔고 지 금은 그녀가 오직 살아 있어주기를 바라는 간곡한 마음과 강요된 체념만이 남게 되었다.

6

택배로 원두가 배달돼왔다. 김현주가 강남 커피숍에 미리 연락을 해두었던 모양이었다. 포장을 뜯어보니 커피 장인이 내게 직접 쓴 편지가 들어 있었다. 그리고 친절하게도 그가 쓴 책(내가 얼마 전에 읽은 책이었다)까지 동봉돼 있었다.

커피를 만드는 일은 어려운 일이 아닙니다. 다만 그 전 단계로 커피에 대해 얼마쯤은 알아야만 하겠지요? 이를테면 커피콩, 원두 다루기, 추출방법, 그리고 추출도구들에 대해서 말입니다. 이는 제가 보낸 책을 읽어보시면 됩니다. 아마 충분한 설명이 될 거라고 생각합니다.

좀더 커피에 대해 알고 싶다면 책의 뒷부분에 실린 커피의 역사, 커피 산지, 커피 상식 들까지 함께 읽어보시면 보탬이 될 겁니다. 어떤 사물에 대해서, 또한 어떤 사람에 관해서도 알면 알수록 감정에 입체감이 생기게 마련이지요. 커피도 이와 같습니다. 아시겠지만 어느 세계나 그 나름의 깊이가 있게 마련이고 그것은 실제로 끝이 없습니다.

일단 제 가게에서 쓰는 원두를 각 이백 그램씩 보냅니다. 일반적인 아메리카노를 만들기 위한 기본 블렌딩 커피, 그리고 상큼한 신맛, 달콤하고 깊이 있는 맛, 깊고 강한 쓴맛, 깔끔하고 우아한 맛을 살려 각각 로스팅한 원두들입니다. 그 배합과 비율도 함께 적어놓았으니 앞으로 참고하시기 바랍니다.

원두는 포장돼 있는 것처럼 종이에 싼 다음 공기가 통하지 않도록 다시 비닐봉지에 싸서 서늘한 곳에 보관해야 합니다. 그리고 커피를 만들기 직전에 원두를 그라인딩(분쇄)해야 고유의 맛과 향을 전달할 수 있다는 점을 꼭 기억해두시기 바랍니다(물론 책에 다 쓰여 있습니다).

로스팅머신을 제외한 추출도구들이 구비돼 있다는 얘기를 들었습니다. 그렇다면 우선 기본 블렌딩 원두를 이십 그램쯤 꺼내 분쇄한 다음 핸드드립을 이용해 커피를 추출해보기를 바랍니다. 그것이 익숙해지면 프렌치프레스와 모카포트를 이용해 다시 커피를 추출해보십시오. 처음부터 자동 에스프레소머신을 사용하면 커피에 대해 영영 알 길이 없답니다.

우선 자신의 입맛에 맞는 커피를 추출해낼 수 있어야만 합니다. 그래야만 다른 사람의 취향에 맞는 커피를 만들어낼 수 있기 때문입니다. 바리스타 자격증은 사실 요식적인 것에 불과하니 염두에 두지 않으셔도 됩니다. 시간이 지나 커피에 대해 익숙해지면 결국 감정을 느끼고 읽어내는 민감함과 섬세함이 바리스타의 자격임을 알게 됩니다. 커피는 콩의 종류에 따라 단맛, 신맛, 쓴맛을 제외하고도 여러 가지 맛이 포함돼 있습니다. 맛은 곧 감정입니다(아시지요?). 이를 얼마나 조화롭게 융화시켜 분위기를 연출하느냐가 항상 관건입니다. 이를 은유(메타포)의 경지라고 합니다. 하지만 서둘지 않으셨으면 합니다. 커피 묘목에서 빨간 커피 열매를 수확하기까지는 대개 오 년 정도가 걸립니다. 아시겠지만 무슨 일이든 항상 시간이 필요한 법입니다.

아래에 제 휴대폰 번호와 이메일 주소를 적어놓았으니 필요할 때마다 연락하시면 됩니다. 혹시라도 제가 귀찮게 여기지 않을까, 라고는 절대 생각하지 마십시오. 그것은 분명 오해입니다. 왜냐하면 저는 커피에 관한 것은 모두 저의 일이라고 생각하기 때문입니다. 그럼 이만 총총.

나는 그가 알려준 대로 기본 블렌딩한 원두를 수동 그라인더에 넣고 갈아낸 다음 냄새를 맡아보았다. 그러자 무어라 말할 수 없이 향기롭고 그윽한 냄새가 코를 통해 온몸 구석구석으로 퍼지기 시작했다. 뒤미처 아찔한 느낌이 몰려왔다. 그것은 차라리 황홀한 느낌에 가까웠다. 그동안 프랜차이즈 커피점에서 상습적으로 아메리카노만 마셔왔던 내게 커피가 실체로 다가오는 순간이라고 해도 좋았다. 왜 커피를 두고 '악마의 음료' 운운하는지 알 것만 같았다.

나는 커피 애호가였던 바흐의 〈사라반드〉를 틀어놓고 다시 분쇄한 커피의 냄새를 깊이 흠향한 다음 핸드드립 방식으로 커피를 추출해 천천히 음미해보았다. 그러나 이때껏 코로 맡아지던 냄새가 입안에서는 거의 느껴지지 않았다. 추출이 이루어지는 그 짧은 시간에 냄새의 대부분이 어디론가 감쪽같이 사라져버린 것이다. 나는 몇 번 더 그 과정을 되풀이해보았다. 추출방식과 시간에 변화를 주고 성분이 다른 물로 바꿔가면서. 지금 바흐의 음악을 들으며 느끼는 감정에 가까운 맛을 만들어내기 위하여. 하지만 실패의 연속이었다. 그런데다 오늘도 역시 잠이 들기는 글러먹었다. 그렇다면 또 술을 마셔야만 하겠지. 알코올의존증인 사람들은 술을 마시기 위해서는 그 어떤 이유라도 만들어내는 존재들이다. 그리고 어찌된 영문인지 이런 사람들이 세상엔 항상 넘쳐난다.

토요일 저녁에 아몬드나무 하우스에 입주해 사는 사람들의 모임이 이층 마마의 집에서 있었다. 형식적으로는 나의 입주 신고식이었지만 분위기를 일별하니 정례적인 모임이라는 것을 알 수 있었다. 매달 마지막 토요일마다 집주인인 마마가 주관하는 저녁모임이라고 했다. 마마와 김현주가 사는 이층은 독립된 한 가구로 돼 있었고 두 개의 방과 넓은 거실을 포함하고 있었다. 또한 거실 한가운데 열 명쯤 앉을 수 있는 다용도의 긴 목제 테이블이 놓여 있었다. 음식은 마마가 늘 손수 준비한다고 했다. 테이블 위에는 물메기탕과 마른메기찜, 복수육, 생대구탕, 마른홍합꼬치, 참돔회 등 해산물 위주의 음식들이 무슨 잔칫날처럼 푸짐하고 정갈하게 차려져 있었다. 나중에 알았는데 마마의 고향은 마산이었고 평생 육고기를 입에 댄 적이 없다고 했다. 아무튼 술까지 있었다. 살펴보니 안동소주와 칠레산 백포도주와 체코, 벨기에산 맥주들로 각자 취향에 따라 마실 수 있게끔 준비돼 있었다.

그날 나는 두 명의 다른 입주자와 처음 대면하게 되었다. 휴학 중이라는 스물두 살의 청년(9월에 입대할 예정이라고 했다)과 바로 어젯밤에 남쪽 지방에서 돌아온 사진작가였다. 막연히 남자일 거라고 짐작했는데 표정이 다채롭고 몸매가 아름다운 삼십대 후반의 여성이었다. 이름은 박윤정이라고 했다. 그녀는 단번에 사람의 마음을 끌어당기는 매력의 소유자였다. 여행을 오래한 사람들이 대개 그렇듯 사소한 행동 하나하나에 군더더기가 없고 태도가 개방적이었다. 눈빛과 표정이 상대를 향해 부드럽게 열려 있었다. 방금 샤워를 마치고 내려온 듯 청바지에 하얀 티셔츠 차림이었고 긴 생머리를 가볍게 뒤로 묶은 모습이 상큼해 보였다. 민낯인 걸 보니 딱히 나이를 의식하는 것 같지도 않았다. 눈가의 잔주름이 오히려 묘하게 마음을 끌었다. 그녀는 열흘 전 목포로 내려갔다가 경전선을 타고 부산으로 이동해 일제강점기 때 공동묘지였던 아미동 비석마을을 취재한 다음 옛친구와 만나 시간을 보낸 뒤 돌아온 길이었다. 그녀는 몇몇 잡지와 신문에 정기적으로 여행기를 기고하고 있다고 했다.

간단한 입주 신고가 끝나고 그녀가 경전선에 대해 얘기하는 동안 나는 대학생 청년과 며칠 전에 눈이 마주쳤던 고등학생을 사이사이 눈여겨보고 있었다. 이들은 내내 입을 다물고 있었는데, 자리가 파할 때까지도 결코 말을 하지 않겠다는 식의 결연한 표정을 짓고 있었다. 두 사람 모두 눈빛이 어두웠고 나를 대하는 태도에서 딱딱한 거부감마저 느껴졌다. 악수를 나눈 뒤부터는 나와 눈길조차 마주치려 하지 않았다. 오직 먹는 일에만 몰두했고 청년은 술도 마시지 않았다. 때문에 나는 신경이 조금 예민해져 있었는데 다른 사람들은 두 사람에게 굳이 신경쓰지 않는 눈치였다. 옆에 앉아 있는 김현주가 적당하게 분위기를 조절하고 있었기 때문이었는지도 모른다. 마마가 포도주잔을 들고 건배를 제의했다. 며칠 새 기운을 차린 모습이었다. 나는 아무도 거들떠보지 않은 채 버림받고 있는 안동소주를 내 앞으로 가져왔다. 김현주가 병을 빼앗더니 내 잔에 술을 따라주었다.

"식구가 하나 더 늘었고, 가게도 다시 오픈할 예정이니 이제야 집이 집다워졌군. 하나라도 이가 빠져 있으면 입안이 허한 법이지. 음식들 남기지 말고 깨끗이 먹어치우도록 해. 알다시피 우리 집엔 돼지나 개를 안 키우니까."

마지막 말이 마음에 걸렸으나 그 말에 반응하는 사람은 아무도 없었다. 늘 되풀이되는 멘트인 듯했다. 나는 앞자리의 박윤정에게 슬쩍 말을 건네보았다.

"경전선을 타고 가다보면 특별히 무엇이 보이나요?"

경전선은 목포에서 출발하는 무궁화호 열차로 종착역인 부전까지 일곱 시간이 걸린다고 했다. 나를 흘끗 바라보고 나서 그녀가 입을 열었다. 그녀는 맥주를 마시고 있었다.

"혹시 보고 싶은 게 있나요? 그런 게 있다면 마침내 보이겠죠."

"무슨 뜻이죠?"

고개를 갸웃하고 나서 그녀가 되받았다.

"오직 마음에 있는 것만 눈에 보이는 법이라고 하더군요. 풍경은 거기에 늘 그대로 있는 거고요. 물론 아름답긴 하지만 경전선이라고 해서 달리 특별한 것은 없단 뜻이죠."

"그렇군요."

그녀는 잠시 내 눈을 깊이 응시했다. 잠자코 지켜보고 있던 마마가 입을 열었다.

"목포에 가서 독천 낙지를 먹고 술에 취해 밤바다를 보며 이난영의 노래를 들을 수 있다면 얼마나 좋을까. 늙어가는 건 죽는 일보다 더 끔찍한 거야!"

휴학생과 고등학생은 여전히 먹는 일에만 열중하고 있었다. 아까 내게 술을 따라준 후로는 김현주도 입을 다물고 있었다. 그쯤에야 나는 여기에 모여 있는 사람들 모두가 알고 있으되, 나만 모르는 일이 이 집에 존재한다는 것을 직감적으로 알아차렸다. 말하자면 무언가 내게 숨기고 있는 사실이 있는 것이다. 아니면 굳이 얘기할 필요를 느끼지 않거나. 식사를 마치고 휴학생과 고등학생은 마마에게 인사를 하고 각자 제집으로 올라갔다.

다들 조금씩 취해 있었다. 마마도 피곤한 듯했으나 좀더 시간을 갖고 싶은 눈치였다. 하지만 이야기가 자주 끊어졌고 그사이로 어색한 침묵이 감돌다 사라지기를 반복했다. 그러자 박윤정이 슬그머니 자리에서 일어나더니, 거실 한구석에 놓여 있던 기타를 들고 왔다. 그리고 이난영의 〈목포의 눈물〉과 〈해조곡〉을 불렀다. 가냘프지만 가슴 저 깊은 곳에서 울려나오는 목소리였다. 그녀가 노래를 부르는 동안 마마는 의자 등받이에 몸을 기댄 채 죽은듯 눈을 감고 있었다. 이어 그녀는 〈사랑의 기쁨Plaisir d'Amour〉을 불어로 나직이 부르고 나서 기타를 내려놓았다. 김현주가 숨기듯 눈가를 훔치더니 얼른 술잔을 집어들었다.

"언니는 참 매력적인 사람이에요. 제가 아는 그 누구보다 더."

"그래, 진귀한 노처녀지. 늙은 나도 가끔은 유혹하고 싶을 때가 있으니까. 자네는 안 그런가?"

마마가 나를 돌아보며 물었다.

"노래를 듣는 동안 가슴이 많이 아프더군요. 사랑의 기쁨이 아니라 실은 슬픔을 노래한 곡이라서 그런지 모르겠지만."

"상처를 받은 사람은 오히려 그 기억을 잊을 수 있지. 세월이 흐르면서 말이야. 하지만 상처를 준 사람은 두고두고 잊지 못하는 법이지. 그래서 알코올중독자가 됐겠지만."

"저는 다만 노래가 가슴을 아프게 했다는 뜻입니다. 그냥 순수하게요. 마마는 쉽사리 사람의 마음을 넘겨짚는 것 같습니다. 아시겠지만 그것도 상대에게 종종 상처가 되곤 합니다."

박윤정이 그만하라는 뜻으로 내게 고개를 가로저어 보였다. 하지만 마마는 꿈적도 하지 않았다.

"바야흐로 치매가 시작되려는 모양이지. 이놈의 끔찍한 몸뚱아리! 하나 더, 젊은 사내놈이 늙은 여자한테 내뱉는 말이 너무 옹졸하고 인색해!"

"이모, 그만하세요. 포도주를 벌써 몇 잔이나 드셨잖아요."

"이제는 현주 너까지 나를 잡아먹으려고 드는구나. 천생이 고아인 주제에!"

김현주도 어째 지려 하지 않았다.

"네, 저 아버지 없이 큰 고아예요. 하지만 이모는."

무슨 말이 더 튀어나오려는 순간, 김현주는 냉큼 입을 다물었다. 이어 곧바로 마마에게 사과했다.

"죄송해요. 저 좀 취했거든요."

나는 박윤정을 바라보았다. 때마침 그녀도 나를 보고 있었다. 표정의 변화 없이 담담한 얼굴이었다.

"괜찮다. 내 입에 워낙 가시가 많이 박혀 있어서 이렇게라도 가끔 뱉어내지 않으면 견딜 수 없거든."

김현주가 의자를 뒤로 밀어내며 자리에서 일어났다.

"저 먼저 방으로 들어갈게요."

"설거지는 누가 하고?"

제가 할게요, 라며 박윤정이 뒤따라 일어났다. 그녀도 술을 꽤 마신 듯한데 취한 기색이라곤 보이지 않았다. 김현주는 현관문을 열고 밖으로 나갔다. 내가 설거지를 거들려고 하자 박윤정이 됐으니 그만 올라가보라고 했다. 현관을 나서는 내게 마마가 또 한마디 내뱉었다.

"끼니때마다 동냥아치처럼 싸구려 식당 전전하지 말고 내일부터는 밥 좀 끓여먹지그래. 그게 사는 일의 시작이고 삶을 챙기는 구체적인 방법이야. 하나 더, 육고기는 피를 탁하게 하니 입에 대지 말고!"

박윤정이 후후거리고 웃는 소리가 등뒤에서 들려왔다.

사층으로 올라가다 보니 옥상으로 통하는 문이 열려 있었다. 나는 그쪽으로 나가보았다. 옥상엔 유리로 만든 온실이 있었고 갖가지 화분들이 빼곡히 놓여 있었다. 안에는 희미하게 불이 켜져 있었다. 누가 날마다 손을 보는지 식물들의 상태는 좋아 보였다. 김현주가 난간 모서리에 기대어 담배를 피우고 있다 발소리가 나자 이쪽을 돌아보았다. 반사적으로 경계하는 모습이었으나, 나라는 걸 확인하고 원래의 표정을 되찾았다. 나는 그녀 옆에 나란히 서서 담배를 피워물었다. 내가 아침마다 길상사로 올라갔다 전철역까지 왕복하는 선잠로가 한눈에 들어왔다.

"내가 마마의 심기를 건드려서 분위기가 어수선해진 것 같습니다."

그녀가 담배꽁초를 바닥에 떨어뜨리고 나서 말했다.

"사과하는 건가요? 하지만 그럴 필요 없어요. 이모는 늘 저런 식이니까."

한때의 바람이 불어갔고 그녀는 고양이처럼 몸을 움츠렸다. 새벽에 다시 눈이나 비가 내릴 듯 바람 속에 습기가 배어 있었다.

"추운데 그만 내려갈까요? 묻고 싶은 게 있긴 합니다만."

그녀가 눈을 홉뜨고 나를 바라보았다. 왠지 긴장한 것 같다고 나는 생각했다.

"묻고 싶은 게 뭔데요?"

"북카페로 내려갈까요?"

"……냉장고에 맥주가 남아 있다면요. 매일 밤 혼자 술을 마시는 것 같던데. 대개 자정이 지나서부터."

그녀와 나는 북카페로 내려와 테이블에 마주앉았다.

"월요일쯤에 가게를 열까 생각중입니다. 아직 준비가 덜 된 상태지만 일단 문을 열어보려고요."

그녀는 대꾸하지 않은 채 내 이마를 바라보았다. 이제 질문을 하라는 뜻이었다.

"이사한 뒤로 하루도 잠을 제대로 잔 날이 없습니다. 네, 술을 웬만큼 마셔도 말이죠. 처음엔 그저 환경이 바뀐 탓이려니 했는데, 밤마다 이상한 기척이 느껴집니다. 누군가 고통스러워하는 것처럼 흐느끼고 신음하는 소리가 날이 밝을 때까지 그치지 않고 귀에 들려옵니다. 냉장고 안에 누워 있는 것처럼 몸이 견딜 수 없이 떨리고요. 방바닥은 분명 뜨거운데도 말입니다. 이게 단지 집의 구조나 외풍 때문일까요?"

그녀의 눈빛이 공허하게 변하는가 싶더니 낯빛이 어두워졌다.

"혹시 누군가 남겨놓은 흔적 같은 걸까요? 왜 빈집에 들어가보면 전에 살았던 사람들의 흔적이 곳곳에 배어 있게 마련 아닙니까. 비록 눈에 보이진 않더라도."

"……그게 느껴진단 말인가요?"

그녀의 목소리가 미세하게 떨려나왔다.

"밤새 그 소리들을 듣고 있으면 마음이 이루 말할 수 없이 참혹해집니다. 그게 나는 내 상태 때문이라고 생각했습니다. 오랫동안 반지하 단칸방에서 알코올중독자로 살아온 내 상태 말입니다. 하지만 이제 그것 때문만은 아니라는 생각이 듭니다. 이를테면 내가 지금 살고 있는 방에서 얼마 전까지 틀림없이 어떤 사람이 살았을 테고, 밤마다 나는 그 사람이 몸부림치는 소리를 듣고 있는 느낌입니다."

그녀는 잘못을 저지른 사람처럼 한동안 고개를 숙이고 있었다. 잠시 후 그녀가 맥주잔을 들어 입으로 가져가며 중얼거렸다.

"사람이란 참 무서운 존재로군요. 그런 걸 느낄 수 있다니 말예요."

"……"

"네, 최근에 그 방에서 어떤 일이 일어났던 게 사실이에요. 하지만 당장 얘기하라고 재촉하지는 마세요."

"혹시 누군가 죽기라도 했나요? 왠지 그런 느낌이 듭니다만."

그녀의 얼굴이 마침내 밀랍인형처럼 변했다. 이어 그녀가 입에 물고 있던 뜨거운 돌을 내뱉듯 말했다. 그 밤에 어디선가 길게 사이렌 소리가 들려왔다.

"네, 얼마 전에 한 여자가 그 집에서 자살했어요. 스물여섯 살밖에 되지 않은 새파랗고 가여운 여자가."

나는 감히 왜냐고 물을 수가 없었다.

"밤늦게 퇴근하던 길에 공사중인 건물로 끌려가 윤간을 당했죠. 작년 가을의 일이었고 그 여자는 유치원 교사였어요. 범인들은 아직까지 잡히지 않았고요. 그 일이 발생하고 나서 그 여자는 유치원을 그만두고 방안에 틀어박혀 지냈어요. 나를 포함해 윤정 언니와 이모가 나서서 그녀를 회복시키기 위해 안간힘을 썼지만 아무 소용이 없었어요. 하지만 그 여자는 이 집을 떠나려고 하지도 않았어요. 사실 그럴 만한 상태가 아니었거든요. 집밖으로 나가는 것에 대해 극심한 공포심을 품고 있었으니까요."

나는 아까 이층에서 보았던 휴학생과 고등학생의 모습을 떠올렸다. 그들도 이 사실을 알고 있을 터였다. 그러니까 이 집에 살고 있는 사람들 모두가. 나는 불현듯 아주 이상한 집에 들어와 살게 되었다는 생각이 들었다. 더 궁금한 것이 있었으나 나는 그쯤에서 입을 다물었다. 어느덧 자정이 가까워지고 있었다. 이마로 내려온 머리칼을 위로 쓸어올리고 나서 김현주가 뜻밖의 말을 던져왔다.

"혹시 내일 뭐해요? 나하고 드라이브 좀 하고 올까요? 가까운 서해로 말예요."

내일은 일요일이었고 나는 차를 가지고 있지 않았다. 그녀도 차가 없었다.

"이모 차를 빌리면 돼요. 어차피 쓰지도 않은 채 차고에 처박혀 있는 물건이에요. 설마 면허가 없는 건 아니겠죠?"

서해라는 말을 들으니 갑자기 제부도에 가고 싶다는 생각이 들었다. 내가 그런 얘기를 하자 그녀도 오래전에 그곳에 가본 적이 있다고 했다.

"대학생 때였는데, 마침 썰물 때여서 멋모르고 들어갔다가 밀물에 갇혀 다음날에야 빠져나왔던 기억이 나네요. 물때라는 걸 미처 몰랐던 거죠."

7

밤사이 마을 사람 모두가 피난을 간 것처럼 적막한 일요일 아침이었다. 열시에 북카페에서 김현주와 만나 제부도로 향했다.

64

차고에서 잠자고 있던 마마의 승용차는 은색 아우디였고 주행 거리가 이만 킬로미터밖에 되지 않았다. 거미줄이 묻은 듯한 부스스한 얼굴로 내려온 김현주는 주홍빛 목도리에 감색 반코트 차림이었고, 낡은 청바지에 회색 스니커즈를 신고 있었다. 운전석에 앉아 시동을 걸자 아우디는 천식 환자처럼 몇 번 쿨럭거리더니 잠시 후 상쾌한 엔진음을 토해냈다. 모니터와 세부 작동장치를 확인한 다음 나는 골목을 빠져나가 주유소에서 연료를 가득 채우고 자동세차를 했다. 그리고 약간 긴장한 상태에서 성북동을 벗어나 한성대입구역과 원남동 사거리를 지나 성산고가도로로 진입하자 웬만큼 운전이 익숙해졌다. 내비게이션은 제부도까지 팔십삼 킬로미터, 약 한 시간 사십칠 분이 소요될 거라는 정보를 제공하고 있었다.

차는 이윽고 성산대교를 건너갔다. 고속도로에 진입하기까지 군데군데 막히는 구간이 있었으나 일요일 오전이었으므로 통행은 전반적으로 원활했다. 김현주가 작동시킨 CD플레이어에서는 잠꼬대를 하는 듯한 카를라 부르니의 나른하고 원색적인 목소리가 흘러나오고 있었다. 그 때문이었을까. 조수석을 돌아보니 김현주는 입을 약간 벌린 채 창쪽으로 고개를 꺾고 잠들어 있었다. 언제부터 내가 이토록 편해진 걸까. 전날 마신 술의 숙취가 얼굴에 어둑하게 남아 있었다. 서른세 살. 무려 팔 년을 사귀어온 그녀의 남자친구는 단편영화를 두어 편 찍은 무명의 영화감독이라고 했다. 세월이 흐를수록 두 사람은 만나는 횟수가 점점 뜸해지고 있었다. 최근에 만난 것도 두 달 전이었다. 서로 너무 익숙해진 탓일까? 어제 북카페에서 얘기를 나누다 그녀의 입에서 무심코 흘러나온 말이었다.

김현주는 목적지까지 삼십 킬로미터를 남겨둔 지점에서 휴대폰 벨이 울리자 화들짝 놀라 눈을 떴다. 그녀는 어리둥절한 표정으로 나를 돌아보았다. 실고춧빛으로 눈이 엷게 충혈돼 있었다. 누가 찾는 것 같은데요, 라고 말하며 나는 포크와 나이프와 주유기가 그려진 휴게소 표시판을 보고 그쪽으로 차를 몰아 들어갔다. 속이 쓰린데도 어김없이 허기가 찾아와 있었다. 왜 휴게소 표시판에는 숟가락과 젓가락이 없는 걸까? 라는 터무니없는 생각을 하며 나는 커피와 고구마케이크를 사서 빈자리를 찾아 앉았다. 그때 꿈인 듯 눈발이 흩날리기 시작했다.

눈보라를 배경으로 긴 통화를 마친 그녀가 머리에 묻은 눈을 털며 커피숍 안으로 들어와 사위를 두리번거리더니 내게로 걸어왔다. 그 순간 커피숍 내부의 공기가 변하고 있다는 느낌이 몰려왔다. 그녀의 움직임에 따라 공기가 물주름처럼 밀려나면서 사람들의 시선이 저절로 그녀에게 쏠렸다. 단지 키가 큰 탓만은 아니었을 것이다. 주위의 시선을 잡아끄는 무언가가 그녀에게서 발산되고 있다는 생각이 들었다. 그것은 이때껏 나도 미처 감지하지 못했던 생경한 모습이었다. 느릿느릿 발걸음을 옮길 때마다 방심한 듯 상체가 좌우로 완만하게 흔들렸고 입술이 약간 벌어진 상태에서 눈빛은 공허하게 풀려 있었다. 그녀 자신은 알고 있었을까? 그것이 본능적으로 몸에 밴 유혹의 몸짓이라는 것을. 불현듯 나는 이런 의혹에 사로잡혀 있었다. 어쩌다 나는 김현주와 이 외진 휴게소에 와 있게 된 걸까? 어제 저녁식사 모임 때만 하더라도 함께 서해로 가게 되리라고는 상상조차 못했던 일이었다.

맞은편 자리에 와 앉으며 그녀가 눈이 내리고 있다고 메마른 소리로 중얼거렸다. 시간이 멈춘 것처럼 창밖의 풍경이 적요하게 가라앉고 있었다. 그녀가 새삼 낯설고 그만큼 더욱 가깝게 느껴졌다. 커피는 입에 댈 수 없을 정도로 뜨거운데다 원두의 향이 조금도 남아 있지 않았다. 다행히 고구마케이크는 신선하고 달콤했다.

왜 하필 제부도에 갈 생각을 했느냐고 그녀가 뒤늦게 물어왔다. 분위기 전환을 위한 질문이라는 것을 알고 나는 건조하게 대꾸했다.

"군에 입대하기 전에 학교를 휴학하고 여기저기 떠돌다 어느 날 제부도가 보이는 바닷가까지 오게 됐어요. 저녁 무렵이었고 밀물이 막 시작되려는 참이었죠. 그런데 운 좋게 경운기를 얻어 타게 됐습니다. 경운기를 모는 사람은 어부이자 횟집 주인이었고요. 섬으로 들어가는 중에 서로 얘기를 나누다 그 집에서 두 달을 얹혀 지내게 됐습니다. 식당에 딸린 골방에서 지내며 물때에 맞춰 장화를 신고 개펄로 나가 낙지를 잡거나 배를 타고 고기를 잡는 일도 거들었습니다. 식당의 온갖 허드렛일도 맡아 했죠. 고작 두 달 정도였지만, 돌이켜보니 그때가 가장 순수한 삶을 살았던 시기가 아니었나 싶네요."

"순수한 삶?"

"하루하루를 오직 몸으로만 살아냈죠. 무얼 생각한다는 것 자체가 사치일 정도로 완전히 지칠 때까지. 왜 이런 말이 있잖습니까. 사는 건 사는 거지 생각하는 게 아니다. 실제로 생각이 지나치다보면 오히려 삶에서 점점 멀어지게 되더군요. 때로는 생각이 삶을 좀먹기도 하고요."

그녀는 무감한 눈빛으로 내 미간을 바라보았다. 천장에서 쏟아지는 조명을 받은 주홍빛의 목도리가 그녀의 얼굴을 파스텔톤으로 물들여놓고 있었다. 사이를 두었다가 이번에는 내가 물었다.

"어제 북카페에서 하지 못한 얘기가 남아 있는 거죠? 왠지 그런 느낌을 받았습니다만."

그녀가 창밖으로 시선을 피하며 말을 흐렸다.

"그런가요? 뭐, 그럴 수도 있고요."

"이쯤에서 마마, 아니 이모님에 대해 좀 물어봐도 될까요? 나도 이제 그럴 만한 자격이 있다고 생각합니다."

"궁금한 게 뭔데요?"

그녀가 살짝 미간을 찌푸린 채 되받았다.

"우선 마마의 건강이 정확히 어떤 상태인지 알고 싶습니다. 그건 내 상태와도 관계된 일이니까요."

김현주는 천천히 남은 커피를 마신 다음 담배를 피우고 싶다며 자리에서 일어났다.

눈발이 들이치는 흡연구역에 서서 그녀와 나는 담배를 피워물었다.

"대답을 해야겠죠. 명우씨가 입주하는 과정에서 나도 개입한 게 사실이니까. 하지만 내가 얘기할 수 있는 한계가 있어요. 그 이상은 나중에 이모한테 직접 물어보세요."

"마마가 대답해줄까요?"

"아마도요. 왜냐면 이모한테는 주어진 시간이 그리 많지 않은 것 같거든요. 이를테면 제한시간 같은 게 되겠죠."

"……"

제부도로 건너가는 입구 초소에 다다를 때까지 눈은 계속해서 내렸다. 썰물이 진행중이었지만 철문은 굳게 닫혀 있었다. 지나가는 주민을 붙잡고 물어보니 한 시간 이상을 기다려야만 차로 건너갈 수 있을 거라 했다. 드넓은 회색빛의 개펄이 드러나면서 그 위로 갈매기떼들이 먹이를 찾기 위해 부산스럽게 내려앉고 있었다. 바다에 흐릿하게 떠 있는 누에섬의 하얀 풍력발전기가 황량한 느낌을 더해주었다. 그녀도 나와 같은 느낌을 받고 있었을 것이다.

"그런데 우리가 꼭 제부도에 들어가야만 하나요? 설마 전에 일했다던 식당의 주인을 만나러 온 건 아닐 테고."

그녀의 말을 듣고 나는 그녀와 내가 이미 제부도에 가본 적이 있으며 단지 서울을 벗어나기 위해 여기까지 오게 됐다는 사실을 자각했다. 어느덧 점심때가 돼 있었다. 주위를 둘러보다 별 선택의 여지 없이 가까운 횟집으로 들어갔다. 제부도가 내다보이는 창가에 자리를 잡고 앉아 주인에게 간단한 상차림을 주문했는데, 커다란 냄비에 펄펄 끓는 생우럭탕이 나왔고 자연스럽게 반주까지 겸하게 되었다. 시간이 갈수록 대기가 회색으로 어둑하게 내려앉으며 제부도가 눈앞에서 시시각각 멀어지고 있었다.

김현주가 자신의 얘기를 꺼낸 것은 소주를 반병쯤 비웠을 때였다. 운전을 염두에 둬야 했으므로 나는 가급적 술을 자제했다. 작년 봄에, 라고 그녀가 말문을 열었다.

"엄마가 돌아가셨어요."

나는 어젯밤 마마가 김현주에게 "천생이 고아인 주제에!"라고 거칠게 내뱉던 장면을 떠올렸다.

"끔찍한 죽음이었죠. 최종 사인은 엉뚱하게도 위암이었지만, 그전에 파킨슨병이 찾아와 무려 십 년 동안이나 지옥 같은 삶을 살아야 했어요. 그 병이 얼마나 집요하고 철저하게 삶을 파괴하는지 나는 스물두 살 때부터 엄마를 줄곧 지켜보며 알게 됐죠. 나는 주말마다 기차를 타고 부산에 내려가야만 했고요."

스물두 살 때라면 그녀가 서울에서 대학을 다니던 시기였다.

그녀의 고향이 부산이라는 것도 이날 알게 되었다. 그녀는 대체로 세련된 억양의 서울말을 쓰고 있었던 것이다. 그녀의 어머니는 딸이 태어난 무렵부터 임종시까지 이십 년 이상 해운대에서 화랑을 운영했다고 한다. 그날의 대화에서 특기할 만한 대목은 어머니가 세상을 뜰 때까지 딸에게 아버지의 존재에 대해 끝내 함구했다는 것이었다. 말하자면 김현주는 지금까지도 자신의 생부가 누구인지 모른 채 살아가고 있었다. 때문에 죽은 어머니에 대한 원망과 분노의 감정이 가슴 깊숙이 도사리고 있었다. 이제 그 수수께끼를 풀어줄 수 있는 사람이 오직 이모밖에 없다고 그녀는 믿고 있었다. 하지만 마마 역시 김현주의 생부에 대해서는 철저히 모른다는 태도로 일관하고 있었다.

"과연 그럴 수 있는 걸까요? 엄연히 자매간인데 말예요."

그녀는 아연 절망스러운 표정으로 어머니에게 파킨슨병이 찾아왔던 불안한 시기에 대해 얘기했다. 대학교 삼학년 여름방학을 맞아 부산 집에 내려가 있을 때였다.

"그것은 어느 날 갑자기 찾아왔어요. 태풍이 몰려오던 날 저녁이었죠. 창으로 바다가 내려다보이는 식탁에 마주앉아 밥을 먹고 있을 때, 나는 어느 순간부터 이상한 기운을 감지했어요. 태풍이 몰려오고 있기 때문일까? 라고 막연히 생각하고 있었는데, 곧 엄마의 행동이 평소와 다르다는 것을 눈치챘죠. 먼저 눈의 깜박임이 부자연스러워 보였어요. 얼굴 표정도 가면을 쓴 것처럼 차갑게 굳어 보였고요. 그러다 엄마가 손에 들고 있던 젓가락이 식탁에 툭, 떨어졌죠. 그때까지도 엄마는 자신에게 무슨 일이 일어나고 있는지 전혀 알지 못하고 있었어요. 젓가락을 더듬어 집다 다시 떨어뜨리고 나서야 흘끗 나를 쳐다보더군요. 그 순간 도파민, 이라는 단어가 머리에 불쑥 떠오르더군요. 그 병에 대한 지식이 따로 없었는데도 말예요. 언젠가 스쳐 들은 기억이 있었겠죠."

모녀는 한동안 서로의 얼굴을 뚫어져라 마주보았다. 이윽고 딸이 엄마, 하고 불렀으나 그녀는 한껏 고집스러운 표정을 짓고 그대로 버티고 있었다. 워낙 깔끔한 편인데다 평소에 몸관리를 철저하게 해온 터여서 그때껏 긴가민가하고 있었을 것이다. 무엇보다도 당시 김현주의 어머니는 쉰 살에 불과했다. 귓전에서 천둥소리를 들은 듯 두 사람은 오랜 침묵에 사로잡혀 있었다. 이윽고 어머니가 의자를 뒤로 밀어내며 일어나려는 자세를 취했다. 그리고 그대로 식탁 옆으로 넘어지고 말았다. 딸은 엉겁결에 어머니의 겨드랑이를 잡고 일으키려 했다. 그러자 어머니가 벌컥 화를 내며 그녀의 손을 거칠게 뿌리쳤다. 의자를 잡고 겨우 일어난 어머니는 걸음마를 배우는 아이처럼 뒤뚱거리며 거실 문을 열고 베란다로 나갔다. 그리고 딸에게 담배를 가져오라고 했다.

모녀는 베란다에 서서 태풍이 당도한 바다를 내려다보며 거푸 담배를 피웠다. 이튿날 두 사람은 병원에 가서 정밀검사를 받았고 초기 파킨슨병이라는 진단을 받았다. 하지만 그녀의 어머니는 좀처럼 그 사실을 인정하려 들지 않았다. 며칠 후 두 사람은 서울로 올라와 두 군데의 종합병원에서 다시 정밀검진을 받았다. 그러나 결과는 바뀌지 않았다. 모녀는 다시 부산으로 내려갔다. 이후 어머니는 단추를 끼우거나 양치질을 하는 사소한 움직임조차 점점 둔해지기 시작했다. 그리고 목욕탕에서 벌거벗은 채 넘어진 뒤부터는 깊은 우울증에 사로잡혔다. 하지만 그녀의 어머니는 강인한 사람이었다. 약물치료와 물리치료, 식이요법을 겸하면서 하루도 거르지 않고 새벽마다 성당에 나갔으며 화랑 일도 지금까지 해왔던 것처럼 본인이 모든 것을 결정하고 처리했다. 그럼에도 상태는 호전되지 않았다. 시간이 갈수록 증상이 심해져 수면장애와 급기야 배뇨장애에 시달렸으며 장기간 도파민 제제를 사용하면서 합병증에 노출되기도 했다.

파킨슨병이 찾아오고 나서 오 년이 경과했을 때였다. 그즈음 그녀의 어머니는 몸을 거의 움직일 수 없는 상태였는데, 병원에서 파견한 중년의 간호사를 내보내고 자신이 운영하는 화랑에서 큐레이터로 일하던 여자를 입주 가정부 겸 간병인으로 고용했다. 몇 해 전에 미술대학을 졸업한 스물일곱 살의 여자였다. 말이 간병인이지 온갖 집안일은 물론이려니와 수시로 비위를 맞춰가며 오물까지 받아내고 그때마다 씻겨주고 옷을 갈아입혀야만 하는 일이었다. 김현주가 만나보니 돋보이는 외모에 두루 교양까지 갖춘 흠잡을 데 없는 타입의 여자였다. 김현주가 두고두고 신경이 쓰였던 것은 그녀가 자신과 동갑내기라는 사실 외에도 도대체 무엇 때문에 그 고역스러운 일을 떠맡게 됐냐는 것이었다. 단지 금전 때문이었을까? 두 사람 사이에 어떤 계약이 오갔는지는 김현주도 알 수 없었다. 다만, 시간이 지나면서 어머니가 그녀에 대한 지배력을 서서히 상실하고 있다는 것을 눈치챘다. 그것은 당사자인 어머니조차 미처 예견하지 못했던 일이었을 터였다. 말년에 이르러 어머니는 급기야 그녀에게 복종하는 처지로 전락했는데, 그녀가 없으면 한시도 연명할 수 없는 처지였기에 필사적으로 그녀에게 매달렸다. 진작부터 김현주는 그녀에게 두려운 마음을 품고 있었다. 어느덧 딸인 자신의 자리를 대신한 것도 모자라 집안을 통째로 장악하고 있었던 것이다. 그녀는 어머니가 눈을 감는 순간까지 일체의 감정을 드러내지 않은 채, 집사 겸 가정부 겸 간병인으로서의 역할을 묵묵히 수행했다. 그리고 자신이 돌보던 환자의 장례식이 끝나자마자 이탈리아로 떠났다고 했다.

"엄마가 지독하게 이기적이고 욕심 많은 사람이라는 생각이 들지 않아요? 결국은 그 때문에 스스로 유린당하고 만 것 같지만."

"글쎄요, 그게 어느 한쪽의 욕심만으로 성립되는 관계는 아닌 것 같은데요. 현주씨 말대로 두 사람 사이에 모종의 계약이 있었겠죠. 하지만 역시 계약만으로는 성립이 불가능한 관계라는 생각이 드네요. 그렇다면 그 이상의 무언가가 존재했겠죠."

"그게 뭘까요?"

시나브로 썰물의 진행이 끝나 제부도로 건너가는 시멘트길이 눈발 속에 희미하게 열리고 있었다. 그쪽으로 건너갈 수 없는 지점에서 그녀와 나는 서로에게 가로놓인 거리를 의식하면서 좀더 얘기를 나눴다.

　"우선 그 여자에게도 어머니를 돌보는 일이 필요했겠죠. 하지만 처음부터 오 년이란 시간을 염두에 두진 않았을 겁니다. 이십대의 여자에게 그 시간은 생의 전부를 결정짓는 시기일 수도 있으니까요. 그렇다면 시간이 경과하면서 관계의 성격이 변했다고 봐야 하지 않을까요? 그 변화는 두 사람만이 알고 있었을 테고요. 관계라는 건 철저히 상대적인 거잖아요. 결과적으로 두 사람은 동반자적 관계였다는 생각이 드는데요."

　"동반자적 관계? 악어와 악어새처럼 말인가요?"

　"설혹 그렇다 하더라도, 그렇게까지 말할 필요는 없지 않을까요?"

　"나는 엄마가 돌아가신 뒤에 그 여자가 화랑을 물려받을 줄 알았어요. 그럼 그나마 납득할 수 있었겠죠. 그런데 내가 알기론 매달 지급되는 월급과 미리 정산한 퇴직금 정도가 전부였어요. 엄마의 유서에 따로 명시된 조건도 없었고요. 그래서 아직도 불가사의하다는 거죠. 친엄마라면 혹시 모를까, 멀쩡하게 젊은 여자가 손가락조차 움직이지 못하는 환자의 대소변까지 받아내며 임종시까지 옆을 지켰다는 게."

"가족간이면 오히려 그 일이 엄두가 나지 않을지도 모르죠. 서로가 금방 지치게 마련이고요. 그래서 대개 시설을 이용하는 걸로 알고 있습니다."

"보기완 달리 참 쿨하시네요."

그녀가 이기죽거리며 툭 쏘아붙였다.

"쿨한 건 시설이죠. 그 여자는 지금 이탈리아에 가 있다고 했나요?"

"남부 소도시에 있는 대학에서 미술사 공부를 시작했다고 들었어요. 화랑 운영에 관한 문제 때문에 가끔 연락을 주고받는데, 얼마 전에 현지인과 결혼을 해서 앞으로 한국에 들어올 일은 없을 거라고 하더군요. 아무튼 묘한 여자예요."

"그 여자도 현주씨의 아버님에 대해서는 전혀 아는 바가 없다고 하던가요?"

내가 무심코 내뱉은 말에 김현주는 돌연 충격을 받은 듯 한동안 입을 열지 못했다. 그녀는 망연한 표정으로 나를 바라보았다.

"내가 괜한 말을 한 건가요?"

이렇게 말하고 난 뒤 나는 김현주가 내게 무언가를 요청하기 위해 오늘 나와 동행했음을 알아차렸다. 뒤미처 그것이 무언인지도 알게 되었다. 이를테면 마마를 설득해 자신의 생부에 대해 알아봐달라는 부탁을 하려는 것이었다.

"나는 참 바보 같은 여자군요. 게다가 어리석기까지 하고요."

딱히 대꾸할 말이 없어 나는 퉁명스럽게 되받았다.

"그렇지 않은 사람을 한 번이라도 만나본 적이 있나요?"

그녀는 입술을 비틀며 웃더니 신경질적인 동작으로 가방에서 담배를 꺼냈다.

"그런 말이 지금 나한테 위로가 될 거라고 생각해요? 이모나 솜씨 좋게 설득해보세요, 집사 아저씨."

"그전에 마마의 상태부터 알아야 하지 않을까요? 왜냐하면 제한시간을 초과해서는 안 될 테니까요. 이참에 미리 얘기해두죠. 나는 두 분 사이에 필요 이상으로 개입하길 원치 않습니다. 내게는 그럴 만한 자격이 없을뿐더러, 또 마마를 설득할 자신도 없으니까요. 하지만 기회가 오면 여쭤보기는 하죠."

그녀는 가만히 나를 노려보더니 남은 소주를 잔에 따라 단숨에 마셨다. 잠시 기다렸다가 나는 그만 갈까요? 하고 자리에서 일어났다. '대체로 맑고 가끔 흐림'이라던 일기예보와 달리 눈발이 점점 거세지고 있었던 것이다.

차를 세워둔 곳으로 돌아와 나는 제부도로 건너가는 시멘트길을 우두커니 바라보았다. 어쩐지 앞으로는 더이상 제부도에 갈일이 없으리라는 생각이 들었다. 내게 미련이 남은 줄 알았는지 김현주가 옆으로 다가와 말했다.

"지금이라도 건너갔다 올까요? 식당 주인과 해후라도 할 겸."

"현주씨에게 그럴 마음이 없다는 걸 알고 있습니다. 날씨도 좋지 않고요."

"그 대사조의 말투 정말 짜증나. 그럼 소래포구로 가. 어차피 올라가는 길이잖아. 나 아직 거기 못 가봤거든."

그녀는 한순간 감정이 격해지거나 술기운이 오르면 응석을 부리는 듯한 말투로 변한다는 걸 그날 알았다. 소래포구로 가는 길에 김현주는 마마가 몇 달 전에 병원에서 간경화 판정을 받았으며 향후 간암으로 발전할지도 모른다는 말을 아무렇지도 않게 털어놓았다. 그렇다면 마마는 자신의 병세를 인지한 후에 나를 아몬드나무 하우스로 불러들인 셈이었다. 나는 복잡한 상념에 휩싸인 채 메뚜기떼처럼 사납게 차창으로 달려드는 눈발만 노려보고 있었다. 순간순간 운전이 불안했기에 나는 굳게 입을 다물고 있었다.

날씨 탓에 소래로 가는 길은 더디고 멀었다. 운전의 피로가 엄습할 즈음 김현주가 뜬금없이 여배우 운운하며 난희에 대해서 물어왔다. 마마에게서 들은 얘기가 있는 모양이었다. 나는 무감한 상태에서 단답형으로 대꾸했다. 굳이 얘기하고 싶은 기분이 아니었던 것이다.

"사 년 전에 실종돼 감감무소식인 상태."

김현주도 단답형의 말투로 맞장구를 쳤다.

"그러니까, 현재 어디에 있는지조차 모른다는 뜻?"

"생존해 있다면 유럽 어딘가를 배회하고 있지 않을까 싶은데,

그 또한 짐작일 뿐. 국내에 있다면 이렇게까지 완벽하게 소식이 두절될 수는 없다고 생각함."

"생존해 있다면, 이라는 말은 그 반대의 상상도 가능하다는 뜻?"

나는 절로 한숨이 나왔다.

"끝까지 찾을 건가요?"

"그래야만 헤어지기라도 할 수 있지 않을까요? 무슨 뜻인지 현주씨도 잘 알 거라고 생각합니다만."

"하긴, 그렇네요. 근데 그 여자 좀 너무한다는 생각이 드는데, 아닌가요?"

"그만하죠."

소래포구 근처에 다다를 때까지 그녀는 얌전히 입을 다문 채 콤팩트를 꺼내 화장을 고치고 있었다. 도로가 안 보일 정도로 까맣게 눈이 퍼붓고 있었다. 나는 그녀에게 내처 서울로 올라가는 게 어떻겠냐고 물어보았다. 염탐이라도 하듯 밖을 내다보고 있던 그녀가 예의 응석을 부리는 말투로 내뱉었다.

"코앞까지 와서 그게 무슨 소리야. 왜, 내가 술 먹고 주정이라도 할까봐?"

나는 반사적으로 옆을 돌아보았다. 그녀는 분장과 다름없는 짙은 화장을 하고 있었다. 그것은 마치 그녀의 내부에 웅크리고 있던 상처투성이의 존재가 눈을 뜨고 깨어난 것처럼 보였다.

"어시장에서 퍼덕거리는 물고기를 썰어놓고 소주를 마시고 싶어. 나 오늘 취하고 싶단 말이야."

나는 이상하리만치 곧 마음이 차분해졌다.

"그럼 오늘은 아가씨 뜻에 따르도록 하죠."

그러자 김현주가 끝내 귀에 거슬리는 발언을 했다.

"진작에 그럴 것이지. 뭐, 내가 집사 아저씨를 유혹이라도 할 줄 아나보지?"

"그녀는 집사의 취향이 아닌 것 같은데요."

"서로 버림받은 처지에 잘난 척하기는."

그녀는 내 어깨로 슬쩍 몸을 기울이더니 나를 올려다보았다. 화장품 냄새가 코로 확 스며들었다. 집사를 시험해보기라도 하는 걸까.

"그녀는 지금 악마처럼 외로워."

나는 그녀의 몸을 밀어내며 차갑게 대꾸했다.

"외롭지 않다면 악마가 아니죠. 악마들은 피곤해."

나는 공용주차장으로 차를 몰아 들어갔다.

찬바람이 휘몰아치는 썰렁한 어시장 좌판에서 그녀는 커다란 병어를 통째로 썰어놓고 소주를 마셨다. 그러나 걱정했던 것만큼 취하거나 더이상 나를 자극하는 말은 하지 않았다. 오히려 진정제를 복용한 듯 점점 차분해졌다. 조울증까지 있는 걸까. 나는 계속 널뛰기를 하는 기분이었다.

그날 소래포구에서 나는 김현주를 통해 아래층에 사는 대학생에 대해 듣게 되었다. 이름은 김윤태였고 인천이 고향이라 했다. 초등학교에 입학할 무렵 부모가 이혼한 뒤 그는 고등학교를 졸업할 때까지 줄곧 외갓집에서 성장했다. 재혼한 어머니와는 일 년에 두어 번 정도 연락을 하며 지내는 정도였다. 중학생이 된 이후로는 어머니를 본 적이 없다고 했다. 그는 어렵사리 서울에 있는 대학에 진학해 첫해는 학교 기숙사에서 생활하며 그럭저럭 버틸수 있었다. 그러나 기숙사를 나오게 되면서 잠자리뿐 아니라 끼니마저 해결하기 어렵게 되었다. 따라서 그는 숙식을 해결할 수있는 술집이나 식당을 전전하며 지내야만 했다.

그가 아몬드나무 하우스로 들어오게 된 계기는 이랬다. 말을잃고 지내는 고등학생 정민을 위해 입주 가정교사를 들이기로 서로 의견을 모은 다음, 근처에 있는 대학의 학생처에 마마가 직접연락을 해 되도록 형편이 어려운 학생을 추천해달라고 했다. 학교측의 연락을 받고 아몬드나무 하우스로 찾아온 윤태는 정민만큼이나 경계심이 강하고 방어적인 모습이었다. 그후 이 년 가까운 시간이 흐르는 동안 우여곡절이 없지 않았으나, 윤태와 정민은 같은 층에 살면서 그들 나름의 방식으로 관계를 형성해나갔다. 하지만 정민은 다른 사람들과의 접촉은 여전히 꺼리는 상태였다. 학교에서도 그는 담임교사조차 포기한 잉여인간으로 취급받고 있었다.

이러한 얘기 끝에 김현주는 윤태가 전에 내 방에 살았던 유치원 여교사와 서로 사귀는 사이였다는 말까지 털어놓았다. 그러니까 작년 9월 말에 한성대입구역 근처의 공사장에서 술 취한 사내들에게 집단강간을 당하고 나서 스물여섯 살에 스스로 목숨을 끊은 상희라는 여자. 나는 조심스럽게 그녀에 대해서도 물어보았다. 어느 날 북카페에 책을 읽으러 왔다가, 라고 김현주는 어렵사리 입을 열었다.

"이모와 마주앉아 이런저런 얘기를 나누게 됐어요. 이모가 상희씨를 아주 예쁘게 봤던 모양이에요. 채송화처럼 여리고 맑은 사람이었죠. 당시 상희씨는 의정부에서 성북동까지 출퇴근을 하고 있었어요. 왕복 네 시간이나 걸리는 먼 거리를 말예요. 어렵사리 얻은 직장이라 포기하기가 쉽지 않았겠죠. 자동차 정비공인 장애인 아버지와 식당에서 일하는 어머니를 둔 집안의 장녀였죠. 아래로 동생이 셋이나 있었고요. 그러니 유치원 교사 월급만으로는 서울에서 방을 얻어 지낼 수가 없었어요. 결국 이모의 설득으로 아몬드나무 하우스로 들어와 살게 됐죠."

그게 불과 일 년 전의 일이라고 했다.

"하지만, 그렇게 될 줄은 아무도 몰랐죠. 정말이지 무섭고 끔찍한 시절이에요."

"……"

"상희씨 일로 이모가 지금도 많이 자책하고 있어요. 그즈음부터 건강이 악화되기 시작했고요."

더불어 그날 나는 박윤정에 대해서도 듣게 되었다. 그녀는 전직 국어교사였으며, 서른 살에 결혼과 이혼을 몇 개월 사이로 경험한 뒤 학교를 그만두고 일 년여 해외를 떠돌다 여행작가가 돼서 돌아왔다고 했다. 그녀가 아몬드나무 하우스에 입주하게 된 것은 김현주의 주선에 의해서였다. 박윤정은 김현주가 기획한 다큐 프로그램의 사진작업을 담당한 적이 있는데, 그후 자주 연락을 주고받는 사이로 지내다가 어느 날 마마와 셋이 만나고 나서 성북동으로 이사를 오게 됐다는 것이었다. 사 년 전 여름의 일이었다. 그때라면 난희가 종적을 감춘 무렵이기도 했다.

8

눈길을 더듬어 성북동으로 돌아오니 그새 자정이 지나 있었다. 그 시각에 북카페에 불이 밝혀져 있었다. 마마가 박윤정과 마주 앉아 얘기를 나누고 있다가, 차소리가 들리자 밖을 내다보았다. 차에서 내리자마자 김현주는 비틀거리며 곧바로 이층으로 올라갔다. 그제야 극심한 피로와 함께 심한 갈증이 몰려왔다.

다음날 아침 일찍 나는 북카페로 내려가 꼼꼼히 청소를 한 다음 커피원두와 추출도구들을 세팅해놓고 음반을 몇 장 골랐다.

그리고 산뜻한 신맛이 나는 예가체프 커피를 핸드드립으로 내려 테스트해보았다.

첫 손님은 열한시경에 들어왔는데 깔끔한 인상의 중년 부인 둘이었다. 수수하지만 멋스런 옷차림에 세련된 동작이 몸에 배어 있는 사람들이었다. 그네들은 블렌딩을 하지 않은 순수한 콜롬비아산 원두커피를 마시며 오랜만에 만난 자매처럼 자분자분 얘기를 나누다 정오가 돼서 자리에서 일어났다. 이후 손님은 뚝 끊어졌고 저녁 일곱시나 돼서 머리가 하얀 노신사가 들어오더니, 무턱대고 맥주를 달라고 했다. 술은 판매금지 품목이라고 하자 노신사는 그런가? 하고는 에스프레소 더블을 주문하고 나서, 맥주를 마실 수 없다면 앞으로 더이상 자신을 볼 일이 없을 거라며 너스레를 떨었다. 이어 대학생으로 보이는 다정한 포즈의 남녀가 나타나 역시 맥주가 있는지 문의하고는 즉시 발길을 돌려 나가버렸다. 이후 손님은 더이상 등장하지 않았다. 술! 그러니까 술을 판매하는 일에 대해서 나는 줄곧 생각하고 있었다. 대개의 카페들처럼 낮엔 주로 커피와 음료를, 밤에는 술을. 하지만 마마가 이를 어찌 받아들일지 알 수 없었다. 보나마나 악담을 퍼부으며 진저리를 치겠지. 그게 아니더라도 고양이가 앞치마를 두르고 생선가게를 지키는 꼴이 될 게 뻔했다. 나는 김현주에게 전화를 걸어 오늘 일을 전하며 마마의 의중을 파악해달라고 말했다. 어제 일은 까맣게 잊어버린 듯, 그녀는 오토바이에 수녀를 태우고 도심을 질주하는 중을 목격한 여학생처럼 깔깔거리며 웃더니 잠시 기다려달라며 전화를 끊었다.

김현주에게서 전화가 걸려온 것은 얼추 자정이었다. 아직도 방송국이라고 했다.

"미안해요. 피디한테 정신없이 휘둘리다 이제야 이모와 통화했네요."

"그래, 뭐랍디까?"

"뭐라셨을 것 같아요?"

앞치마를 두른 고양이와 생선가게 운운하려다 나는 잠자코 있었다. 농담을 주고받기에는 이미 늦은 시각이었다.

"의외로 안주 걱정부터 하시던데요?"

"……"

"요점만 간단히 말할게요. 우선 이모의 신념에 따라 육고기 종류는 안 된다고 하셨어요. 고기 굽는 냄새조차 싫어하거든요. 막걸리나 홍어애탕도 금지 품목이고요."

마마가 지정한 술은 맥주와 와인, 위스키 정도였고 안주는 해산물을 위주로 하되 치즈와 견과류를 포함한 마른안주까지 허용되었다. 더는 내가 감당하기도 힘들 터였다. 해산물 안주라면 전에 횟집에서 일을 거든 경험이 있었으므로 크게 부담이 되지는 않았다. 김현주가 마지막으로 전한 마마의 말은 이러했다.

"카페에서는 절대 금주하라 이르셨어요. 지금 어떤 남자를 두고 하는 말인지 알죠? 그런 장면을 목격하는 즉시 카페에 불을 지르겠다고 하셨어요."

"어련하시겠습니까."

그날부터 나는 분주해지기 시작했다. 이틀에 한 번꼴로 새벽에 차를 몰고 노량진이나 구리 수산물시장에 들러 싱싱한 해산물을 구입하고 저녁이 되기 전에 다른 안주까지 준비하는 것만으로도 벅찼다. 게다가 커피의 품질 관리에도 지속적으로 신경을 써야 했다.

나는 '밤에는 술 그리고 해산물 안주'라는 조그만 입간판을 만들어 출입구 옆에 세워두고 저녁이 되면 불을 밝혔다. 일전에 들렀던 노신사는 사흘 간격으로 나타나 맥주를 한두 병 마시며 농어회, 양미리구이, 삶은 갑오징어 등을 번갈아가며 시식했다. 그러다 밤 열한시면 지체 없이 일어나 현금으로 계산을 하고는 벽에 걸려 있는 〈꽃 핀 아몬드나무〉를 잠시 바라본 다음 밖으로 나갔다. 나중에 알았는데, 그는 화가라고 했다. 평생 과수원만 그려온 서양화가.

일상의 틀이 잡히면서 생활이 차츰 안정되기 시작했는데, 그와 동시에 뜻하지 않은 감정의 동요가 마음속에서 되살아났다. 술도 줄어 있었고 어느덧 몸도 균형을 회복하고 있었다. 한데 이런 안정감이 되레 거북하게 느껴지는 것이었다. 그러자 잊고 있던 불안감이 스멀스멀 엄습하곤 했다. 무엇 때문일까, 생각해보니 나는 이때껏 경험해보지 못한 평범한 삶을 태연하게 누리며 살아가는 중이었다. 그게 얼마나 얻어내기 힘든 삶인지 모르는 바 아니었으나, 타인의 배려에 의해 급조된 안정감과 일상의 활력을 온전히 내 것으로 수용하기가 힘들었다. 잠시 잊고 있었으나 내게는 여전히 해결이 안 된 문제가 남아 있었다.

나는 과거에 난희와 자주 어울렸던 배우들에게 일일이 전화를 걸어 어렵사리 말문을 텄다. 그들은 대부분 나와도 가까운 관계에 있던 사람들이었다. 얼마쯤 각오했듯 그들은 대개 냉담한 태도로 서둘러 통화를 마무리하려고 했다. 그래도 몇몇 이들은 나의 근황에 대해 진지하게 물어왔다. 나는 대학로에서 그다지 멀지 않은 곳에서 생업에 종사하고 있으며 언젠가 무대로 돌아갈 날을 기다리고 있다고 말했다. 덧붙여 난희의 소식을 듣게 되면 부디 연락을 해달라고 간곡하게 부탁했다.

바로 그날 밤 마마가 거실에서 쓰러져 급히 병원으로 이송됐다. 카페의 문을 닫은 직후였으니 자정이 막 지난 시각이었다. 119구급대가 왔고 마침 집에 있던 박윤정과 내가 가까운 서울대병원 응급실까지 동행했다. 김현주는 지방에 내려가 있다가 연락을 받고 새벽 세시에나 병원에 도착했다. 한동안 잠잠했던 아몬드나무 하우스가 아연 긴장에 휩싸이고 있었다. 돌아보니 내가 이 집에 입주를 한 것도 그새 두 달이 돼가고 있었다. 어느덧 3월 말이라고 생각하며 나는 응급실 복도에 앉아 창밖 가로등 옆에서 흔들리는 벚나무를 바라보았다.

데스크에서 간호사와 길게 얘기를 나누고 돌아온 박윤정이 내 옆에 와 앉으며 지친 듯 숨을 몰아쉬었다. 그녀는 맨발에 운동화를 신고 있었고 집에서 입던 후드티에 낡은 청바지 차림이었다. 머리를 묶을 사이도 없었을 것이다. 뺨으로 내려온 긴 머리칼 사이로 긴장이 풀린 듯한 공허한 표정이 엿보였다. 한동안 미동 없이 앉아 있던 그녀가 몸을 일으켜 응급실 출입문 쪽으로 걸어갔다. 그녀는 밖으로 나가다 말고 뒤를 돌아보더니, 자판기 커피라도 한잔할래요? 라고 내게 말을 던져왔다.

벚나무 아래 벤치에 앉아 그녀와 나는 종이컵에 담긴 커피를 마시며 담배를 피웠다. 비현실적으로 맑고 푸른 밤이었다. 나무들 사이로 달이 노랗게 떠 있었다. 그 빛은 지상으로 내려오면서 점점 푸른빛으로 변하는 성싶었다. 동화 속에 등장하는 누이 같은 모습으로 달을 올려다보고 있던 박윤정이 독백조로 중얼거렸다.

"좀 있으면 청명이네요."

나는 얼른 그 말을 알아듣지 못했으나, 청명淸明이라면 아마도 절기를 말하는 것일 터였다. 가지마다 망울이 맺혀 있었으나 아직 벚꽃은 피지 않은 상태였다. 문득 혼란스러운 생각이 들어 나는 그녀에게 물어보았다.

"절기는 음력인가요?"

그녀가 나를 돌아보더니 가볍게 웃었다. 별 의미가 없어 보이는 웃음이었다.

"그렇게 알고 있는 사람들이 의외로 많더군요. 하지만 절기는 양력이에요."

나는 여전히 혼란스러운 기분에 사로잡혀 있었다. 뭔가 다른 생각을 하고 있었는지도 모른다. 내가 입을 다물고 있자 박윤정이 국어교사 출신답게 유창하게 절기에 대해 설명했다.

"아주아주 오랜 옛날이 되겠네요. 기원전이니까. 그때부터 사람들은 농사를 짓기 위해 날씨와 계절의 변화 추이를 지켜보며 그 순환 주기를 체크했어요. 조정에서는 계절의 변화에 따라 입는 옷의 색깔과, 먹는 음식의 재료와, 듣는 음악의 종류까지도 가려서 조절했죠. 고아나 과부를 구휼하고 죄인을 방면하거나 처형하는 일도 엄격하게 계절의 주기 변화에 따랐고요. 그런데 일 년을 기준으로 할 때, 해와 달의 순기는 해마다 약간씩 차이가 나요. 달이 지구를 공전하는 시간과 지구가 태양을 공전하는 시간에 근소한 차이가 발생하는 거죠. 이것을 보완하기 위해 태양의 움직임에 따라 십오 도 간격으로 시간을 나눈 것이 바로 절기예요. 먼저 일 년을 사계절로 나누고 각 계절별로 여섯 개의 절기를 짜맞추었죠. 춘분, 하지, 추분, 동지는 각 계절의 중심이 되고, 동지와 춘분 사이의 입춘, 춘분과 하지 사이의 입하, 하지와 추분 사이의 입추, 추분과 동지 사이의 입동은 각 계절의 시작을 알리게 되고요. 대충 이해가 되나요?"

나는 머리가 지끈거렸다.

"절기는 중국 주나라 때 화북 지방 기후를 기준으로 만들어졌기 때문에 우리와는 다소 차이가 있지만 그렇다고 크게 차이가 나는 것은 아니라고 해요. 중요한 것은 사람을 포함한 모든 생명체가 해와 달의 움직임에 직접적인 영향을 받으며 살아가고 있다는 거죠. 대개의 사람들은 그걸 잊고 지내지만 말예요. 더구나 대도시에 사는 사람들은."

"언제 그런 걸 다 알게 됐죠?"

"여고 때부터 달력을 보고 생리주기를 체크하다가 저절로 알게 됐어요. 생리가 불규칙한데다 생리통이 극심했거든요. 병원에 가봐도 별 소용이 없었고요. 아무튼 자연의 리듬에 따라 몸의 체계가 순환을 거듭한다는 것은 매우 신비로운 현상이라고 할 수 있죠. 때문에 그 리듬이 깨지면 순환작용에 문제가 생길 수밖에 없는 거고요."

"일종의 시스템 에러 현상을 두고 하는 말인가요?"

그녀가 네, 라고 되받으며 후후거리고 웃었다.

"시스템이 심각한 정도로 와해된 적이 있었나요? 부담스러운 질문이면 물론 대답하지 않아도 됩니다. 얼마 전까지 내가 그런 상태였기 때문에, 그저 궁금해서 물어보는 거니까요."

"당연히 그런 시기가 있었죠. 아니, 존재했었다고 해야 하나요? 사적인 얘기를 시시콜콜 털어놓을 수는 없습니다만, 서른 초반의 나이를 지나던 시기였죠. 당시 나는 재직하던 학교 근처의 오피스텔에서 혼자 생활하고 있었어요. 하루하루가 막막하고 혼란스러운 시기였죠. 그런데 깨달음은 부지불식간에 찾아오더군요. 여느 날처럼 저녁을 해먹고 소파에 앉아 무심코 텔레비전을 보며 커피를 마시고 있었어요. 그런데 불현듯 허파가 찢어지는 듯한 고통이 몰려오더군요. 그동안 참고 쌓아놓았던 억압이 마침내 균열을 일으키는 순간이 찾아온 거죠. 그날따라 커피맛을 전혀 느끼지 못하고 있다는 자각이 몰려온 직후에 말예요. 이를테면 아주 사소한 대목에서 뭔가 폭발했던 거죠. 돌이켜보니 그때껏 나는 세상이 만들어놓은 시스템에 강요당하고 또 거기에 적응하기 위해 필사적으로 살아왔다는 생각이 들더군요. 아무런 자각 없이 무려 삼십 년 이상을 말예요. 끔찍한 것은 결혼까지도 그런 식으로 강행했다는 거죠. 단지 서른을 넘기기 싫어서 말예요. 결론적으로 말하면 남들보다 조금 더 안정적이고 조금 더 기득권을 갖고 살아가기 위해 그동안 경쟁적으로 자신을 소모시키면서 살아왔던 거죠. 나 자신이나 주위의 다른 사람들은 돌아볼 겨를도 없이 말예요."

"왜 그런 생각이 들었을까요? 다른 사람들은 부러워하는 삶일 수도 있는데. 얻어내기 힘든 삶이기도 하고요."

잠시 숨을 가다듬고 나서 그녀는 하던 말을 계속했다.

"마침 텔레비전에서는 내셔널지오그래픽 프로그램이 방영되고 있었어요. 보름달이 떠 있는 호주의 해변이 나오더군요. 수만의 바닷게들이 숲에서 빠져나와 도로를 건너 바다로 몰려가고 있었어요. 지나가는 트럭이나 승용차에 무더기로 깔려 죽으면서도 말예요. 그 장면을 보면서 나는 단순한 의문에 사로잡혔죠. 왜 저들은 죽기 살기로 길을 건너 바다로 향하고 있는 걸까? 그리고 이내 알게 됐죠. 그들이 번식을 위해 떼지어 이동하고 있다는 것을 말예요. 그 장엄한 광경을 지켜보면서 가슴이 용암처럼 뜨거워지더군요. 그때 생각했어요. 지금부터라도 내 삶의 생태를 복원해야겠다고 말예요. 내게 부여된 고유한 삶 말예요. 동시에 내가 자연의 일부이고 고귀한 생명체라는 사실을 깨달았죠. 물론 그후로도 우여곡절이 없지 않았지만, 이제는 웬만큼 내 몫의 삶을 회복한 것 같아요. 생리도 안정적으로 주기를 되찾았고요."

"일정한 주기의 반복이 가져다주는 삶의 에너지라는 게 존재하는군요."

"단순한 반복이 아니라 순환이라고 봐야겠죠. 모든 존재는 순환하면서 나이를 먹고 성장을 거듭하니까요."

박윤정에게는 이처럼 자기 삶을 지탱하는 나름의 생각과 방식이 있었다. 그게 비록 특별한 것은 아닐지라도 말이다. 이날 그녀와 주고받은 말들은 그후 내가 살아가는 데도 많은 순간 적절한 암시를 해주었다.

그쯤에서 나는 마마의 상태를 물었다.

"지난달 월례 모임이 없었던 거 아시죠?"

그동안 경황없이 지낸 터였으므로, 나는 미처 생각하지 못하고 있었다.

"그때부터 병세가 다시 악화되기 시작했어요. 음식을 만들다 주방에서 쓰러졌거든요. 복수가 차오르기 시작한 거죠. 암으로 발전할 가능성에 대해서는 당신도 이미 알고 있었고요. 정확한 상태는 아침에 담당 의사의 얘기를 들어봐야 알 것 같아요."

애써 태연하게 말하고 있었지만 그녀는 불안한 기색을 감추지 못했다. 저한텐 엄마 같은 분인데 많이 혼란스럽네요, 라고 그녀는 목에 걸린 소리로 중얼거렸다.

"저야 입주한 지 얼마 되지 않았지만, 이런저런 얘기를 듣다보니 난민을 거둬 보살피는 대모 같은 분이라는 생각이 듭니다."

"……그렇다고 봐야겠죠. 지금 아몬드나무 하우스에 살고 있는 이들 모두가 실은 난민이나 고아 같은 존재들이니까요. 어쩌면 당신도 난민과 다름없는 삶을 살아왔기 때문에 지금의 마마로 살아가는 거겠죠. 남달리 외롭게 살아온 분이거든요."

이때 그녀의 휴대폰이 울렸고 김현주가 병원에 도착했음을 알려왔다. 벤치에서 일어나면서 나는 박윤정에게 나중에 좀더 많은 얘기를 나눌 수 있었으면 좋겠다고 말했다. 그녀는 대꾸 없이 그저 조용히 웃어 보였다.

마마는 일시적으로 안정된 상태에 접어들었으나, 병실이 나는 대로 입원해야 할 것 같다고 했다. 새벽 네시까지 응급실 복도에 앉아 있다가 박윤정과 나는 먼저 집으로 돌아왔다. 김현주가 아침까지 병원에 있겠노라고 했다. 택시를 타고 집으로 돌아오는 불과 십 분 사이에 박윤정은 지친 듯 내 어깨에 기대 잠이 들었다. 그녀는 무슨 꿈을 꾸는지, 한사코 내 손을 거머쥐고 있었다.

9

그 밤에 나는 기이한 꿈을 꾸었다. 꿈속에서 또 꿈을 꾸는 듯한 느낌. 이를테면 꿈의 꿈 같은 꿈. 누군가 현관문을 두드리는 소리가 희미하게 들려오고 있었다. 그 소리는 언제까지라도 계속될 것처럼 집요하게 이어졌다. 가위에 눌린 것처럼 나는 괴롭다는 느낌에 시달리고 있었다. 이윽고 슬리퍼가 바닥에 끌리는 소리가 들리더니 누군가 현관으로 다가갔다. 그러니까 나 아닌 어떤 사람이. 이어 현관문을 사이에 두고 얘기를 주고받는 소리가 귓전에 들려왔다.

더이상 찾아오지 말라고 했잖아.

얼음처럼 싸늘한 여자의 목소리.

문 좀 열어주세요, 누나.

어쩐지 귀에 익은 남자의 목소리.

돌아가. 이제는 나도 이 문을 열 수가 없어.

다 나 때문이에요. 그날 내가 약속시간에 늦지만 않았더라도, 그런 일은 일어나지 않았을 거예요.

남자는 하소연하듯 말하고 있었다.

지금 와서 그런 얘기를 해서 뭐해. 난 그날 지하철역 입구에서 우산을 들고 한 시간 넘게 기다렸어. 그런데 너는 자정이 넘을 때까지 연락조차 되지 않았어.

말했잖아요. 알바를 하는 술집에서 폭행사고가 나서 어쩔 수 없었다고요. 파출소에 가서야 알았어요. 휴대폰을 술집에 두고 왔다는 걸요.

그게 말이나 되는 소리야?

참고인 조사를 받느라고 정말 전화할 틈이 없었어요. 내가 왜 누나한테 괜한 변명을 하겠어요.

변명이든 뭐든 상관없어. 어쨌든 너는 그날 밤 나한테 무슨 일이 일어났는지 모르고 있었어.

그녀는 꺼져들어가는 소리로 흐느끼며 말했다.

나는 먼지가 두텁게 쌓인 차디찬 마루 밑에 누워 있는 기분이었다. 다시 여자의 목소리가 들려왔다.

어두워서 그들의 얼굴조차 분간할 수 없었어. 난데없이 공사장으로 끌려들어가 뒤로 손이 묶인 채 술 취한 남자들에게 윤간을 당했어. 그놈들이 누군지 도대체 내가 알 게 뭐야. 네 명의 치한

들에게 차례로 강간을 당하면서 나는 온몸이 샅샅이 해부되는 고통을 겪어야만 했어. 그리고 곧 닥쳐올지 모를 죽음의 공포에 사로잡혀 미친듯이 떨고 있었어. 참혹하게 버림받은 채로 말이야. 그런 생지옥의 순간들을 네가 짐작이나 하겠어?

그만해요!

그래, 이게 다 그때 네가 옆에 없었기 때문에 생긴 일이야. 그러니까 더이상 찾아오지 마. 너를 보는 게 얼마나 고통스런 일인지, 아직도 모르겠어?

둘이 어디로 떠나요. 아무도 모르는 곳에 가서 조용히 살면 되잖아요.

너 자꾸 왜 이래, 도대체 얼마나 더 얘기해야 알아듣겠어. 내가 너하고 어떻게 살 수 있겠어.

사람은 고통스러울수록 함께 있어야 하는 거잖아요.

그게 하필 너라는 게 싫단 말이야. 이제 알아듣겠어?

우린 사랑하는 사이였잖아요. 앞으로 인생을 함께하기로 약속했고요.

그래, 그런 거짓말 같은 때가 있었지. 하지만 그때의 나는 이미 죽었어.

나는 계속 기다릴 거예요. 누나가 마음을 돌릴 때까지.

마침내 기진맥진한 소리로 여자가 중얼거렸다.

그 여잔 이미 죽었어. 나는 지금 지옥처럼 피곤해. 어제도 한숨도 못 갔다구. 그러니 제발 돌아가.

스위치가 꺼진 듯 두 사람의 대화는 여기서 끝났다. 이어 절대
적인 침묵이 찾아왔다. 나는 숨을 사린 채 온몸에 식은땀을 흘리
고 있었다. 참을 수 없는 한기가 엄습해왔다. 순간 나는 눈을 번
쩍 떴다. 꿈속인가? 나는 눈을 부릅뜬 채 천장을 올려다보았다.
커튼 사이로 비집고 들어온 가로등 불빛이 천장에 한 가닥 줄무
늬를 그어놓고 있었다.

밖에서 고양이 우는 소리가 들려왔다. 역시 꿈이었나? 나는 몸
을 뒤틀며 자리에서 일어나 방문을 열고 거실로 나가보았다. 여
전히 한기가 두텁게 몸을 감싸고 있었다. 주방 창문이 조금 열려
있는 게 보였다. 나는 불을 켜고 슬그머니 현관문을 열어보았다.
밤비가 부슬부슬 내리고 있었다. 옆집 현관을 살펴보았으나 누군
가 다녀간 흔적은 보이지 않았다. 집으로 들어와 벽시계를 확인
하니 새벽 두시였다. 나는 옷을 껴입고 아래층으로 내려가보았
다. 역시 아무런 흔적도 감지되지 않았다.

홀린 듯 나는 우산을 챙겨들고 밖으로 나가 유치원 여교사가
성폭행을 당했다던 현장을 찾아가보았다. 아몬드나무 하우스에
서 불과 십오 분밖에 안 되는 거리였다. 한성대입구역 방향으로
내려가다 재래시장 조금 못미처 왼쪽 골목으로 십 미터쯤 들어간
지점이라고 했다. 서해에 다녀오던 날 소래포구에서 김현주에게
서 전해들은 얘기였다. 골목 입구에는 슈퍼마켓과 생맥줏집이 좌

우로 마주하고 있었다.

건물의 공사는 중단돼 있는 상태였다. 시멘트 포대와 골재들이 공사장 바닥에 아무렇게나 쌓여 있었고 모닥불을 피운 흔적 주변에는 깨진 술병과 본드통들이 어지럽게 흩어져 있었다. 한데 나는 왜 비가 내리는 새벽에 여기로 오게 된 걸까?

사건 현장을 떠나면서 나는 아몬드나무 하우스에 입주한 날부터 밤마다 악몽에 시달렸던 기억을 떠올렸다. 그 꿈이 아직도 계속되고 있는 성싶었다.

계단을 다 올라왔을 때, 나는 현관 앞에 웅크리고 앉아 있는 검은 그림자를 발견했다. 새벽 세시쯤 됐을 터였다. 나는 숨을 사린 채 그 자리에 멈춰 섰다. 이윽고 나는 그가 누구인지를 확인하고는 뒷걸음질을 쳐서 도로 계단을 내려와 밖으로 나왔다. 그가 그녀를 만날 수 있게 해주고 싶었다. 말하자면 그녀가 문을 열어줄 때까지 그가 기다리게 해주고 싶었던 것이다. 나는 느릿느릿 길상사 쪽으로 올라갔다. 그사이에 나는 한 가지 사실을 더 깨닫게 되었다. 아까 내가 들렀던 사건 현장에 그가 매일 밤 찾아간다는 것을.

마마는 일주일 뒤에 병원에서 퇴원했다. 그날도 박윤정이 조수석에 동행했다. 병원으로 가는 동안 그녀는 사흘 뒤 태국 치앙마이로 떠날 거라는 얘기를 했다. 한 달가량의 일정이었다. 나는 아득한 느낌에 사로잡혔다. 온전히 혼자이기에 마음먹은 대로 떠났다 돌아올 수 있는 것이리라.

"이런 때 집을 비워서 마음에 걸리지만, 오래전부터 계획했던 일이에요. 더이상 미룰 수 없는 상태고요."

이해한다고 나는 말했다. 누구나 자신의 삶을 꾸려가야 하는 것이다. 자신의 고유한 리듬에 맞춰, 순환의 반복이 가져다줄 신생의 순간을 고대하며.

"그런데 그곳에 가면 혼자 무엇을 하며 지내죠?"

그녀는 아주 바쁘게 지내게 될 거라고 했다.

"치앙마이는 캠프라고 보면 돼요. 주변국인 라오스와 미얀마와 캄보디아 등지를 돌면서 불상과 탑을 취재하려고요."

"전에는 부산 아미동 비석마을을 취재했다던데, 언제부터 불상과 탑에 관심을 갖게 됐죠?"

"계기는 늘 단순해요. 내가 아는 어떤 남자가 미얀마를 도보여행하다가 찍어 보낸 한 장의 사진에서 영감을 받았죠. 비스듬히 누워 있는 커다란 불상 앞에서 무릎을 꿇고 기도하는 자신의 모습을 찍은 사진이었어요. 아마 다른 여행자가 찍어준 거겠죠."

"아름다운 구도군요."

나는 그 장면을 상상하며 말했다.

"구도 자체도 아름답지만, 내 마음을 흔든 건 무릎을 꿇고 기도하고 있는 그 남자의 맨발이었어요. 이를테면 맨발에 꽂힌 거죠. 그리고 머리에 손을 받치고 비스듬히 누워 있는 부처의 부드러운 미소에."

"근사한 얘기네요. 부럽다는 생각도 들고요. 두 사람 모두."

"이번 여행을 계기로 앞으로는 내가 아닌 다른 사람들을 위한 사진을 찍고 싶어요. 맨발로 무릎을 꿇고 기도하는 심정으로 말예요. 글은 여전히 자신이 없지만."

그녀의 말을 듣고 있자니 마음에 조용한 파문이 일었다.

"떠나기 전에 비밀을 한 가지 들려줄까요?"

"갑자기 긴장이 되는데요. 왜 내게 비밀을 폭로하려는 걸까요?"

"후후, 폭로는 아니고 고백 정도는 되겠네요. 아몬드나무 하우스에 들어와 살면서 틈이 날 때마다 이 집에 사는 사람들의 일상적인 모습들을 찍어놨어요. 본인들이 눈치채지 못하게 한 장씩 한 장씩요. 엊그제 정리를 하다보니, 그 사진들이 꽤나 쌓였더군요."

"……"

"왜냐고 묻지 않나요?"

마음이 다시금 흔들리고 있었기에 나는 잠자코 있었다. 뭐라 설명할 수 없는 감정이 가슴 밑바닥에서부터 따스하게 차오르고 있었다.

"식탁에 앉아 음식을 먹는 윤태와 정민의 모습, 북카페에 앉아 있는 마마, 세탁바구니를 들고 옥상으로 올라가는 현주, 온실에서 물뿌리개를 들고 꽃을 돌보고 있는 마마, 학교에서 돌아오다 골목에 있는 전봇대에 기대 하늘을 올려다보고 있는 정민(그애는 벌써부터 담배를 피우고 있어요), 지하철역 옆에 있는 커피숍 창가에 앉아 있는 상희와 윤태, 그리고 온 가족이 고궁으로 나들이를 갔다 단체로 찍은 사진들."

방금 그녀는 가족, 이라고 말했다. 그 말이 압정처럼 가슴에 와 박혔다.

"멀리 떠나 있을 때면 밤마다 이들의 안식과 평화를 위해 늘 기도하고 나서 잠자리에 들어요. 그러면 저 자신도 한없이 마음이 고요해지죠. 내게도 가족이 있다는 사실에 더할 나위 없는 안도감이 느껴지고요."

나는 불상과 탑을 떠올리며 말했다.

"탑은 염원의 상징이지요?"

"원래는 무덤이었죠. 그 안에 구도자의 사리와 귀중한 유물과 영롱한 보석들을 영원히 넣어두기 위해 만들어진 돌무덤. 그래서 또한 염원의 상징이 된 거고요. 사리함이나 보석함에 새겨진 명문銘文을 읽게 되면 그때마다 감격할 수밖에 없어요. 그것은 수백 년 혹은 수천 년 전에 누군가에 의해 기록된 거잖아요. 그저 단순한 기록이 아니라 실은 염원을 전하기 위해 쓰인 글이 명문이니까요."

"신비한 얘기로군요."

"내가 떠나 있는 동안 마마를 잘 보살펴주세요. 기회가 되면 윤태와 정민이하고도 얘기를 좀 나눠보고요."

나는 그러마고 고개를 주억거렸다.

마마의 표정은 밝아 보였다. 미라처럼 여윈 몸에 얼굴에 누렇게 황달기가 번져 있었으나 눈빛만큼은 생생하게 살아 있었다. 박윤정이 접수대에서 퇴원수속을 하는 동안 나는 마마를 부축해 밖으로 나와 승용차 뒷좌석에 태웠다.

"눈곱만치의 긴장감도 없이 내 몸에 함부로 손을 대는 걸 보니 더이상 나를 여인네로 보지 않는 모양이군. 그렇지?"

대꾸할 바가 아니어서 나는 딴소리를 했다.

"아침은 제대로 드셨나요?"

"내가 병원 밥 따위를 허겁지겁 입에 처넣을 여자로 보여?"

"약을 드셔야 할 테니 여쭙는 말입니다."

"살쾡이 같은 간호사가 지켜볼 때는 입에 물고 있다가, 나가는 즉시 쓰레기통에 뱉어버리지. 그걸 무슨 맛으로 삼켜. 앞으로 살면 얼마나 살겠다고."

"혹시 드시고 싶은 게 있으면 말씀하세요. 육고기 빼고요."

"북카페를 기어이 술집으로 바꿔놓더니 이제 주방장처럼 말하는군. 얘기를 들으니 도미찜과 민어탕이 먹고 싶긴 하군. 물론 활어를 쓰면 좋겠지."

"도미는 가능하지만 민어는 활어로 구하기가 쉽지 않을 겁니다. 하지만 알아보고 저녁때까지 상에 올려드리죠. 꽃게탕도 준비할까요? 요즘 수산시장에 한창 백령도산 알배기꽃게가 들어오고 있던데요."

"이것저것 걷어먹고 어서 죽으란 말처럼 들리는군. 꽃게탕은 다음에 내가 직접 끓여주지. 윤정이가 태국에서 돌아올 때쯤엔 기력을 되찾을 테니. 그보다 병원에 며칠 갇혀 있었더니 답답해서 바깥바람을 좀 쐬었으면 하는데, 어디가 좋을까?"

잠시 생각하는 척하다가 나는 비원이나 창경궁이 어떻겠냐고 물었다. 무슨 짐작을 했는지 마마는 킬킬거리고 웃었다.

"아닌 게 아니라 고궁 나들이 한 지도 꽤 됐군."

"일단 집에 가서 푹 쉬시고, 그다음에 다시 말씀하시죠."

"병자 취급하지 말게. 아직은 내가 자네보다 팔팔하니까. 그나저나 술집은 잘돼가나?"

이때 박윤정이 조수석에 올라탔다. 나는 곧장 집으로 가지 않고 서울대병원을 빠져나와 비원 앞을 통과해 광화문대로를 지나 동대문과 혜화동을 거쳐 성북동으로 천천히 돌아왔다. 마마에게 드라이브를 시켜주고 싶었던 것이다. 그사이에 카페 운영에 관한 보고를 했다.

"매상이 조금씩 오르고 있습니다. 다음달이면 손익분기점에 다다를 것 같고요. 그리고 일요일 하루는 쉽니다. 저한테도 리듬이란 게 필요하니까요."

"보기완 달리 수완이 좋은 편이군. 그럼 쉬는 날엔 무슨 짓을 하며 지내나? 아마 일주일 동안 참았던 술을 아침부터 밤까지 계속 마셔대겠지."

"마마를 대신해 옥상의 꽃들을 돌보고 있습니다. 시간 나시면 한번 올라가보세요."

문득 생각이 나서 나는 사흘 간격으로 들르는 노신사에 대해 말했다. 그러자 마마가 지체 없이 되받았다.

"그 발정난 영감탱이, 아직도 내 집을 기웃거리나보지? 정말 자존심이 상해 못 견디겠군."

진상은 그런 거였어요? 라며 박윤정이 웃으며 받아넘겼다.

"그런데 현주 년은 왜 코빼기도 안 보이는 거지?"

서운한 기색이 배어 있는 목소리였다.

"지금 광주에 내려가 있어요. 소고춤 명인과 구음口音 명창의 다큐멘터리를 만들고 있다나봐요. 아마 곧 올라오지 싶어요."

또 뭐라 할 줄 알았는데, 집에 도착할 때까지 마마는 입을 다물고 있었다. 북카페로 내려와 살아 있는 민어를 구하기 위해 여기저기 전화를 걸다 달력을 확인하니, 그날이 바로 식목일이자 청명이었다. 전화를 끊고 나는 마포 수산시장으로 차를 몰고 갔다.

10

마마와 창경궁으로 봄나들이를 가던 날은 아침녘에 잠깐 비가 뿌리고 나서 종일 화창한 날씨가 이어졌다. 평일 아침이었으나 중국인 관광객들을 실어나르는 버스가 좁은 주차장을 점거하고 있어 주차를 하는 데 애를 먹었다. 내가 표를 사는 동안 마마는 등을 돌리고 서서 길 건너편의 서울대병원 장례식장을 바라보고 있었다. 4월 중순으로 접어들고 있었지만 바람 속에는 아직 찬 기운이 남아 있었다.

마마는 감색 바바리코트에 연두와 분홍이 뒤섞인 스카프를 목에 두르고 있었다. 지난 연말에 처음 만났을 때와는 걸음걸이부터가 확연히 달라져 있었다. 그녀는 얼어붙은 호수 위를 걷는 아이처럼 불안한 몸짓으로 발걸음을 옮겼다. 옥천교 주변에는 그새 살구꽃, 자두꽃, 앵두꽃 들이 피어나고 있었다. 마마는 낙선재의 능수벚꽃이 보고 싶다 하였다. 그 말이 내 귀에는 다시 이곳에 올 일이 없으리라는 것처럼 들렸다. 낙선재는 영친왕 이은과 이방자 여사, 덕혜옹주가 생을 마친 곳이었다. 민어탕이 맛있었다고 마마는 뒤늦게 칭찬조의 말을 늘어놓았다. 사람을 칭찬할 때도 있는 것이다.

"민어 부레 씹는 맛이 아주 그만이더군. 도미찜도 부드럽게 감칠맛이 나고. 역시 요리는 재료가 신선해야 돼. 대신 내가 죽게 되면 저 쓰잘데없는 아우디를 자네한테 물려주지. 그후론 옆에 털 빠진 강아지를 태우든, 밉상 맞은 여자를 태우든 상관하지 않겠네."

그녀의 말투가 문득문득 마음에 걸릴때가 있었다. 그럼 나는 이런 식으로 대꾸하곤 했다.

"걸인이 명품 양복을 입고 다닌들 어떤 여인이 선뜻 옆에 다가서겠습니까. 그러니 저는 사양하겠습니다."

마마는 다만 킬킬거리고 웃었다. 걸음이 자주 흔들려 내가 부축하려 하자 그녀는 발끈하며 자신의 몸에 손을 대지 못하게 했다. 혼자 힘으로 낙선재와 춘당지까지 돌아볼 거라 했다. 길 양쪽으로 진달래와 조팝꽃이 군데군데 피어 걷기에 더할 나위 없이 좋았다. 토요일에 카페 문을 닫은 것이 마음에 걸렸으나, 그만 생각에서 지워버리기로 했다.

"내 집에 들어오고 나서 후회한 적은 없나?"

"후회는 기회가 남아 있는 사람들한테 주어지는 일종의 특권 같은 게 아닐까요?"

내가 아몬드나무 하우스에 입주하던 시기에 마마의 건강이 악화돼 있었다는 점을 짚고 넘어가고 싶었으나 그것도 그만두기로 했다. 서로가 이미 알게 됐고 더욱이 돌이킬 수 없는 상황에서 굳이 따지거나 되물을 필요는 없다는 생각이 들었다.

"그 말은 후회스럽다는 뜻으로 들리는데."

슬쩍 내 표정을 살피며 그녀가 웅얼거렸다.

"모두에게 고맙게 여기며 지내고 있습니다. 마마께도 거둬주셔서 감사하다는 말씀을 언젠가 드리고 싶었습니다. 그게 오늘이됐네요."

"자네, 최근에 무슨 상이라도 받은 건가? 딱딱한 수상소감처럼 들리는데? 내가 지금 그런 소릴 듣자는 게 아니지 않은가."

그 참에 나는 최근에 찾아온 심정의 변화에 대해 털어놓았다.

"얼마 전부터 이상하게 마음이 아프다는 걸 깨닫게 되었습니다. 네, 조금은 늘 마음이 아픈 상태로 지내고 있습니다. 이렇게 얘기하는 것이 외람된 건지도 모르지만요."

"좀더 들어봐야 알겠는데."

"마마를 포함해서 아몬드나무 하우스에 사는 사람들이 조금씩 저를 아프게 하는 것 같습니다."

"듣기에 따라서는 아주 건방진 말이로군."

"그런데, 그게 저로서는 왠지 신비하게 느껴집니다. 생살이 돋는 것처럼 이따금씩 벅찬 느낌도 들고요. 그전에는 타인 때문에 순수하게 아파본 경험이 없는 것 같거든요."

"왜, 어떤 여자 때문에 몸부림치다 지금 이 지경이 된 게 아니던가?"

"그 여자는 타인이 아니라고 믿었거든요."

"그야 자네 생각이 그렇다는 거겠지. 절대적인 타인이 존재하지 않듯이, 절대적인 자아라는 것도 존재하지 않아. 다만 관계라는 게 존재할 뿐이지."

과연 그러한 것인가.

"내 전에도 비슷한 말을 한 것 같은데, 그 여자를 그만 놓아주는 게 어때? 전생의 인연으로 돌려놓으란 말이야. 내가 보기에 자네는 그 여자를 여전히 구속하고 있어. 사람은 필요하면 언제든 상대를 찾아오게 돼 있어. 하지만 그러기엔 시간이 너무 많이 흐른 것 같지 않아?"

"……"

"과거의 인연을 생각해서라도 상대를 힘들게 하지 말고 그만 놓아줘. 더이상 이유 따위를 알려 들지 말고, 있는 그대로를 받아들이란 말이야. 이 한심한 사람아!"

"그러기 위해서는 우선 생사 확인이 돼야 하지 않을까요?"

한동안 생각하는 듯하다가 마마가 말했다.

"그동안 별의별 상상을 다 하고 있었군. 하지만 죽은 사람은 자신을 감추지 못하는 법이지."

"그런가요?"

"이때껏 자네를 한사코 피하고 있는지도 모르지. 아무튼 내 짐작이 맞다면, 그 여잔 어딘가에 틀림없이 살아 있어. 이제 됐나?"

나는 마마의 말을 믿고 싶었다.

"그건 그렇고 아까 하다 만 얘기나 계속해보게. 뭐, 생살이 돋

108

느라 여기저기가 가렵다고 했던가?"

"실제적인 감각으로 순수한 타인에 대한 감정을 회복하고 있는 중이라고 말씀드리면 어떨까요?"

"실제적인 감각이라. 그렇다면 그새 정신을 차리기라도 한 건가?"

"뭔가 변화가 시작되고 있는 것 같긴 합니다."

"그동안 틈틈이 수행을 한 모양이군. 사람은 역시 눈코 뜰 새 없이 바쁘게 살아야 해. 그래야만 뭐라도 조금씩 깨우치게 되거든. 말이 나온 김에 윤태와 정민이한테도 관심을 좀 가져주면 어떤가. 나도 거기에 포함되는지 어떤지 모르겠지만, 흐느적거리는 아낙네들하고만 어울리지 말고."

낙선재 능수벚나무 아래에 이르러 마마는 손수건으로 연신 이마의 식은땀을 닦아냈다. 잠시 쉬었다 가기로 하고 나는 배낭에서 휴대용 드립 세트를 꺼내 커피를 내려 그녀에게 건네주었다. 블렌딩을 하지 않은 하와이산 코나 커피였다. 고양이처럼 의심에 가득찬 표정으로 냄새를 맡은 뒤, 천천히 한 모금 음미하고 나서 마마가 말했다.

"코나의 달콤한 아로마 향이 잘 살아 있군. 바디감도 썩 괜찮은 편이고. 오늘 날씨와 잘 어울리는 맛이야."

"감사합니다."

"자네, 그 딱딱한 대사조의 말투 좀 바꾸면 안 되겠나? 이제 슬

슬 신물이 날 것 같은데. 지금 자네가 서 있는 곳은 무대가 아니
야, 알겠나?"

"염두에 두죠."

"모쪼록 그러길 바라네."

이런 말이 오가는 사이에 나는 김현주가 내게 부탁한 얘기가
생각나 나도 모르게 한숨부터 몰아쉬었다.

"젊은 사람이 병든 늙은이 앞에서 한숨을 쉬는 건 무례한 거
야."

잠자코 있다가 나는 어렵사리 입을 열었다.

"드리고 싶은 말씀이 있습니다."

마마는 돌연 엄격하고 차가운 눈으로 나를 쳐다보았다. 잠시
잊고 있었지만, 그게 평소의 그녀 모습이었다.

"제가 이런 말씀을 드릴 입장이 아니라는 건 알지만, 일전에 현
주씨와 얘기를 나눈 적이 있습니다."

"그래서?"

"지금껏 생부의 존재에 대해 모르고 있더군요. 말하자면 생부가
누군지 알아야만 또한 자신이 누군지를 알 수 있을 거라고 하더군
요. 저는 그 말이 온당하다고 생각합니다. 그건 정체성에 관한 문
제일 텐데, 자신의 생부조차 모르는 상황에서 삶을 제대로 꾸려갈
수는 없는 게 아니겠습니까? 정체성이란 내가 누구냐는 질문을 받
게 되면 언제든 대답할 수 있는 상태를 말합니다. 그런데 성까지

도 어머니의 김씨 성을 물려받았더군요. 그러니 반쪽이 텅 비어 있는 셈이죠. 한쪽 면의 무늬가 깨끗하게 갈려나간 동전처럼요. 그 동전으로는 아시다시피 과자 한 봉지도 살 수 없죠."

묵묵히 듣고 있던 마마가 차갑게 내 말을 가로막았다.

"그만해! 무슨 말인지 알아들었으니. 내 그럴 줄 알았어. 현주 년이 자네를 꼬드겨 나를 취조해달라고 입에 빨간 사탕을 물고 유혹했겠지. 이미 짐작하고 있었다고."

"그렇게 막무가내로 내치실 일이 아닌 것 같은데요."

"자네가 웬 참견이야! 지 에미가 죽을 때까지 극구 함구했다면 거기엔 다 그럴 만한 이유가 있는 거야. 모든 걸 속속들이 알면 오히려 살기가 힘든 법이야."

"그건 누구의 생각인가요? 현주씨는 서른이 넘은 나이까지 자신이 누군지도 모른 채 살아가고 있는데. 혹시 어른들이 자신들의 과거를 덮기 위해 자식의 삶을 희생시키기로 일방적으로 합의한 게 아닌가요? 대대로 피난민으로 살아온 우리의 전 세대들이 흔히 그래왔듯이 말입니다. 하지만 현주씨는 남의 집 정원에 심어놓은 나무가 아니지 않습니까."

말이 묘한 방향으로 흘러가면서 분위기가 심상찮게 변하고 있었다. 애써 냉정을 유지하는 투로 마마가 되받았다.

"자네는 지금 나한테 큰 실수를 저지르고 있어. 남의 집안일을 두고 주제넘게 함부로 떠들어대고 있단 뜻이지. 집사면 집사답게 묵묵히 집단속이나 잘하란 말이야. 내가 언제 자네한테 훈계를 듣겠다고 청하기라도 했나?"

"저를 집사로 여기시는 건 상관없습니다. 하지만 집사도 가족의 일원이 아니던가요? 만약 그렇게 인정해주지 않으신다면, 내일이라도 당장 집을 비우겠습니다."

일순 당황한 표정으로 마마가 눈을 흘겨뜨고 나를 쳐다보았다. 이어 가래 끓는 소리로 내뱉었다.

"자네, 지금 뭐라고 했나."

"……"

"가족?"

"태국으로 떠나기 전에 윤정씨가 그러더군요. 마마를 모시러 함께 병원으로 가던 날이었죠. 아몬드나무 하우스에 모여 사는 사람들이 실은 한가족이나 다름없다고요."

마마는 한동안 숨소리조차 없이 침묵하고 있었다. 나는 박윤정이 몇 해 전부터 아몬드나무 하우스에 사는 사람들의 스냅사진을 찍어 보관하고 있다는 말도 덧붙였다. 또한 먼 곳에 가 있게 되면 밤마다 이들을 위해 기도를 한 뒤에 잠자리에 든다는 것도.

춘당지에 와서도 마마는 내내 입을 다문 채였다. 연못에는 원앙들이 떼지어 노닐고 있었다. 맑은 하늘에서 돌연 여우비가 흩뿌리더니 대온실 쪽으로 휘이휘이 몰려갔다. 그 잠깐 사이에 무지개가 대온실 지붕 위에 꿈결처럼 떠올랐다. 그 광경을 지켜보며 마마와 나는 춘당지에서 삼십 분가량을 더 머물렀다.

창경궁을 나와 집으로 돌아오는 길에 나는 혜화동 로터리 신호등 옆에 서 있는 낯익은 여자의 모습을 발견했다. 그녀는 커다란 검은 물방울무늬가 박힌 하얀 원피스 차림에 굽이 높은 빨간 에나멜 구두를 신고 있었고 갈색으로 염색한 머리는 어깨까지 굽이치며 흘러내려와 있었다. 손에는 핸드백과 휴대폰을 쥐고 있었다. 나는 비상등을 켜고 바깥 차로로 차를 이동시켜 핸드브레이크를 올린 다음 서둘러 차에서 내렸다. 그때 신호등이 바뀌면서 우회전하려는 차들이 일제히 경보음을 울려댔다.

나는 도로에 차를 세워둔 채 횡단보도를 건너 인파를 헤집고 혜화역 방향으로 그녀를 따라갔다. 차 안에 마마가 앉아 있다는 것도 잊은 채. 그녀는 지하철역 입구에서 스타벅스를 끼고 동숭아트센터가 있는 왼쪽 골목으로 접어들고 있었다. 이름을 부르고 싶었으나 막상 그렇게는 되지 않았다. 이윽고 그녀에게 가까이 접근했을 때, 나는 내가 무슨 짓을 저지르고 있는지를 깨달았다. 또한 그녀가 난희가 아닐 수도 있다는 자각이 몰려왔다. 그래도 확인을 해야겠기에 나는 그녀를 몇 발자국 앞질러 몸을 돌려세웠다. 낯선 남자가 불쑥 앞을 가로막자 그녀는 화들짝 놀란 표정으로 재빨리 몸을 피해 옆으로 비켜 지나갔다. 나는 한동안 그 자리에 붙박여 서서 멀어져가는 그녀의 뒷모습을 바라보았다. 그녀는 뒤를 힐끗거리며 인파 속으로 걸음을 재촉했다.

집에 도착해 북카페에 앉아 마마와 커피를 한 잔씩 더 마셨다. 단 한나절일 뿐인데 오랫동안 카페를 비운 것 같은 느낌이 들었다. 혜화동 로터리에서 벌어진 일에 대해 마마는 일절 언급하지 않았다. 자칫 사고가 날 뻔한 상황이었는데도 말이다. 커피를 다 마실 때까지 마마와 나는 별다른 얘기 없이 묵묵히 앉아 있었다. 각자 다른 생각들을 하고 있었을 것이다.

이윽고 마마가 자리에서 일어나려고 할 때, 김현주가 카페 안으로 들어섰다. 이 시각에 웬일이지? 라는 얼굴로 마마가 그녀를 쏘아보았다. 왠지 마뜩잖은 눈빛이었다. 오후 네시 무렵에 일찌감치 귀가한 김현주는 몹시 지친 모습이었다. 그녀는 눈치를 보듯 이쪽저쪽을 살피더니 내 옆에 와 앉았다. 나는 내심 긴장하고 있었다. 아니나다를까, 그녀가 의자에 앉자마자 마마의 입에서 대뜸 가시 돋친 말이 튀어나왔다.

"털갈이하는 짐승처럼 꼬락서니가 말이 아니로군. 너 지금 속옷이나 제대로 갈아입고 다니는 거냐?"

순간 김현주의 얼굴이 붉게 일그러졌다.

"일을 핑계 삼아 밤낮없이 어딜 그렇게 싸돌아다니는지 알 수가 있나. 바쁘다는 말처럼 뻔한 거짓말이 어디 있을까. 단지 바쁜 척할 뿐이지."

"값비싼 가죽소파에 쿠션을 베고 누워 종일 텔레비전 채널이나 돌리고 있는 샴고양이들은 잘 모르겠죠. 세상 사람들이 얼마

114

나 힘들고 바쁘게 살아가고 있는지. 단지 먹고살기 위해서라도 말예요."

김현주도 대들듯 맞서고 있었다.

"너도 좀 그렇게 살면 안 되겠니? 소파 위의 샴고양이처럼 말이다. 니 에미가 남긴 유산이면 족히 그럴 수 있을 텐데. 허구한 날 비렁뱅이처럼 발품이나 팔고 다니지 말고. 다 너한테 물려주기 위해 평생을 쌓아온 재산이니 고마운 줄 알아야 한다."

"누구한테요? 수족이 마비돼 덜덜 떨면서 숨이 다할 때까지도 거드름을 피우며 사치를 못해 안달이 나 있던 엄마한테요? 역겹지 않은가요? 제가 바로 그 사람의 딸이라는 게."

"자신을 역겹게 여기면 남들도 너를 그렇게 대하게 마련이다. 아직 잘 모르는구나. 아마 배가 고파본 경험이 없어서겠지. 더구나 남들처럼 하루하루 먹고살 걱정은 안 해도 될 테니."

"그 역겨운 돈은 조만간 유니세프에 기부할 거예요. 몽땅!"

"천진난만한 아이들한테 그런 돈으로 도움을 줘서야 되겠니? 내 이참에 알려주지. 돈은 그냥 돈이야. 금화가 아닌 다음에야 화폐에 무슨 가치가 있겠니. 돈은 어떻게 쓰느냐에 따라 비로소 가치와 성격이 결정되는 거야. 유니세프든 뭐든 네 마음대로 하거라. 하지만 쉽사리 그렇게는 못할 거다. 왜냐하면 네가 가진 게 그것밖에 없다는 걸 너도 알고 있을 테니까."

"이제는 악담도 마다하지 않으시네요?"

"네가 무심해서 잊고 있는 모양인데, 내가 지금 몸이 안 좋아서 그럴 거다. 그러니 나는 이만 올라가 쉬어야겠다. 더이상 방해하지 말아다오. 곧 숨이 넘어갈 것처럼 피곤하니까."

마마가 이층으로 올라가고 나서 김현주는 고개를 숙인 자세로 한참을 그대로 있었다. 내가 몸을 일으키려고 하자, 그녀가 천천히 고개를 치켜들고 말했다.

"나하고 술 좀 마셔요."

나는 물끄러미 그녀를 마주보았다. 나 또한 감정이 사나워져 있기는 마찬가지였다. 하지만 이런 분위기에서 초저녁부터 술을 마시고 싶지는 않았다.

"나하고 술 좀 마시자니까요? 안 된다고 하지 말고요."

어째야 할까. 더 생각할 겨를도 없이 김현주가 거칠게 가방을 집어들고 자리에서 일어나며 말했다.

"여기 있기 싫으니까 밖으로 나가요."

나는 도로 카페의 문을 닫고 그녀를 따라 밖으로 나왔다. 하루 동안에 많은 일들이 일어나고 있었다. 마마와 창경궁에 다녀왔고 혜화동 로터리에서 난희와 빼닮은 여자를 목격했고 또한 김현주가 느닷없이 귀가해 내게 한사코 술을 청하고 있었다.

아직 초저녁이었으므로 김현주와 나는 한성대입구를 지나 혜화동을 거쳐 동숭동까지 느리게 걸어갔다. 그때부터 뭔가 주변이 뒤틀리고 있는 듯한 느낌이 몰려왔다. 그동안 힘들게 유지하고 있던 일상의 균형이 흔들리고 있다는 불안감이 엄습했다. 동숭동 대학로까지 걸어가는 동안 나는 김현주에게 마마와 함께 창경궁에 다녀온 얘기를 했다. 딱히 할말이 없었던 것이다. 그런가요? 라며 그녀는 오늘은 더이상 이모 얘기를 꺼내지 말아달라고 했다.

잠시 후에 알았는데 그녀는 불과 몇 시간 전에 남자친구와 헤어지고 돌아온 길이었다. 하지만 그다지 심각해 보이지는 않았다. 알고 보니 두 사람은 주기적으로 만남과 헤어짐을 반복해오고 있는 사이였다. 그렇다면 머잖아 다시 만나게 될 터였다. 그러니 두 사람 사이에는 오늘 아무 일도 일어나지 않은 셈이었다. 그게 바로 문제라면 문제였다. 단순한 지인 사이라면 모를까, 이도저도 아닌 연인관계를 무려 팔 년이나 지속해오고 있는 것이었다.

"평소에는 까맣게 잊고 지내다 가끔 다급하게 찾아요. 대개는 술에 취한 상태에서."

물어보나마나 자신의 남자친구라는 사람을 두고 하는 말이었다.

"영화를 찍는다고 하지 않았던가요? 그렇다면 바쁜 척이라도 해야 되지 않을까요?"

"몇 년 전까지는 그랬죠. 그후론 무엇 하나 제대로 되는 일이 없어요. 하지만 계속 영화에 미련을 두고 있죠. 앞으로도 그럴 것 같고요."

"그리고 술에 취하면 이따금씩 전화를 걸어오는군요. 왜 그럴

까요?"

"마땅히 불러낼 여자가 없는 거겠죠."

그녀는 짐짓 냉소적으로 대꾸했다.

"그렇다는 걸 알고 있으면서 현주씨는 왜 그때마다 호출에 응하는 거죠? 그 사람한테 여전히 애틋한 감정을 품고 있나요? 이런 식으로 물어봐서 미안합니다만."

"상관없어요, 내가 자청한 일이니까. 질문 계속 받을게요."

"다시 물어보죠. 현주씨는 그 사람을 애타게 필요로 합니까? 지금 주위 사람들이 현주씨를 필요로 하는 만큼이라도."

"이젠 잘 모르겠는걸요."

"알고 있지만 모르는 척하는 건 아니고요?"

"글쎄올습니다. 그쪽 생각은 어떤데요?"

"내가 짐작하기에 현주씨는 이별을 두려워하는 것 같은데요. 그 사람과 헤어지는 게 두려운 게 아니라."

"저쪽은 더이상 나를 중요하게 생각하지 않는 거죠?"

"그건 현주씨가 알고 있을 텐데요. 누구든 중요하다고 생각하는 사람을 이토록 혼란스럽게 하지는 않을 테니까요. 이쪽을 진심으로 염려한다면 말이죠."

"그럼 계속 연락을 해오는 이유는?"

"듣기엔 단순한 술버릇 같은데요. 술이 저지르기 가장 쉬운 일 중의 하나가 여기저기 전화를 걸어대는 일이죠. 그런 일이 서울에서만도 하루에 수만 건은 발생할 겁니다. 특히 불타는 금요일 에요. 어제가 금요일이었죠?"

"그럼 내가 어째야 할까요?"

"그것도 현주씨가 알고 있을 텐데요."

"정리하라는 뜻인가요?"

"알다시피 남들은 그런 말을 할 자격이 없습니다. 오직 자신이 선택하고 결정할 문제죠. 혹시 결정장애가 있는 건 아니겠죠?"

"그럼 그다음엔 어떻게 되는 거죠?"

"나를 절대적으로 필요로 하는 어떤 사람이 무대 뒤편에서 기다리고 있다가 조명이 바뀌는 순간 홀연히 등장하지 않을까요? 이쪽에서 받아들일 준비만 돼 있다면 말이죠."

"내 그럴 줄 알았어."

그녀가 발작적으로 웃었다. 그렇다고 그녀의 기분이 풀어졌다는 뜻은 아니었다. 어쩌면 그녀는 스스로 버림받기 위해서 이때껏 영화감독이라는 사람을 만나왔는지도 몰랐다. 그것이 결코 자기 보상이 되지 않는다는 걸 알면서도 말이다. 그런 식으로 자기를 힘들게 하면서 실은 자신을 버린 사람들에게 원망을 드러내고 있는지도 몰랐다. 이런 나를 제발 보아달라고 말이다. 나 자신이 지난 수년간 철저히 경험했다시피 말이다. 그날 나는 김현주에게 결국 내 얘기를 하고 있던 셈이었다.

그런데 나는 왜 대학로에 다시 나온 걸까? 또 왜 아까 물방울

무늬 원피스의 여자를 목격했던 지점으로 가고 있는 것일까. 의식과 무의식의 경계에서 나는 현기증 같은 혼란에 휩싸여 있었다. 연극인들이 자주 드나드는 술집들을 피해 이슥한 골목에 위치한 이층 맥줏집으로 올라갔다. LP음반을 틀어주는 곳이었고 전에 난희와 자주 찾던 술집이었다.

놀랍게도 거기서 나는 물방울무늬 원피스의 여자와 다시 마주쳤다. 그녀는 또래의 여자친구와 마주앉아 감자튀김을 시켜놓고 생맥주를 마시고 있었다. 잠시 후 나를 발견한 그녀도 아연 질겁한 얼굴이었다. 그녀는 나를 슬쩍슬쩍 흘겨보며 동석한 여자에게 무슨 대단한 비밀이라도 털어놓는 양 수군대기 시작했다. 나는 마치 치한이 된 기분이었다. 이어 동석한 여자도 등을 돌려 나를 노골적으로 바라보는 것이었다. 그로부터 십여 분이 지나 두 여자는 먹다 남은 맥주와 안주를 놓아둔 채 횡하니 밖으로 빠져나갔다.

공기가 뒤틀리듯 확실히 뭔가 왜곡되고 있었다. 김현주는 자리에 앉은 순간부터 콤팩트를 꺼내 들고 화장을 고치기에 여념이 없었다. 나는 그녀와 서해에 다녀왔던 날을 떠올렸다. 역시 조짐이 심상치 않았다. 연초에 그녀와 처음 만났을 때 받았던 인상과는 전혀 다른 모습이었다. 그런데 중요한 것은 두 사람이 모두 김현주라는 사실이었다. 이윽고 그녀가 콤팩트를 가방에 집어넣고 나서 테이블 위로 몸을 기울이더니 예의 응석을 부리는 투로 내게 속삭여왔다. 블라우스 단추가 풀어져 가슴골이 그대로 드러나

보였다.

"웬 긴장한 얼굴? 나한테는 눈곱만치도 관심이 없으면서. 맞죠?"

사실대로 말하자면 나는 긴장할 기력조차 없는 상태였다.

"술 마시러 나온 거 아닌가요? 그렇다면 아무 말도 하지 말고 그냥 술이나 마십시다. 현주씨도 더이상 할 얘기가 없을 텐데."

나는 발렌타인 12년산을 주문한 다음 스트레이트로 거푸 두 잔을 마시고 내처 맥주로 입가심을 했다. 안주 따위는 필요 없었다. 그동안 술을 먹어오던 버릇이 있는 것이다. 모딜리아니의 그림에 등장하는 모델처럼 김현주는 무표정한 눈동자로 내 얼굴의 어딘가를 응시하고 있었다. 진한 화장 탓일까. 불현듯 또 딴사람처럼 보였다.

"화가 난 원숭이가 술을 마시는 것처럼 보여."

근데 이상하게 쓸쓸해 보여, 라고 말하며 그녀는 방금 내가 한 짓을 그대로 따라서 했다. 그러니까 발렌타인을 스트레이트로 거푸 두 잔 마시고 나서 안주 삼아 맥주로 입가심을 했다. 그녀는 여전히 버림받고 싶어하는 슬픈 어릿광대처럼 보였다. 내가 일체 반응이 없자 그녀는 주섬주섬 휴대폰을 꺼내들고 여기저기 전화를 걸기 시작했다. 나는 그저 외로운 관객마냥 앉아 있었다. 정체를 알 수 없는 불안감은 시간이 갈수록 더해갔다. 떨쳐내려 해도 그것은 끈적하게 몸 구석구석에 달라붙어 있었다. 그녀는 한시도

쉬지 않고 문자와 전화를 번갈아 하고 있었다. 집으로 돌아가야 겠다는 생각이 들었다. 어느 결에 시간이 흘러갔는지, 그새 아홉 시가 지나 있었다.

굳이 엿들으려고 한 것은 아닌데, 어느 순간 나는 김현주가 영화감독과 통화를 하고 있다는 사실을 눈치챘다. 두 사람은 길게 말다툼을 하고 있는 중이었다. 주위에 있는 사람들이 거듭 돌아볼 정도로 그녀의 목소리는 부주의했다. 그러니 나는 안중에도 없었다. 그녀는 이미 취해 있었고, 왜? 라는 말을 거듭 내뱉으며 상대를 비난하고 압박하다 때로는 사정을 하기도 했다. 그런 상황이 삼십 분쯤 이어진 뒤 그녀가 가방을 집어들고 벌떡 자리에서 일어나더니, 간다는 말도 없이 밖으로 나가버렸다. 그리고 일분쯤 뒤에 허둥지둥 되돌아와 카운터에서 계산을 하고는 다시 밖으로 빠져나갔다.

아몬드나무 하우스로 걸어가는 도중에 나는 마마에게서 걸려온 전화를 받았다.

"자네, 지금 어딘가?"

대꾸를 할 겨를도 없이 그녀는 내게 당장 성북동파출소로 가봐야 할 것 같다고 말했다. 장마철의 지하실에서 들려오는 것 같은 음울한 목소리였다.

"윤태가 사고를 저지른 모양이야."

"사고라뇨?"

"고등학생들을 폭행해서 조사를 받는 중이라고 방금 파출소에서 연락이 왔네. 가족을 찾는데, 막상 내세울 사람이 없잖아. 현주 년도 계속 전화를 안 받고 있고."

나는 방심하다 뒤통수를 얻어맞은 기분이었다.

"고등학생들 상태는요?"

"자네가 가보고 나한테 좀 알려주게…… 근데, 혹시 술을 마신 건가?"

취한 정도는 아니었으나 파출소에 출두하기에는 결코 좋은 상태라고 할 수 없었다. 혀를 차며 마마가 말했다.

"내가 일어나 가봐야겠군. 정신머리 없는 사람들 같으니라구."

나는 전화를 끊고 서둘러 지나던 택시에 올라탔다.

11

파출소는 성북초등학교 건너편에 있었다. 택시에서 내리며 습관적으로 손목시계를 확인하니 열한시가 막 지난 시각. 주변은 평화롭다고 할 만큼 고요했다. 봄밤에 가로수들이 부드럽게 바람에 흔들리고 있었으며 파출소 건너편에 있는 커피숍 안으로 동네 주민으로 보이는 사람들이 한가로운 자세로 마주앉아 담소를 나누는 모습이 보였다. 파출소 입구에는 순찰차가 서 있었다. 나는 사이드미러에 얼굴을 비춰본 다음 호흡을 가다듬고 파출소 안으로 들어갔다.

먼저 눈에 들어온 것은 벽 중앙에 걸려 있는 태극기였다. 안에는 철제 사무용 테이블 여섯 개가 벽을 등지고 직각으로 배치돼 있었는데, 그중 네 개는 비어 있었으며 대기용 긴 소파가 화장실 입구 옆에 놓여 있었다. 거기에 눈이 풀린 고등학생 세 명과 그들의 보호자라고 짐작되는 사람들이 비좁게 끼어앉아 있었다. 그중 하나는 머리를 노랗게 염색하고 속옷이 드러날 만큼 짧은 치마를 입은 여고생이었다. 윤태는 경사 계급장을 단 삼십대 중반의 남자와 테이블을 사이에 두고 마주앉아 조사를 받는 중이었다. 경사는 이런 일이라면 진작에 이골이 난 듯한 권태로운 얼굴을 하고 있었다. 내가 다가가자 경사는 허리를 세워 의자에 기대고 위아래로 나를 천천히 훑어보았다. 윤태는 나를 보자 뜻밖이라는 표정을 짓더니 외면하듯 이내 고개를 돌려버렸다.

"무슨 일로 오셨습니까?"

이렇게 말하며 경사는 출입구 옆에 앉아 있는 이십대의 순경을 바라보았다. 왜 신분 확인 절차도 없이 나를 안으로 들여보냈냐는 눈빛이었다. 만성 흡연으로 성대가 상한 목소리였다. 내가 미처 대답을 하기도 전에 그가 덧붙였다.

"혹시 술을 마시고 온 겁니까?"

나는 윤태의 등을 내려다보며 말했다.

"집에서 연락을 받고 이 청년의 보호자 자격으로 왔습니다."

"방금 내가 술을 마시고 온 거냐고 물었을 텐데요."

경사의 고압적인 태도에 나는 신경이 곤두섰다.

"그게 이 사건의 처리와 무슨 관련이라도 있는 건가요?"

순간 그의 눈빛이 차갑게 변했다. 그는 담배를 피워물며 입가에 희미한 미소를 머금고 다시 나를 쳐다보았다.

"피의자와 어떤 관곕니까?"

나는 이내 말문이 막혔다. 윤태는 그럴 줄 알았다는 투로 나를 슬쩍 돌아보더니, 낮게 한숨을 몰아쉬고는 그만 가보세요, 라고 했다.

"한집에 살고 있는 삼촌뻘 되는 사람입니다."

경사는 반도 피우지 않은 담배를 거칠게 재떨이에 비벼 껐다.

"피의자는 법적으로 성인인데다 주민등록상에 세대주로 등록 돼 있습니다. 따라서 보호자의 존재 유무는 사건 처리와 무관하 죠. 다만 거주지 확인이 필요해 연락을 했다고 보면 됩니다. 그러 니 삼촌뻘께서는 끼어들지 않아도 될 것 같은데요. 더군다나 지 금 음주 상태가 아니냔 말입니다."

그의 말투는 내가 지금 공무집행을 방해하고 있다는 뜻으로 들 렸다. 이미 충분히 지쳐 있다는 식으로 그가 덧붙였다.

"피의자에게 할말이 있으면 저쪽에 가서 잠자코 기다리세요. 작성한 조서를 검토하고 나서 면회할 시간을 주죠. 더이상 내가 시간을 낭비하지 않았으면 합니다. 보다시피 밤이라도 새워야 할 형편이니까요."

나는 사건의 경위조차 모른 채 출입문 옆에 서서 기다릴 수밖에 없었다. 그로부터 십 분쯤 후에 조서 확인을 끝낸 윤태가 순경의 지시에 따라 비어 있는 자리로 옮겨 앉았다. 소파에 대기하고 있던 학생과 보호자가 차례로 경사에게 불려가 조사를 받는 사이 나는 의자를 들고 윤태에게 다가가 앉았다. 이렇듯 가까이에서 대면한 적이 없었으므로 잠시 데면데면한 순간이 흘러갔다. 어떻게 된 일이지? 라고 나는 먼저 입을 열었다. 방금 조사받은 내용을 반복하고 싶지 않다는 투로 그가 무뚝뚝하게 되받았다.

"상관하실 이유라도 있나요?"

"그러게 말이야. 그런데 지금 내가 여기에 와 있는 걸 보면, 아예 상관이 없는 것 같지는 않은데? 도움이 될는지 어떨는지 모르겠지만 말이야."

"그러니까 그만 가보시라니까요."

말은 그렇게 했지만 목소리는 풀이 죽어 있었다.

"언젠가 자네와 한번 얘기를 나누고 싶었어. 그 장소가 파출소라는 생각은 못해봤지만."

그의 얼굴에 야릇한 웃음기가 떠올랐다 사라졌다.

"사건이 검찰로 넘어가기 전에 방법을 찾아보는 게 좋지 않을까? 만약 그럴 수 있다면 말이야."

"그건 경찰에서 알아서 하겠죠."

"만약 자네가 가해자 신분이라면 피해자와의 합의 여부가 중요하다고 알고 있어. 검찰에서 기소 여부를 결정하는 데 말이야."

검찰, 기소 따위의 얘기가 나오자 그는 낮게 숨을 몰아쉬었다.

"조금 있으면 마마가 도착할 텐데, 마마의 건강을 생각해서라도 좀더 적극적인 태도를 보여주는 게 어때?"

"여기서는 내일 의사의 정확한 진단이 나와봐야 알겠대요. 전치 사 주 이상이면 형사 사건으로 처리될 거라고 하더라고요. 어떻든 제가 책임을 져야 한다면 져야겠죠."

전치 사 주 미만인 경우는 민사 사건에 해당돼 합의와 보상을 통해 사건을 해결할 수 있는 여지가 남아 있었다. 그러나 일단 형사 사건이 돼버리면 피해자와의 합의 여부와 관계없이 사건이 검찰로 넘어가게 돼 있었다. 그렇다면 최종적으로 불기소처분을 받는다 해도 기록에 남게 마련이었다. 문제는 지금 파출소에는 없는 한 학생이 대학병원 응급실에 실려가 있다는 사실이었다. 피해자는 남학생 세 명과 여학생까지 모두 네 명이었다. 그런데 윤태와 얘기를 나누다보니 단순폭행 사건이 아니라는 느낌이 들었다. 이를테면 윤태가 저들을 폭행하게 된 데는 그럴 만한 이유가 있었다.

사건의 경위는 이랬다. 사고가 발생한 것은 약 두 시간 전인 아홉시 삼십분경으로, 윤태는 삼선교 근처에 있는 레스토랑에서 아르바이트를 마치고 귀가하던 중이었다. 그가 한성대입구역에서 재래시장을 지나 오른쪽 골목으로 십여 미터 떨어진 사건 현장에 찾아간 것은 짐작했듯 유치원 여교사가 윤간을 당한 후 매일 반복하던 행동이었다. 그는 범인들이 검거되지 않은 상태에서 사건이 미결로 처리되는 것을 받아들일 수 없었다. 오늘도 윤태는 변함없이 사건 현장에 들르게 되었고, 공사가 중단된 어두운 건물 안에서 고등학생들이 무리지어 옥신각신하는 장면을 목격하게 되었다.

남학생 셋이 여학생을 구석에 밀어놓고 옷을 벗기려 하고 있었다. 여학생은 저항하는 몸짓을 되풀이했으나 술에 취한 것처럼 무기력해 보였다. 남학생들 사이에서 간헐적으로 음산한 웃음소리가 들려왔다. 그제야 윤태는 그들이 환각 상태에 빠져 있다는 것을 알아차렸다. 여학생의 교복 상의는 이미 벗겨져 있는 상태였고 치마가 무릎까지 흘러내려 있었다. 그때 경찰에 서둘러 신고를 했으면 어땠을까 싶었지만, 윤태는 그런 생각조차 할 겨를이 없었다. 무엇보다 상황이 긴박했고 어떻게든 여학생을 구하고 봐야겠다는 생각이 앞섰다. 윤태는 공사장 안으로 접근해 그들에게 먼저 주의를 일깨우려는 태도를 취했다. 하지만 그들은 혼자 나타난 윤태를 보고 겁을 먹기는커녕 바닥에 떨어져 있는 술병과 각목 따위를 집어들고 윤태를 둘러쌌다. 그들의 얼굴엔 조롱 섞인 웃음기가 서려 있었다. 여학생은 퀭한 눈으로 이쪽을 쏘아보며 아무 소리도 내지 못했다.

"이 형님은 여기 어인 일이신가?"

그들 중 하나가 혀가 풀린 소리로 내뱉었다. 그러자 나머지 두 명이 킬킬댔다. 그러면서 점점 윤태의 주위를 좁혀왔다.

"어디서 정의의 사도가 납셨구나."

"거꾸로 매달아 족쳐줄까?"

말이 끝나기가 무섭게 그들은 손에 들고 있던 흉기를 휘두르며 일제히 윤태를 덮쳤다. 그들은 환각 상태였으므로 행동이 민첩하지 못했다. 하지만 세 명을 동시에 피하다보니 윤태는 각목에 등을 얻어맞았고 순간 감정이 격해지고 말았다. 윤태가 그들 중 하나를 발로 가격해 쓰러뜨리자, 그곳은 일시에 흥분의 도가니로 변해버렸다. 뒤미처 난투극과 다름없는 상황이 이어졌고 한순간 정신을 차리고 보니 윤태는 자신의 손에 각목이 들려 있는 것을 발견했다. 와중에 여학생의 비명이 들려왔나 싶었는데, 얼마 지나지 않아 주민의 신고를 받은 경찰이 사이렌을 울리며 현장에 도착했고 윤태를 포함한 그들 모두는 곧바로 성북파출소로 연행되었다.

파출소에 있는 학생들은 크게 다친 것 같지는 않았다. 시간이 지나면서 그들은 서서히 정신을 차리기 시작했다. 그리고 자신들이 무슨 일을 저질렀는지를 깨닫고 잔뜩 겁에 질린 모습을 하고 있었다. 분위기를 일별하니 그들의 보호자인 부모들도 사건이 어

디까지나 원만하게 해결되기를 바라는 눈치였다. 그렇다면 날이
밝기 전에 서로 어느 정도 공감대가 형성돼 있어야 할 터였다. 응
급실에 실려가 있는 학생의 상태는 아직 확인되지 않았으나, 정
황상 윤태에게 가격을 당했다고 확신할 수도 없었다. 나는 윤태
가 보다 적극적으로 나서주길 기대하고 있었으나 나로서도 별 뾰
족한 수가 떠오르지 않았다. 야간 당직자인 경사가 이 사건을 어
떤 방식으로 처리할 것인지도 지금으로선 알 수 없었다.

마마는 자정이 임박해서야 파출소에 도착했다. 회색 정장 차림
에 검은 핸드백을 들고 나타난 마마는 안으로 들어서서 소파에 앉
아 있는 여학생과 보호자, 조서를 작성하고 있는 경사와 남학생,
그리고 윤태와 나까지 찬찬히 돌아본 다음 경사에게 다가갔다.

"늦게까지 수고가 많으시네요. 나는 저 청년의 할미 되는 사람
입니다. 나한테 잠깐 얘기할 시간을 내주면 고맙겠는데."

노인의 위엄을 갖춘 느린 말투로 마마가 입을 열었다. 경사는
긴가민가한 눈빛으로 마마를 쳐다보더니 자리에서 일어나려고
했다.

"일어설 필요 없어요. 서 있는 건 내가 할 일이니까요."

엉거주춤한 자세로 경사는 도로 의자에 앉았다.

"시간도 늦었고 바쁜 것 같으니 내 얼른 요점만 말하리다. 누구
의 잘잘못을 따지기 전에, 저 못나고 불쌍한 아이들한테 한번쯤
기회를 주는 쪽으로 이 일을 처리하면 어떻겠소? 여기 앉아 있는

청년은 입대를 앞두고 있는데다, 일찌감치 부모한테 버림을 받은 처지요. 그렇다면 어른들 잘못이 더 큰 게 아니겠소?"

"할머니가 누구신지부터 말씀하시죠."

경사는 틈을 보이지 않으려 했다.

"보다시피 나는 작고 보잘것없는 노파에 불과하오. 게다가 몸에 병이 들어 살날이 얼마 남지 않은 가련한 처지이기도 하지. 하지만 이 동네에서 이십 년을 살았으니 참견을 할 자격은 있다고 생각해서 달려왔으니 부디 헤아려주기 바라오. 저 어린것들을 두고 피해자니 가해자니 굳이 따지지 말고 선처해주기 바란다는 뜻이오."

"그건 제 권한 밖의 일입니다. 왜, 아시지 않습니까."

그러자 마마의 표정이 서서히 굳어졌다.

"그렇다면 그런 권한을 가진 사람이 대체 누구요? 알려주면 내가 그 사람한테 직접 찾아가 읍소하며 매달리리다. 그렇게 하기 전에 그대가 소신껏 처리해준다면, 내 이 자리에서 무릎 꿇고 절이라도 하겠소."

여전히 의심스러운 눈빛으로 경사가 되받았다.

"할머니께서는 지금 저를 협박하고 계신 것 같은데요."

"그럴 리가 있겠소. 하지만 저 아이들 중 누구라도 지금보다 더 나빠지게 되면 그대나 나나 두고두고 마음에 남지 않겠소?"

"내일 오전중으로 사건 처리 결과를 알게 될 겁니다. 그만 댁으로 돌아가셔서 그때까지 기다리시죠."

마마는 참을성 있게 말을 계속했다.

"이미 눈치챘겠지만, 나는 사건 처리 절차를 알고 싶어 한밤중에 여기로 달려온 게 아니라오."

경사는 한 걸음 물러나 응급실에 실려가 있는 고등학생에 대해 얘기했다. 그 학생의 상태에 따라 이 사건의 성격이 달라질 수밖에 없다고 말이다. 그때 소파에 앉아 마마와 경사를 지켜보고 있던 보호자 한 사람이 머뭇거리며 그쪽으로 다가갔다. 양복을 입은 오십대 중반의 남자였다. 기업체의 중견 간부쯤으로 보이는 인상이었다.

"조금 전에 병원에 있는 학생의 보호자와 통화가 됐는데, 응급실 CT촬영 결과 다행히 상태가 아주 나쁘지는 않은 모양입니다. 정확한 진단 결과는 아침에 나오겠지만 말입니다. 허리 골절을 의심했는데, 일단 타박상으로 진단이 나왔답니다. 경사님, 제 생각도 여기 어르신 말씀과 다르지 않습니다. 아이들이 저지르는 잘못은 대개 어른들 탓이니, 부모들한테도 반성할 수 있는 기회를 주시면 감사하겠습니다. 정말 면목이 없군요."

그는 몸을 돌려 마마에게 정중히 고개를 숙였다. 그러자 마마가 기다렸다는 듯 목청을 높였다.

"면목이 없다는 걸 이제야 아셨소? 이 늙은이까지 나서서 아들뻘 되는 경찰 앞에서 무릎을 꿇고 애원을 해야 되겠냔 말이오."

그는 당황한 기색이 역력했다. 경사는 곤혹스런 얼굴로 자신 앞에 서 있는 두 사람을 번갈아 바라보더니 피하듯 화장실로 향했다.

그가 자리로 돌아왔을 때 철제 테이블 위에 놓여 있던 전화기의 벨이 울렸다. 경사는 다소 경직된 목소리로 통화를 했다. 잠시 후 전화를 끊고 나서 그가 마마를 바라보았다. 그의 얼굴은 지우개로 지운 듯 아무 표정도 드러나 있지 않았다.

"이미 조치를 취하고 오셨군요."

나는 흘끗 마마를 바라보았다.

"미안하오. 하지만 이 늙은이는 그대에게도 조금은 격식을 차리고 싶었다오. 혹여라도 노여워하지 말고, 진심으로 하는 말이니 믿어주기 바라오. 언젠가 세상이 그대에게 꽃다발 정도의 보답은 해줄 거라 믿소."

경사는 그 말에 대꾸하지 않았다.

"빨라야 오늘 오전에나 아이들을 돌려보낼 수 있을 겁니다. 그러니 보호자 분들은 그만 댁으로 돌아가세요."

마마는 그제야 윤태에게 다가가 귀에 대고 말했다. 하지만 주위 사람 모두에게 들릴 정도로 큰 목소리였다.

"집으로 돌아오는 즉시 다리몽둥이를 부러뜨릴 것이니 그런 줄 알고 있거라, 이 멍청한 사내 녀석 같으니라구!"

이어 나를 돌아보더니 역시 한마디 쏘아붙였다.

"자네는 아직도 술에 발목이 잡혀 사람 노릇을 제대로 못하고 사는군. 어제 낮에 창경궁에서 내게 한 말은 모두 새빨간 거짓말이었어! 아니면 아니라고 여기서 어디 마음껏 떠들어봐!"

내 입에서는 절로 죄송합니다, 라는 말이 흘러나왔다.

"죄송? 언제까지 자네는 그따위 말을 남발하며 살아갈 작정이지? 다름 아닌 자신에게 말이야. 이래서야 내가 편히 눈을 감을 수가 없지 않은가 말이야."

마마가 고성을 지르는 바람에 파출소 안에 있던 사람들은 어리둥절한 표정을 짓고 있었다. 젊은 순경이 다가와 마마에게 그만 가보시라고 재촉한 뒤에야 나는 그녀를 부축해 파출소 밖으로 나왔다. 집으로 가는 동안 나는 마음에 걸리는 대목이 있어 마마에게 물어보았다.

"아까 파출소로 오시기 전에 어디와 통화를 하신 거죠?"

내가 부축하고 있던 팔을 털어내며 마마가 말했다.

"왠지 추궁하는 투로 들리는군. 그렇다면 내 말해주지. 서울지방경찰청 소속의 모 인사라고만 알아두게."

"그 사람이 누군데요?"

마마의 목소리가 좀더 날카로워졌다.

"내가 자네한테 그것까지 고해야 되겠나?"

"가능하다면요."

"갈수록 시건방을 떠는군. 고작해야 각설이 술꾼 주제에."

일부러 그러는지 마마는 혀까지 끌끌 찼다.

"지금 제 얘기를 하는 게 아니지 않습니까?"

"계속 마음에 걸리는 구석이 있다 그 말인가? 그럼 이참에 내 또하나 알려주지. 잘 들어두게. 사람이 자신을 제대로 건사하지 못하면, 결국 남이 나서서 거들어줘야 하지. 그때 거드는 사람은 손에 먼지나 흙을 묻힐 수밖에 없는 경우가 종종 생기지. 그런데 지금 자네는 그 사람을 비난하고 싶어 좀이 쑤신다는 얘기를 나한테 하고 싶은 거야. 안 그런가?"

"윤태가 그것을 원하지 않았을지도 모르는 일 아닙니까. 제가 보기에 윤태는 자신이 한 일을 스스로 책임지고 싶어하는 눈치였습니다."

그러자 마마가 단호하게 되받았다.

"무엇을, 어떻게? 다시 말하지. 자신을 건사하지 못하는 인간은 남이 자신을 위해 희생하는 모습을 무기력하게 지켜볼 수밖에 없는 거야. 심지어는 자신을 구해준 사람이 그 때문에 비난을 받는 순간에도 말이야."

"늘 그렇다는 뜻입니까?"

"대개는 그렇지."

설혹 그렇다 하더라도 나는 마마의 말에 전적으로 동의할 수 없었다. 사람에 대한 그녀의 저런 가혹하고 일방적인 태도가 어디서 비롯된 것인지 나는 돌연 궁금해졌다. 마마의 말대로라면 약자에 속한 사람은 강자에게 늘 빚을 지며 살아갈 수밖에 없다는 의미가 포함돼 있었다. 또한 약자인 그들은 강자들로 하여금 희생과 비난의 부담까지 떠안게 만드는 존재이기도 했다. 그게 피가 아니기를 나는 마음속으로 빌었다.

아무리 선의라 할지라도 상대와의 수평적 합의와 동의 없이 행해지는 일들은 상대를 한갓 객체로 만들어버린다는 사실을 마마는 모르고 있는 듯했다. 물론 마마가 개입하지 않았더라면 이렇듯 간단하게 사건이 마무리되지는 않았을 터였다. 그러한 반면 사건의 당사자인 윤태와 고등학생들과 부모들에게서 뭔가 중대한 기회를 빼앗은 게 아니냐는 생각이 두고두고 뇌리를 떠나지 않았다. 굳이 요청이 없는 상태라면 그들 자신이 문제를 해결할 수 있도록 기회를 줘야만 하는 것이다. 그것은 또한 엄연히 권리에 속하는 문제이기도 하다. 그날 이후로 나는 한동안 마마와 가까이하는 것을 의식적으로 피하게 되었다.

파출소에서 돌아와 마마가 이층으로 올라간 뒤, 나는 새벽 세시까지 북카페에 앉아 있었다. 그러다 불현듯 가슴 저 밑바닥에서부터 비집고 올라오는 생소한 감정과 맞닥뜨리고 있었다. 그 감정의 실체가 무엇인가를 깨닫고 나서 나는 당황했다. 마치 불에 덴 듯 온몸이 화끈거렸다. 다름 아닌, 지금 동남아 어딘가에서 곤히 잠들어 있을 어떤 여자를 내가 그리워하고 있음을 깨달은 것이었다.

한동안 허둥거리다 나는 감정을 다스리기 위해 바흐의 〈파르
티타〉를 틀어놓고 차디찬 맥주를 꺼내 마셨다. 그러나 이미 확인
된 감정은 좀처럼 가라앉지 않았다. 그러기는커녕 시시각각 그녀
가 점점 더 그리워지는 것이었다. 마침내 보고 싶다, 라는 생각에
이끌려 나는 휴대폰을 집어들었다. 문자메시지를 보낼까, 전화를
걸까 망설이다 나는 전화를 걸었다. 그녀의 목소리가 듣고 싶었
던 것이다. 심장이 마구 요동치며 머릿속이 극단적으로 혼란스러
웠다. 그녀는 통화 연결음이 끊길 때까지 전화를 받지 않았다. 잠
들어 있는 걸까? 그런데 왠지 그렇지는 않을 거라는 터무니없는
확신이 들었다. 나는 냉장고에서 맥주를 더 꺼내와 잔에 따랐다.

그때 테이블에 놓인 휴대폰의 벨이 울렸다.

여보세요, 라고 내가 응답한 뒤에도 그녀는 계속 입을 다물고
있었다. 무슨 생각을 하고 있는 것일까. 그녀 역시 당황하고 있음
인가. 시간은 신발 끄는 소리를 내며 밤의 저쪽으로 사라져가고
있었다. 그녀는 내 말을 기다리고 있는 듯했다.

"잠을 깨운 것 같지만, 윤정씨와 통화를 하고 싶었습니다."

이윽고 그녀가 멀리서 대꾸해왔다.

"반가워요. 그리고 나는 깨어 있었어요."

가슴이 여전히 거칠게 뛰고 있었으므로, 나는 잠시 숨을 가다
듬었다.

"무슨 일이 있는 거죠?"

많은 일들이 있었다. 어제와 오늘 사이에. 그보다 나는 이 새벽녘에 내게 발생한 일에 대해서 말하고 싶었다. 허나 막상 입이 떨어지지 않았다. 그녀가 이쪽 정세를 살피며 이런저런 상념에 빠져 있다는 것이 느낌으로 전해져왔다. 마음과는 달리 내 입에서는 이 말이 먼저 튀어나왔다.

"어젯밤에 사고가 있었습니다. 두 시간 전에야 그 일이 어느 정도 마무리됐고요."

무슨 일이었냐고 그녀가 침착하게 물어왔다. 나는 파출소에 다녀온 이야기를 했다. 그녀는 조금도 놀라거나 당황하지 않았다. 목소리의 톤조차 변함이 없었다.

"그리고 또 무슨 일이 있었죠?"

나는 그녀가 지금 어디에 있는가를 물어보았다. 그녀는 어제 오후에 미얀마에서 캠프인 치앙마이로 돌아왔노라고 했다. 말끝에 그녀가 덧붙였다.

"또 무슨 일이 있었냐고, 내가 물은 것 같은데요? 윤태 얘기는 다 잘 알아들었고요."

"윤정씨 목소리가 듣고 싶었습니다. 왜냐고는 묻지 마시고요."

"그렇게 말씀하시면 내가 무슨 얘기를 하겠어요. 안 그런가요?"

통유리창 밖에서 길고양이 한 마리가 도깨비처럼 나를 훔쳐보고 있었다.

약 한 시간 전부터 당신이 그리워지기 시작했다고 나는 사실대로 말했다. 전화를 끊고 나서 후회한다 해도 어쩔 수 없으리라는 생각이 들었다. 나는 그녀가 상처받지 않기만을 바라고 있었다. 해질 무렵의 해바라기처럼 쓸쓸하게 웃는 소리가 귓전에 들려왔다.

"한 시간 전부터? 그럼 지금도 여전히 그런 상탠가요?"

"아뇨, 목소리를 듣고 있으니 더 그립네요."

"또 하고 싶은 말은요?"

"지금 내가 잘못을 저지르고 있는 게 아닌지 염려됩니다. 왜 그런지 모르겠지만."

"나는 알 것 같은데요, 왜 그런지."

"……"

"상처를 받았다고 생각하지 않으니 염려하지 마세요."

나는 불현듯 목이 메어왔다.

"명우씨는 나한테 아무것도 잘못한 게 없어요. 그러니 마음 쓰지 않아도 됩니다. 네, 그러지 마세요."

"……"

"사실대로 말하면 명우씨 전화받고 무척 기뻤어요. 누군가 새벽에 나라는 여자한테 고백을 해온 셈이니까요. 네, 지금부터 좀 혼란스럽겠지만 그렇다 해도 상관없습니다. 다만 덩달아 보고 싶다는 말은 못하겠네요. 시간이 흐른 다음에나, 내 마음을 알 수 있을 테니까요."

이해한다고 나는 말했다. 그녀는 잠시 침묵한 뒤 전화를 끊었다.

아침녘에 그녀가 휴대폰으로 내게 한 장의 사진을 보내왔다. 연꽃이 가득 피어 있는 연못을 찍은 사진이었다. 연못 뒤에는 오래된 탑이 하나 서 있었다. 사진 아래엔 다음과 같은 메시지가 남겨져 있었다.

—이 연못으로 밤새 커다란 바람이 불어갔어요. 아침이 되자 겨우 잠잠해졌답니다. 바람이 지금 어느 쪽으로 몰려가고 있는지는 잘 모르겠고요.

12

5월에 박윤정이 동남아에서 돌아올 때까지 나는 주위에서 보기에는 대체로 무감한 시간들을 보내고 있었다. 그러나 마음속에서는 갖가지 상념들이 매일 불꽃처럼 맹렬하게 타오르고 있었다. 그럴수록 나는 카페 일에 온 신경을 쏟아부었다. 그 일마저 없었더라면 아마도 견디기 힘들었을 터였다. 노화가는 여전히 사흘에 한 번씩 찾아와 한 시간쯤 맥주를 마시고 돌아갔다. 변한 게 있다면 이따금씩 내게 마마의 건강에 대해 묻는 정도였다. 손님들은 먼 행성에서 온 사람들처럼 저네들끼리 밀담을 나누다 소리없이 카페를 빠져나갔다. 누구 하나 소란을 피운다든가 큰 소리를 내어 말하는 사람이 없었다. 매상은 꾸준히 늘어났으며 이런 상태를 유지하게 되면 집주인인 마마에게 수익 배분 형식으로 매달 월세를 지불할 수 있을 것 같았다.

그러던 어느 날 밤에 윤태가 나를 찾아왔다. 카페의 문을 막 닫으려던 참이었고 밖에는 부슬비가 내리고 있었다. 잠시 후에 알게 되지만 윤태가 작정을 하고 나를 보러 온 건 아니었다. 레스토랑 아르바이트를 그만둔 날이었는데, 한성대 부근에서 친구들과 가볍게 술을 마시고 막 귀가한 참이었다. 다음날 일찍 짐을 꾸려 여행을 떠날 계획이었으므로 윤태는 그대로 삼층으로 올라가려다, 문득 발길을 돌려 카페 안으로 들어섰다. 손님이 없는 것을 확인하고 윤태는 주방에서 설거지를 하고 있던 나를 찾았다. 그는 나를 선배라고 불렀다. 내가 고무장갑을 낀 채 주방 밖으로 나갔을 때, 그는 벽에 걸려 있는 〈꽃 핀 아몬드나무〉를 응시하고 있다가 고개를 돌렸다.

"문 닫는 시간인가요? 괜찮다면 선배하고 술을 한잔 마실 수 있을까 싶어 들렀는데."

다소 뜻밖이었으나 나는 윤태와 나 사이에 어떤 기회가 찾아왔음을 깨달았다.

"영업은 방금 끝났고, 내가 자네한테 술을 살 수 있게 해준다면 그렇게 하지. 여기서는 누구든 술값을 지불해야만 마실 수 있거든. 저쪽에 앉아 잠깐 기다려."

나는 설거지를 마친 뒤 냉장고에서 맥주를 꺼내 윤태와 마주앉았다. 막연한 느낌이지만, 그에게 어떤 변화가 일어나고 있다는 생각이 들었다. 그러지 않고서야 이 밤에 불쑥 나를 찾아올 리가 없었다. 돌아보니 파출소에서 대면하고 나서 그새 한 달이 지나 있었다. 늘 그렇듯 그는 불안한 모습에 지친 기색이었다. 그런데도 밤새 잠을 이루지 못할 사람처럼 묘한 열기에 사로잡혀 있었다. 역시 불안감 때문일까? 라고 생각했으나, 그보다는 무언가를 털어놓지 않으면 못 견딜 것 같은 눈빛을 하고 있었다. 나는 윤태 앞에 놓인 잔에 맥주를 따랐다. 그는 고맙습니다, 라고 말하며 이어 술병을 건네받아 내 잔을 채웠다. 그때 내 입에서 무심코 이런 말이 튀어나왔다.

"당장 짐을 꾸려 어딘가로 떠날 사람처럼 보이는군."

윤태는 슬쩍 내 눈을 쳐다본 뒤 술잔을 입으로 가져갔다. 그는 입대를 사 개월 정도 남겨둔 상황이었다. 그동안 아르바이트를 해서 모은 돈으로 여행을 떠난다고 해도 이상할 게 없었다. 입대를 앞둔 많은 젊은이들이 그렇게 하는 것이다.

"예리하시네요. 네, 당분간 혼자 여기저기 돌아다녀보려고요. 생각할 것도 있고요."

"갈 곳은 미리 생각해뒀나? 이를테면 북극이라든가, 알래스카라든가."

나는 오래전부터 가고 싶어했으나 아직 가보지 못한 곳의 지명을 들어 말했다. 내가 농담을 하는 줄 알고 윤태는 피식 웃으며 고개를 가로저었다.

"일단 집을 나서보려고요. 사실 미리 무언가를 계획하고 살 여유가 없었어요. 서울에 올라오고 나서 저는 오로지 생존이 목표였거든요. 그러다보니 어느 날 그게 목적이 돼 있더라고요. 어찌 됐든 살아남는 거 말예요. 그게 어떤 삶을 의미하는지는 선배도 짐작할 거라고 생각해요. 그러니 지향 따위를 가슴에 품고 살 여유가 없었죠."

"지향이라면 꿈이나, 순간순간의 의미 같은 것을 두고 하는 말인가? 이를테면 삶의 방향을 결정해주는 요소들 말이야."

윤태는 맥없이 웃어 보였다.

"그건 어려서부터 누군가 암시해줘야 조금씩 알게 되는 거 아닌가요?"

"누군가라니?"

"뭐 부모라든가, 사회라든가, 말하자면 기성세대들이 말이죠."

그의 말투엔 야릇한 냉소가 배어 있었다. 나는 새삼 내 나이를 떠올리며 말했다.

"자네 눈에는 별수없이 나도 기성세대로 분류되겠군."

잠깐 생각하는 눈치더니 그는 이렇게 되받았다.

"꼭 그렇지는 않아요. 제가 보기에 선배한테는 기득권이라는 게 없는 것 같으니까요."

듣기에 따라서는 묘한 뉘앙스를 풍기는 말이었다.

"제가 생각하는 기성세대의 우선 조건은 권위나 능력을 떠나 책임의식의 존재 유무라고 봐요. 그게 참다운 의미의 기득권일 테고요. 학교에서도 그렇게 배웠고요."

나는 지금까지 나와 기득권을 연결시켜 생각해본 바가 없었다. 윤태 말대로 애초에 그것이 존재하지 않았기 때문인지도 모른다. 그런데 그것은 한편 책임의식이 결여된 기성세대의 한 사람으로 살아왔다는 뜻이 될 수도 있었다. 삼십대 중반이면 엄연히 기성세대에 속하는 나이였다. 그렇다는 사실을 내가 잊고 있었을 따름이었다. 내 눈치를 살피더니 그가 덧붙였다.

"오해는 하지 마세요. 딱히 선배를 겨냥해서 한 말은 아니니까요. 기성세대들이 기득권에 대해 잘못 이해하고 있거나 행사하고 있다는 생각이 들어서 해본 말이에요. 단지 나이 때문에 기득권이 주어지는 것은 아니잖아요? 그런 장면을 목격할 때마다 터무니없이 주눅이 들고 마음이 삭막해져요."

"예를 들면?"

충혈된 눈빛으로 그가 나를 마주보았다.

"이왕 만났으니 터놓고 얘기하는 게 어때? 이참에 나도 자신을 성찰할 수 있는 기회를 가질 수 있게."

윤태는 머뭇거리더니 술을 좀더 마실 수 있겠냐고 물어왔다.

나는 맥주와 안주를 더 챙겨왔다. 봄밤에 비가 내리고 있었고 나는 조금 흥분한 상태였다. 얼마 후 동남아에서 돌아올 박윤정의 얼굴이 스치듯 떠올랐기 때문일까? 하지만 꼭 그런 것만은 아니었다. 다시 잔을 비우고 나서 그가 더듬더듬 입을 열었다.

"며칠 전에 냉면을 먹으러 식당에 갔었어요. 어떤 사람이 생각나서요. 그 사람은 겨울과 봄에 먹는 냉면을 아주 좋아했어요. 냉면을 먹는 게 저로서는 사치이기도 하지만, 그날따라 그 집 냉면이 생각나더라고요."

어떤 사람에게는 냉면 한 그릇을 먹는 게 사치로 여겨질 수도 있는 것이다.

"주말 점심때여서 식당은 사람들로 붐볐죠. 자리에 앉아 십 분 정도 기다렸나요? 저보다 조금 늦게 들어와 옆 테이블에 앉아 있던 골프웨어 차림의 남자가 지나가던 여종업원을 불러세우더니 다짜고짜 화를 내더군요. 왜 자기보다 늦게 들어온 손님한테 먼저 냉면을 갖다주냐고요. 오십대 중반이었고 아내와 스무 살쯤 된 딸과 함께 왔더군요. 종업원은 얼굴을 붉힌 채 그대로 서 있었죠. 글쎄, 누가 잘못한 걸까요? 아무튼 중년 남자가 윽박지르듯 거듭 화를 내자 종업원은 어쩔 수 없이 고개를 조아리며 사과를 하더군요."

"……"

"그 정도 일은 저도 아르바이트를 하면서 자주 겪었던 터라, 그저 그런가보다 했어요. 그런데 잠시 후 그들 가족이 앉아 있는 테이블로 종업원이 냉면을 가져와 내려놓다가 육수를 엎지르는 실수를 하고 말았어요. 아까 그 여종업원이었죠. 그러자 남자가 또 불같이 화를 내며 종업원을 다그치기 시작하데요. 그건 차마 눈뜨고 볼 수 없는 광경이었죠. 단지 바지에 육수가 조금 흘렀을 뿐인데, 마치 죄인을 심문하듯이 그녀를 몰아붙이며 배운 게 없다느니, 태도가 좋지 않다느니, 심지어는 가정교육 운운하는 말까지 거침없이 내뱉더군요. 이윽고 사장인지 지배인인지까지 불러 함께 세워놓고 훈계를 하는데, 식당에 와 있는 사람들 중 그 누구도 간섭을 하거나 신경을 쓰는 눈치가 아니었어요. 더 놀라운 것은 그의 아내와 딸이라는 사람들조차 말리기는커녕, 그 순간에도 태연하게 냉면을 먹고 있더군요. 냉담한 표정으로 말예요."

나는 윤태가 하고자 하는 말이 무엇인지 금방 알아들었다.

"종업원은 결국 그들 앞에 무릎을 꿇고 울면서 사죄를 하고 나서야 가까스로 놓여났죠. 그때까지도 어느 한 사람 그 종업원을 변호하거나 나서서 말리지 않더군요. 바로 눈앞에서 어떤 사람의 인격이 무참하게 짓밟히고 있는 장면을 보면서도 말예요. 그때 저는 깨달았죠. 제가 지금 살아가고 있는 세상이 최소한의 관용이나 선의조차 용납하지 않는다는 것을요. 일부 몰지각한 사람의 얘기라고 할 수도 있겠지만 말예요."

"일부는 항상 전체로서의 일부이기 때문에 일부라고 부르는 거겠지. 그러니까 그게 전체의 모습이 아니라고 부인할 수도 없는 거야. 요컨대 그 식당에 함께 앉아 있던 사람들도 그 사태에 대한 윤리적 책임을 일정하게 공유하고 있었다는 의미가 되겠지."

나는 내심 부끄러움을 무릅쓰고 말했다. 윤태는 잠시 말을 끊고 비가 내리는 창밖을 돌아보았다. 길을 잃은 짐승처럼 눈빛이 어둡게 잠겨 있었다.

"네, 기성세대라고 하는 사람들이 때로 무차별적으로 힘을 행사하고 있다는 생각이 들어요. 왜 그런 걸까요? 더군다나 기득권을 가졌다고 생각하면 사회적 약자를 대하는 태도가 더욱 거칠어지죠. 그런 난폭한 방식으로 자기 보상을 실천하고 있는 것 같아요. 제가 보기에는 이미 충분히 보상을 받은 것 같은데도 말예요."

그는 계속 얘기하고 싶은 눈치였고 나는 말리고 싶지 않았다.

"그런 사람들 중에는 텔레비전을 통해 사회적 재난을 시청하면서 그때마다 오히려 안도감을 느끼는 부류들이 있다고 하더군요. 저녁을 먹고 나서 일가족이 소파에 나란히 앉아 한가롭게 차를 마시면서 말예요. 타인의 불행을 목격하면서 내가 거기에 속하지 않는다는 사실에 상대적인 안도감을 느낀다는 거죠."

어찌 대꾸해야 좋을지 몰라, 나는 이런 말을 했다.

"러시아의 민담에 나오는 얘기야. 길을 가다 우연히 마술램프를 주운 농부가 램프를 문지르자 요정이 나타나 소원을 말하라고 하더래. 농부는 이웃집에 젖소 한 마리가 생겼는데, 가족이 다 먹고도 남을 만큼 우유를 얻었고 마침내 부자가 되었다는 얘기를 하지. 그러자 요정이 농부한테 그럼 당신에게도 젖소를 한 마리 구해드릴까요? 라고 물었어. 아니면 두 마리? 그런데 농부는 뜻밖에도 이렇게 대답하지. 아니, 그게 아니고 이웃집 젖소를 제발 죽여줘!"

"……"

"이 민담은 타인이 겪는 재난이나 불행을 담보로 내 행복이 유지되고 배가된다는 왜곡된 마음을 비유하고 있어. 자네는 지금 이런 얘기를 나한테 하고 있는 거야."

"끔찍하네요. 그런데 왜 그러는 걸까요?"

"아까, 그 식당의 중년 남자 말인가?"

"선배 말대로 거기엔 다른 사람들도 많았죠."

나는 평소에 내가 생각하고 있던 바를 말했다.

"그건 우리가 오랜 세월을 피난민으로 살아왔기 때문이 아닐까? 개인을 포함해 한 사회의 성격이나 집단무의식은 쉽게 변하는 게 아니잖아."

"피난민요?"

"가령 임진왜란이나 병자호란을 생각해봐. 그 당시에 백성들이 어떤 일을 겪어야만 했는지. 또 임금이란 사람이 백성을 버려두고 어디로 갔는지. 너무 먼 옛날이야기인가? 그럼 일제강점기와 한국전쟁을 떠올리면 되겠지. 부서진 철교에 매달려 서로 살겠다고 필사적으로 상대를 팔꿈치로 밀어내며 살아온 참혹한 세월 말이야. 해방이 되고 분단이 되는 과정에서도 이념 대립으로 헤아릴 수 없이 많은 사람들이 죽었고 전쟁이 끝난 뒤에도 사정은 마찬가지였어. 알다시피 오늘날까지 이념 논쟁은 되풀이되고 있고. 게다가 권력을 쥔 자들이 생존권을 담보로 늘 이를 악용하고 있지. 대립과 분열을 조장하면서까지 말이야. 그러니 삶의 다른 가치들은 돌아볼 겨를 없이 여전히 생존만이 목표일 수밖에 없는 거지. 때문에 타인에 대해 본능적으로 적대적이고 관용이라든가 선의는 개입할 여지가 없는 거야. 살아가기 위해서는 언제나 타인의 존재가 필요한데도 말이야."

나는 좀더 얘기를 계속했다.

"이참에 나도 자네가 말한 그 일부에 관한 예를 들어보지. 이건 지하철이나 버스에서 자주 목격되는 장면이야. 지하철이나 버스엔 알다시피 노약자를 위한 전용석이 마련돼 있어. 그 좌석은 노인뿐 아니라 장애인이나 약자도 사용할 수 있게끔 돼 있지. 어느 날 나는 노약자석 앞에 어린아이의 손을 잡고 서 있는 만삭의 임신부를 보았어. 손에는 커다란 짐까지 들려 있더군. 하지만 그녀가 내릴 때까지 아무도 자리를 비켜주지 않더라고. 이런 풍경을 목도할 때마다 어쩔 수 없이 마음이 황폐해지곤 하지. 그래, 그들은 험난한 경제개발 시대를 살아온 사람들이고 대개 자식의 교육을 위해 인생의 대부분을 바친 세대야. 비록 강요된 선택은 아니었을지라도 보상을 바라는 것은 어쩌면 당연한지도 몰라. 하지만 동시에 어른으로서 지혜와 관용을 베풀어준다면 얼마나 좋을까. 어느 사회에서나 현자의 역할을 해줄 수 있는 존재들이 필요하거든. 하물며 무슨 일이 생겨도 자신 외에는 거들떠보지 않고 아무도 책임지려 하지 않지. 게다가 우리 사회는 이제 타인에 대한 태도가 적대감을 넘어 학대하는 지경에 이르렀어. 외국인 노동자들이 한국에서 어떤 취급을 받고 있는지는 자네도 텔레비전을 보면서 종종 확인했겠지. 또 엄연히 우리 사회의 일원인데도 불구하고 결혼 이주 여성에 대해서 이웃인 그들을 우리가 얼마나 천대하고 있는지도. 그때마다 수치심에 얼굴이 뜨거워져 중간에 채널을 돌리게 되지. 이제 그만할까? 누가 엿들으면 옹졸하다고 할 테니."

시간은 어느덧 새벽 두시를 넘어가고 있었다. 하지만 나도 이대로는 잠이 올 것 같지 않았다. 짐작건대 윤태가 이런 얘기를 주고받자고 나를 찾아온 건 아닐 터였다. 아직도 가슴에 담아두고 있는 말들이 있을 거였다. 그리하여 윤태와 나는 날이 희부윰하게 밝아올 때까지 맥주를 마시며 좀더 얘기를 나눴다. 그는 매일매일 반복되고 있는 꿈에 대해 말하고 있었다. 그것은 내가 아몬드나무 하우스에 입주한 뒤 밤마다 시달리는 꿈과 유사했다.

"벌써 몇 달 된 것 같아요. 그 꿈이 시작된 건. 그전에는 미처 감지하지 못했는데, 언젠가부터 차갑고 낯선 공간에 갇혀 있는 꿈을 꿔요."

차갑고 낯선 공간, 이라고 나는 속으로 되뇌어보았다.

"금속으로 만들어진 어둡고 거대한 공간이에요. 공기 속에서는 늘 녹슨 냄새가 나고요. 이따금 철판을 두드리는 망치 소리 같은 게 들려오기도 해요. 처음에는 저 혼자만 그곳에 갇혀 있는 줄 알았어요."

나는 그가 말하고 있는 음습한 공간을 상상해보았다.

"그런데 시간이 지나면서 알게 됐죠. 주위에 저와 비슷한 모습을 한 사람들이 가득하다는 것을요. 그들은 한결같이 좀비 같은 모습을 하고 있죠. 어느 순간 저는 그 거대한 공간이 미끄러지듯 서서히 움직이고 있다는 것을 알았어요. 간헐적으로 기우뚱거리는 느낌이 찾아와 멀미를 하곤 했으니까요. 그때마다 불길한 생각이 엄습하는데, 갈수록 그 정도가 심해져요. 그러다 얼마 전이었을 거예요. 잠결에 귓전에서 천둥이 치는 것처럼 꽝! 하는 굉음이 들리더니, 이어 소용돌이라도 치듯 공간이 옆으로 기울기 시작하더군요. 십 도, 이십 도, 이십오 도…… 그리고 얼마 지나지 않아 여기저기서 물이 스며들더군요. 뒤미처 걷잡을 수 없이 안으로 물이 쏟아져들어올 때서야 저는 깨달았죠. 내가 그동안 커다란 배에 갇혀 있었구나. 그제야 다들 빠져나가기 위해 필사적으로 몸부림치지만 굳게 잠긴 쇠문은 열리지 않아요. 이윽고 배가 완전히 기울며 바닷물이 목까지 차올라 익사할 거라는 공포에 사로잡히죠. 어디선가 희미하게 사이렌 소리와 헬리콥터 소리가 들려오지만 구출될 가능성이 없다는 것도 마침내 알게 되죠. 배는 이미 물속으로 깊게 가라앉는 중이니까요. 그렇게 숨이 끊어지려는 찰나, 잠에서 깨어나곤 해요. 온몸이 식은땀에 젖어서요. 이게 단지 가위에 눌리는 꿈일까요?"

윤태는 손바닥으로 이마에 맺힌 땀을 닦아내며 길게 숨을 몰아쉬었다.

"네, 밤마다 익사당하는 심정이에요. 방에는 온갖 물고기들이 떠다니고 사방에서 검은 수초가 흔들리고 있죠. 사람들은 끊임없이 몸부림을 치고 있고요. 왜 이런 꿈이 반복되는 걸까요?"

가슴이 짓눌려오는 것을 견디며 나는 고작 이렇게 말하고 있었다.

"정신과 치료를 받아보는 건 어때?"

"병원엔 이미 가봤죠. 하지만 약만 한 움큼씩 처방해줄 뿐, 별 도움이 되지 않더라고요. 그래서 생각다못해 환경을 바꿔보려고 마음먹은 거예요."

"그래, 여행을 떠나보는 것도 일단의 방법이 되겠지. 환경을 바꾸면 마음의 상태가 달라질 수도 있으니까."

"요즘엔 내가 누군지조차 모르겠어요. 이대로 입대하게 되면 미쳐버릴 것 같아요."

윤태는 심각하게 정체성의 혼란을 겪고 있는 중이었다.

윤태가 상희의 얘기를 꺼낸 것은 그다음이었다.

"맑고 순정한 사람이었어요. 저한테는 샛별 같은 존재였고요. 그 사람을 만나면서 저는 난생처음 삶의 방향이란 걸 생각했으니까요. 군대를 제대하고 졸업을 한 다음 취직을 하자마자 결혼을 할 계획이었죠. 서로 그렇게 약속했고요. 저한테는 사실 가족이란 게 없기 때문에, 가족을 갖는 게 일생의 소원이자 꿈이었어요. 그렇게 소박하게 삶을 일구며 세상의 일원으로 묵묵히 살아가고 싶었죠. 타인에게 관용과 선의를 실천하는 사람으로 말예요. 그런데 이런 바람이 얼마나 이루기 힘든 것인가를 알게 됐죠. 지금은 저 자신조차 감당하지 못하는 처지가 됐고요."

누구나의 삶이 그러하듯 윤태에게도 앞으로 또다른 생의 국면들이 찾아올 터였다. 하지만 나는 쉽사리 그 말을 입 밖으로 꺼낼 수 없었다. 나 자신도 오랫동안 정체된 삶을 살아가고 있는 중이었다. 처지가 같다고는 할 수 없겠으나, 나는 윤태가 처한 상황을 이해할 수 있을 것 같았다. 빗소리와 함께 바람이 세차게 불어가는 소리가 밖에서 들려왔다.

애써 감정을 수습한 표정으로 윤태가 입을 열었다.

"저 실은 선배한테 부탁이 있어서 찾아왔어요."

얘기하라는 뜻으로 나는 고개를 끄덕였다. 순간 나는 그가 내게 말하려고 하는 바가 무엇인가를 깨달았다.

"저 없는 동안 정민이를 좀 돌봐주세요. 대충 아실 거라고 짐작하는데, 저보다 더 힘들고 불행하게 자라온 아이예요. 혼자 필사적으로 버티고 있지만, 아직 고등학생이잖아요. 떠나기로 마음먹고 나서 무엇보다 마음에 걸리는 게 정민이더라고요."

나도 언제까지 이 집에 머물지는 알 수 없었다. 복잡한 생각 끝에 나는 이렇게 말했다. 아몬드나무 하우스에 머무는 동안은 어쨌든 내 몫을 감당하고 싶었다.

"한 가지 조건이 있어."

윤태가 물끄러미 나를 바라보았다.

"자네가 언젠가 여기로 돌아온다는 조건. 그걸 약속해준다면 나도 자네 부탁을 들어주기로 하지."

윤태는 잠시 입을 다물고 있었다. 그도 마마의 상태를 어느 정도 알고 있을 터였다. 또 그가 돌아오기 전에 마마가 세상을 뜰 가능성이 있다는 것도 부인할 수 없는 사실이었다. 아마도 윤태는 그후까지 상상하고 있는 듯했다. 어려운 결정을 한 표정으로 이윽고 그가 고개를 끄덕여 보였다.

"그리고 마마한테도 정식으로 인사를 드리고 떠나겠다고 약속해줘."

"……"

"파출소 사건 때문에 자네가 한동안 힘들었을 거라고 생각해. 그렇더라도 중이 절간을 비우듯 소리없이 사라지면 다시 돌아오기 힘들 거야. 무슨 뜻인지 알지?"

"그렇게 할게요."

"아침에 나와 함께 마마를 찾아가도 되고."

"아뇨, 저 혼자 갈게요. 그게 떳떳하고요. 대신 윤정이 누나가 돌아오면 안부 전해주세요. 현주 누나한테는 제가 직접 얘기할게요."

"모쪼록 뜻깊은 여행이 되기를 바랄게. 아마 그럴 거라고 생각하지만. 누군가를 깊이 사랑해본 경험이 있는 사람은 세상에 대한 기대와 미련을 버리지 못하더라고."

헤어질 때가 되어 그가 고백조로 말했다.

"집을 나서면 먼저 어머니부터 찾아가보려고요. 지금 안성에 살고 계신데, 잠깐이라도 얼굴을 보는 게 좋을 것 같아서요. 왠지 그래야겠다는 생각이 들어요."

그 말을 듣자 마음에 잔잔한 파문이 일었다. 비바람을 뚫고 날이 서서히 밝아오고 있었다.

"밤을 새우게 된 셈이지만, 회담 결과가 나쁘지 않아서 다행이군. 자네도 그렇게 생각하지?"

"네, 마음이 조금은 홀가분해진 것 같아요."

"마지막으로 나도 부탁이 하나 있는데, 거절하지 않았으면 해. 그동안 카페를 운영하면서 서랍에 약간의 돈을 모아두었어. 그걸 자네 여행 경비로 보태고 싶어. 나중에 갚는 걸로 하고 말이야. 돈은 이런 데 쓰라고 있는 것 같으니까."

당황한 듯 머뭇거리다 윤태는 그러겠다고 했다. 윤태와 나는 날이 밝아오는 창밖을 우두커니 내다보다 이윽고 악수를 나누고 헤어졌다. 그 순간 나도 어디론가 여행을 떠나고 싶다는 생각이 몰려왔다.

13

윤정이 동남아에서 돌아온 것은 예정보다 열흘쯤 늦은 5월 중순이었다. 치앙마이에서 출발하기 전날 윤정은 내게 공항으로 마중을 나와달라는 문자를 보내왔다. 여러 곳을 여행하다보니 짐이 많이 늘어났다고 했다. 그녀가 공항에 도착하는 시각에 맞춰 나는 차를 끌고 집을 나섰다. 내부순환로와 자유로를 거쳐 인천공항으로 가는 길에 나는 한강과 바다를 보았고 개펄을 붉게 물들이고 있는 함초지대를 지나면서 내내 마음이 술렁이고 있었다.

입국장의 대기용 의자에 앉아 커피를 마시면서 나는 윤정에게 무슨 말을 할지 생각해보았다. 그러나 막상 아무 말도 떠오르지 않았다. 비행기는 오후 네시에 도착 예정이었다. 그녀가 짐이 가득 쌓여 있는 카트를 밀고 입국장에 모습을 나타낸 것은 그로부터 삼십 분 뒤였다. 갈색으로 보기 좋게 그을린 얼굴에 티셔츠와 청바지와 플랫슈즈 차림의 단출한 모습이었다. 나와 눈이 마주치자 그녀는 손을 들어 보이며 웃었다.

　그녀의 몸에는 아직도 열대의 냄새가 배어 있었다. 동남아 지역 어디를 가더라도 따라다니는 비릿한 향내. 그것은 음식과 물에도 섞여 있는 냄새였다. 나는 그 냄새를 맡으며 몇 년 전에 가봤던 태국과 캄보디아의 풍경을 떠올렸다. 눈이 멀어버릴 만큼 밝은 햇빛과 코발트빛의 하늘로 치솟아 있는 종려나무, 느리게 움직이는 사람들, 선홍색의 장미와 히비스커스, 타이거 맥주와 말보로 담배, 갑자기 쏟아지는 비와 황금빛의 사원들, 연꽃과 탑들…… 윤정은 불과 몇 시간 전까지 그곳에 머물다 방금 돌아온 것이었다. 여로의 피로가 엿보였으나 그녀만의 독특한 생동감이 이마에 어른거리고 있었다. 카트를 밀고 주차장으로 내려가는 중에 그녀가 입을 열었다. 피곤한 탓인지 목소리가 약간 허스키하게 변해 있었다.

　"한 달 반 전에 떠났는데, 몇 년 만에 돌아온 기분이에요. 이렇게 낯선 느낌이 드는 이유가 뭘까요?"

　"그동안 심리적인 거리가 발생해서 그런 게 아닐까요? 여행지에서의 시간과 현실의 시간은 그 흐름과 농도 자체가 다르잖아요. 요컨대 세계가 서로 다른 거죠. 이삼 일 지나면 이쪽에 다시 적응하게 될 겁니다. 왜, 잘 알 텐데요?"

　짧게 한숨을 내쉰 뒤 윤정이 되받았다.

　"실은 밖에 나갔다 돌아올 때마다 우울하고 착잡한 느낌에 사로잡혀요. 비행기가 착륙한다는 기내 방송이 들려오는 순간부터요. 창으로 공항이 눈에 들어오면 덜컥 숨이 막히죠. 잊고 싶은 과거의 시간 속에 다시 버려지는 기분이 들거든요."

그게 어떤 기분인지는 나도 알 것 같았다. 어찌됐든 또 살아내야 한다는 당위에 짓눌리는 압박감을 말하는 것이리라. 나는 서서히 차의 속도를 올렸다. 일단 공항 지역을 벗어나면 오히려 그러한 느낌은 조금씩 줄어드는 것이었다.

"지금 가장 하고 싶은 게 뭐죠? 집으로 가는 거 말고요. 우선 그것부터 하죠."

윤정이 나를 돌아보며 건조하게 웃었다. 글쎄요, 라며 그녀가 말했다.

"음, 젊은이들이 붐비는 곳으로 가서 화덕피자에 시원한 생맥주부터 한잔 마시고 싶네요. 짐을 풀고 샤워를 하는 일은 나중에 해도 되니까요."

나는 과속으로 자유로를 내달려 합정역 방향으로 빠져나간 뒤 홍익대 근처 주차장에 차를 세웠다. 금요일이었으므로 젊은이들이 몰려들 시간이었다. 화덕피자집을 찾는 일은 어렵지 않았다. 화이트톤의 깔끔한 내부 장식이 돋보이는 작은 이탈리안 레스토랑이었다. 맵시 있게 차려입은 이십대 중반의 여자 셋이 창가에 앉아 파스타에 맥주를 마시고 있었다. 하얀 셔츠에 검은 치마를 입은 종업원도 새처럼 경쾌해 보였다. 스피커에서는 헬렌 피셔가

독일어로 부르는 〈아베마리아〉가 낮게 흘러나오고 있었다.

피자가 나올 무렵 남녀 커플들이 하나둘씩 등장하기 시작했다. 필스너 생맥주는 감칠맛이 났고 부드럽게 목으로 넘어가 혈관 속으로 차게 퍼졌다. 첫잔을 음미하면서 윤정은 잠시 눈을 감고 있었다. 이쪽 세계와 가까워지기 위한 의식이라고 나는 생각했다.

잠시 후 눈을 뜨고 그녀가 말했다.

"여기가 아까 우리가 들어왔던 그 레스토랑 맞죠?"

나는 고개를 주억거리며 되받았다.

"피자에 들어가 있는 올리브가 아주 고소하고 맛있네요."

"덕분에 한결 나아진 것 같아요. 젊은 사람들이 웅성거리는 소리를 듣고 있으니 마음이 좀 가라앉네요."

두번째 잔을 비우며 윤정이 마마의 상태부터 물어왔다.

"일주일에 두 번씩 통원치료를 받고 있는데, 그다지 나아지는 것 같지는 않습니다. 요즘엔 통 뵐 기회가 없어 자세히는 모르지만요. 저를 놔두고 콜택시를 불러 병원에 다녀오시더군요. 가끔 현주씨가 동행할 때도 있고요."

"왜, 두 분이 다투셨나요?"

"일전에 윤태의 일을 처리하는 과정에서 내가 마마에게 좀 항명을 했는데, 그때부터 서로 외면하고 있는 중이죠. 그건 나중에 다시 얘기하기로 하고, 윤태가 떠나면서 윤정씨한테 인사 전해달라고 하더군요."

다소 놀란 듯 윤정이 멍한 눈동자로 나를 바라보았다.

"그동안 많이 힘들었던 모양입니다. 함께 얘기를 나누다보니 마음이 아프더군요. 하지만 윤태는 우리가 생각하는 것 이상으로 성숙한 청년이더라고요. 약속하고 떠났으니 언젠가는 돌아오겠죠. 우선 안성에 살고 있는 어머니를 만나고 나서, 북극이나 알래스카로 오로라를 보러 떠나겠다고 하더군요."

나는 그날 새벽 윤태와 헤어지기 전에 나눴던 말을 윤정에게 전했다.

"북극이나 알래스카요?"

"네, 되도록 멀리 갔다가 돌아오라고 내가 부추겼습니다. 이십대에 내가 가고 싶어했던 곳이기도 하죠. 순록이 떼지어 몰려가는 밤의 설원에서 담요를 뒤집어쓰고 오로라를 보는 게 꿈이었거든요."

"하지만 너무 멀리 보낸 게 아닌가요?"

윤정이 빙긋이 웃으며 대꾸했다.

"이왕이면 세상의 끝까지 가보라고 했습니다. 윤태는 다시 태어나기를 바라고 있으니까요."

"음, 두 사람이 그런 밀담을 나눴단 말이죠?"

운전을 하기 위해 나는 커피를 주문했다.

"내게 정민이를 부탁하길래, 그러겠다고 했습니다. 물론 쉽게 대답한 건 아닙니다. 지난주에 정민이의 담임선생을 만나고 왔고요."

"오, 그래요?"

"그런데 정민이한테는 별 관심이 없는 눈치던데요. 성적을 기준으로 학생들을 서열별로 평가하는 교사의 전형처럼 보이더군요. 만약 정민이가 무슨 말썽이라도 부리면 별 고민 없이 다른 학교로 전학을 보내버릴 것 같더라고요. 은근히 권위적인데다 방어적인 태도가 몸에 배어 있어 깊은 얘기를 나누지는 못했습니다. 그런 교사는 어떤 문제가 발생하면 대개 학생들한테 책임을 떠안기는 타입이죠. 담임이란 사람을 보며 새삼스럽게 깨달은 사실이 있습니다. 내가 중고등학교 시절에 학교에서 배운 게 없다는 사실을 말이죠. 적어도 삶에 관한 한 말입니다."

윤정이 웃으며 되받았다.

"그래도 정민이에 대해 뭐라도 들은 얘기가 있을 텐데요."

"스마트폰 키드로 분류하더군요. 수업시간에 늘 뒷자리에 앉아 스마트폰만 조작하고 있다는 뜻이죠. 담임의 말을 그대로 옮기면 몇몇 건들거리는 학생들과 어울려다닌다고 합니다. 성적만을 놓고 보면 최하위의 그룹에 속하는 아이들이죠. 그중의 한 아이는 얼마 전 같은 학교의 여학생을 성추행한 혐의가 인정돼 강제 전학을 보냈다는 말도 덧붙이더군요. 실은 그 여학생과 정민이가 사귀는 사이라는 애매모호한 말도 하고요."

그러자 윤정이 반색을 하며 대꾸했다.

"정민이가 여학생을 사귄다고요? 그거 굉장한 뉴스네요."

"글쎄, 나는 잘 모르겠는데요."

"아뇨, 기대 이상인걸요. 우리한테는 한마디도 안 하잖아요. 중요한 건 또래의 아이들과 어울린다는 거죠."

"그들도 강제 전학 후보들인데도요? 성추행을 당한 여학생도 학교에 소문이 나서 조만간 다른 학교로 전학을 갈 거라고 하더군요. 이런저런 이유로 전학생을 많이 배출하는 학교인가봐요."

"나는 담임선생한테 왠지 고마운 생각이 드는데요? 아무튼 나도 정민이를 위해 할 수 있는 일이 없는지 생각해볼게요. 아 참, 다음 주말에 마마와 함께 식사 모임을 갖죠. 윤태도 떠났고 나도 귀국 보고를 할 겸 해서 말예요. 음식 준비는 명우씨와 내가 하는 게 좋을 것 같고요."

나는 선선히 그러겠다고 했다.

"그리고 모레쯤 나하고 가까운 곳으로 바람 좀 쏘이러 가죠. 화계사 정도가 좋겠네요. 이유는 묻지 말고요."

화덕피자집에서 두 시간 정도를 머문 뒤, 그녀와 나는 성북동으로 돌아왔다. 여덟시에 카페의 문을 열었으나 자정이 될 때까지 손님은 단 한 사람도 찾아오지 않았다. 영업을 하다보면 종종 이런 날도 있는 것이다.

윤정과 화계사에 간 것은 일요일 오후였다. 아침에 한차례 비가 뿌리고 나서 오랜만에 날이 환하게 개어 있었다. 유난히 비가 잦은 5월이었다. 차를 가져갈까 했는데 윤정이 대중교통을 이용하자고 해서 지하철을 타고 수유역에 내려 화계사까지 걸어갔다. 화계사華溪寺. 계곡 물빛이 화사하게 빛나는 절이라는 뜻이었다. 비가 내린 뒤라 세탁이라도 한 듯 북한산의 빛깔이 선명했고 바람 속에는 싱그러운 향기가 배어 있었다. 부처님 오신 날을 앞두고 길 양쪽에는 연등이 줄지어 걸려 있었다. 밤이 되면 주위의 풍경이 장려하게 변하리라.

"조만간 시간을 내서 정민이를 데리고 소풍을 와야겠네요. 말문도 틀 겸 해서 말예요."

연등을 올려다보며 윤정이 말했다.

"윤태가 살던 집으로 옮겨야겠어요. 정민이가 삼층에 혼자 있게 됐잖아요."

"나를 피해서 내려가는 건 아니고요?"

그녀가 농담조로 되받았다.

"왜 아니겠어요."

나는 윤태의 일로 파출소에 다녀온 날 밤, 치앙마이에 있던 그녀와 통화를 했던 기억을 떠올렸다. 어쩌면 그녀는 나와의 거리를 분명히 해두기 위해 오늘 나를 불러낸 것인지도 몰랐다. 깊게 한숨을 몰아쉬고 나서 그녀가 입을 열었다. 그녀는 자주 한숨을 내쉬는 버릇이 있었다. 그때마다 무슨 생각을 하는 것일까?

"서울로 돌아오기 전에 많은 생각을 했어요. 그날 밤 통화를 하면서도 얘기했지만 거듭 고맙다는 말을 하고 싶어요. 내게 관심을 가져줘서. 서른여덟의 나이를 먹어오는 동안 누가 나를 그렇게 절실하게 찾은 적은 없는 것 같거든요."

"그런데요?"

"하지만 사람을 받아들이는 일은 그리 간단한 문제가 아니잖아요. 자동차 충돌사고와는 성격이 다른 일이니까요."

"다르죠."

"나로서는 그게 오랫동안 닫혀 있던 국경을 개방하는 일이라는 생각이 들어요. 말하자면 외부와의 경계가 사라지는 일이죠. 동시에 누군가의 전 인생과 맞닥뜨리는 일이기도 하고요."

윤정은 관계의 엄중함과 두려움에 대해 말하고 있었다.

그녀와 나는 화계사 경내로 들어서 커다란 느티나무 아래 놓여 있는 평상에 걸터앉았다.

"관계가 시작되면 어느 쪽이든 그 이전의 상태로는 돌아갈 수 없어요. 그후로 두 사람 사이가 어떻게 변하든 말예요. 그 정도는 알고 있겠죠."

그녀는 관계에서 발생하는 상처로 인해 그동안 힘겹게 꾸려온 자신의 삶이 훼손되는 것을 두려워하고 있는 것 같았다.

"그렇다면 명우씨는 나한테 뭘 원한 거지요?"

글쎄, 나는 그녀에게 무엇을 원했던 것일까. 나는 유대감에 대해 말했다. 상대에 대한 깊은 연민과 이해에서 얻어지는 친밀감을 통해 힘들 때 서로 의지할 수 있는 관계를 원했던 것이다. 사람은 자신이 누구라는 걸 알기 위해서라도 늘 타인의 존재가 필요한 법이었다.

"그런데 그게 왜 하필 나여야 하는지 물어봐도 될까요?"

나는 솔직하게 대답했다.

"그건 나도 모릅니다. 하지만 어느 순간부터 그렇게 되고 말았죠. 그후로는 계속 그쪽 생각을 할 수밖에 없었고요. 누군가에게 이끌리는 감정은 오로라 같은 현상인데, 그걸 말로 설명할 수 있는 방법을 나는 모르고 있습니다. 아마 아무도 모를걸요?"

야릇한 침묵이 흐른 뒤 윤정이 메마른 소리로 입을 열었다.

"내가 이렇게 말하면 화를 낼 건가요?"

"마음 깊이 좋아하는 사람인데, 화를 내지는 않겠죠."

"나도 명우씨를 많이 좋아하고 있어요."

"그건 뭔가 거절의 의미로 들리는데요."

"오늘 아침에야 이렇게 말하기로 마음먹었어요."

"어떻게요?"

"그냥 이대로 좋아하는 사이로 지내면 안 되겠냐고요."

"그냥 말입니까?"

나는 무뚝뚝하게 되받았다.

"그럼, 그냥은 빼고요."

"어쩌다 그런 중도적 결론에 도달하게 된 거죠? 혹시 저 위에 앉아 있는 부처님 때문인가요?"

"명우씨와의 지금 관계를 소중하게 생각하고 있으니까요."

역시 그녀는 무언가 훼손될 것을 두려워하고 있었다.

"그렇다면 허그도 안 되나요?"

나는 진지하게 물었는데, 그녀는 후후거리며 웃었다.

"그런 건 도대체 말로 하는 게 아니잖아요."

"그럼 수락한 걸로 알겠습니다."

"절에서는 아니겠죠."

"나는 무신론자니까 상관없다고 생각합니다. 작금은 종교 과잉의 시대여서 되레 세상이 혼탁하다고 합니다. 갈등과 대립이 만연한 사회일수록 종교가 전염병처럼 득세한다는 거죠."

윤정이 혀를 차며 되받았다.

"명우씨는 매번 이런 식으로 화를 내는 사람이군요. 적절히 자제가 필요하지 않을까요? 보기에 안 좋을 수 있거든요."

나는 흐려지는 하늘을 올려다보며 퉁명스럽게 말했다.

"또 비가 올 것 같은데, 그만 내려가서 술이나 한잔하죠."

"술은 사드릴게요. 그전에 경내를 한 바퀴 돌아보고 내려가죠. 알고 보면 꽤 유서 깊은 절이랍니다."

평상에서 일어나 대웅전 쪽으로 올라가며 윤정이 뜬금없이 이런 말을 던져왔다.

"우리 대웅전 안으로 들어가 부처님한테 삼배를 올리고 갈까요?"

"우리 사이에 그새 참회할 일이라도 생긴 건가요?"

윤정이 짐짓 달래는 투로 말했다.

"우리가 아는 모든 사람들에게 서원과 축원을 전하기 위해서 예요."

자꾸 반복되는 우리, 라는 말에 이끌려 나는 대웅전 안으로 들어가 그녀와 나란히 삼배를 하고 밖으로 나왔다. 그때 처마 끝에서 비가 후득이기 시작했다.

화계사에서 내려와 윤정과 나는 슈퍼마켓 옆에 딸린 선술집에서 김치전을 시켜놓고 막걸리를 마셨다. 윤정은 연등이 켜질 때까지 기다렸다가 집으로 돌아가고 싶다고 했다. 술이 몇 순배 돌고 나서 그녀가 어두운 눈빛으로 입을 열었다.

"명우씨가 보기엔 내가 단지 이혼을 경험하고 혼자 살아가는 여자로 보이겠지만, 어려서부터 제법 많은 일을 겪으며 살아왔어요."

나는 그녀가 하는 말에 귀를 기울였다.

"아버지는 군인이었어요. 어렸을 때부터 미군부대가 있는 평택, 의정부, 동두천 등지를 떠돌며 살았죠. 아버지가 통역장교였거든요. 그런데 유년의 나를 자극했던 게 뭐였을 것 같아요? 초콜릿, 치즈, 소시지, 고체 우유, 통조림 이런 것 말고요. 네, 양공주라고 하는 여자들과 위협적인 몸집을 가진 미군들이었죠. 미군

주둔지라면 어디서든 볼 수 있는 영어로 된 조악한 술집 간판들과 이국풍의 옷가게, 세탁소와 식료품점, 미장원과 함바식의 가건물 식당들, 그 모든 것들이 뒤섞여 있는 퀴퀴한 냄새들…… 어둠이 내리면 그 가설무대 같은 거리로 미군들이 나와 술집이나 나이트클럽으로 몰려가곤 했는데, 그런 풍경을 볼 때마다 낯선 나라의 뒷골목에 버려진 듯한 기분에 사로잡히곤 했죠. 네, 나는 그런 주둔지의 유흥가 밀집 지역에서 가뜩이나 예민하고 우울한 성격의 계집애로 성장했어요. 아무 정체성도 갖지 못한 채 말예요."

"……"

"내 인생에서 가장 먼저 찾아온 불행은 엄마의 죽음이었어요. 열 살 때의 일이었는데, 아직도 나는 그 당시의 정황을 정확히 모르고 있어요. 의정부에 살 때였죠. 당시 우리 가족은 다세대주택처럼 생긴 군인 아파트에서 살고 있었는데, 그곳에는 우리 말고도 미군부대에 근무하는 다른 군인 가족들도 함께 살고 있었어요. 주말이면 가끔 미군들이 찾아와 식사를 하거나 술을 마시는 경우가 있었죠. 근처에는 양공주들이 세들어 사는 슬레이트 지붕의 하숙집들이 보였고요. 미군들은 술을 마시면 난폭하게 변할 때가 많았어요. 그러니 어른 아이 할 것 없이 여자들은 누구나 숨을 죽이며 살아야만 했죠."

윤정이 탁자 위에 놓여 있던 내 담배를 꺼내 입에 물고 불을 붙였다. 건너편 자리에 앉아 있는 중년의 등산객 남자 둘이 불쾌한 얼굴로 이쪽을 돌아보았다.

"어느 날 밤 상가들이 밀집한 골목에서 죽은 엄마를 발견한 것은 세탁소 주인이었어요. 그날 엄마는 저녁참에 누구를 만날 일이 있다며 세 살 위의 언니와 나를 집에 남겨두고 나갔죠. 눈이 엄청나게 퍼붓던 날이었죠. 아버지는 서울로 출장을 나간 상태였고요. 밤이 늦도록 두 분은 돌아오지 않았고 우리는 새벽까지 기다리다 잠이 들었죠. 언니와 나는 다음날 점심때가 돼서야 엄마가 죽은 사실을 알게 됐어요. 엄마는 병원 영안실로 옮겨져 있었기 때문에 얼굴조차 보지 못했죠. 엄마를 살해한 범인은 끝내 잡히지 않았어요. 장례를 치르고 나자 주위에서 엄마가 미군 장교와 바람이 났다든가, 성폭행을 당했다든가 하는 말들이 떠돌았지만 확인된 사실은 없었어요. 아버지는 알고 있었는지 모르지만, 엄마의 죽음에 대해서는 절대 입을 열지 않았죠. 엄마가 죽고 몇 달 지나지 않아 아버지는 동두천으로 부대를 옮겨갔어요. 언니와 나는 서울 정릉에 살고 있는 외할머니에게 맡겨졌고요."

정릉이라면 나도 가본 적이 있었다. 지금도 대학로에서 배우로 활동하고 있는 선배가 한때 건강이 악화돼 청수장 옆에 있는 절에서 요양을 하며 지낸 적이 있는데, 그때 몇 번 찾아간 적이 있었던 것이다. 그새 십 년 전쯤의 일이었다.

"외할머니는 정릉시장에서 떡집을 했어요. 한옥촌에서 가까운 곳이었는데, '쑥떡쑥떡'이라는 이름의 조그만 가게였죠. 그 시절에 우리 자매는 갈 데가 없어 늘 정릉시장을 떠돌아다니며 지냈어요. 시장 사람들은 우리를 떡집 손녀들이라고 불렀죠. 내가 중학교에 들어갈 무렵 아버지는 아이가 하나 딸린 여자와 재혼을 했고, 이듬해 외할머니가 심장마비로 쓰러져 돌아가셨어요. 그후 우리 자매를 돌봐주는 사람은 아무도 없었죠. 우리한테 남겨진 거라곤 외할머니가 세들어 살던 단칸방과 떡집 전세금뿐이었어요. 학교 문제로 아버지가 가끔 찾아왔지만 단지 그뿐이었어요. 아무튼 그때부터 언니와 둘이 살아야만 했죠. 언니는 간신히 여고만 졸업한 뒤 취직을 했고 나 역시 사범대학을 졸업할 때까지 이것저것 안 해본 일이 없어요. 저녁엔 주로 식당에서 일했고 방학이 되면 단추공장이나 전자부품 하청업체에서 하루 열두 시간씩 중노동에 시달리며 학비를 벌었죠. 그 시절엔 정말이지 단춧구멍만한 틈으로 겨우겨우 숨을 쉬고 세상을 내다보며 살았어요. 졸업을 해야겠기에 다급한 김에 지하 술집에서 시중드는 일까지 해봤죠. 짐작하다시피 그런 곳에선 매 순간 무분별한 욕망에 노출되게 마련이어서 세상의 이면을 일찌감치 보아버렸고요. 그 거칠고 사나운 육식성의 세계 말예요. 대학을 졸업하던 날 나는 마치 화염 속에서 빠져나온 심정이었죠. 지금도 가슴속엔 그 시절에 박힌 못들이 여기저기 녹슨 채 남아 있어요."

나는 가슴이 옥죄는 느낌이 들어 술잔을 입으로 가져갔다.

"남들처럼 평범한 환경에서 자랐으면 세상에 대한 편견이나 의혹을 품지 않고, 어떤 사람이라도 선뜻 반길 만한 매끈한 여자가 돼 있었겠죠."

나는 반문하듯 말했다.

"지금도 그것을 원하나요?"

"지금은 아니죠. 원할 수도 없고요."

이렇게 말하며 윤정은 또 한숨을 몰아쉬었다.

"마포에서 중학교 교사로 근무할 때 중매로 만난 공사公社 직원과 결혼을 했어요. 만난 지 두 달 만에 말예요. 필리핀의 보라카이로 신혼여행을 갔는데, 그제야 서로에 대해 아무것도 모른다는 생각이 들면서 덜컥 겁이 나더군요. 평생을 서로 의지하고 살아가야 할 사람인데 말예요. 그래서 남편한테 지금처럼 살아온 내력을 들려줬어요. 좀더 가까워지고 싶은 마음에서요. 그런데 무슨 생각이 들었던 걸까요? 그날 밤 남편은 밖으로 나가더니 다음날 새벽에야 술에 취해 돌아와 침대에 쓰러지더군요. 그리고 신혼여행을 마치고 돌아오는 비행기 안에서 내게 이런 말을 하더군요. 앞으로 자유방임의 형태로 살자고요. 그게 무슨 뜻인지 몰랐는데, 살면서 금방 깨달았죠. 남편은 가정에 관한 일은 조금도 거들떠보지 않은 채 그야말로 자유분방하게 살더군요. 외박은 다반사고 주말엔 하루도 집에 붙어 있지 않았죠. 창피하기 짝이 없는 말이지만 마치 불량배와 사는 기분이었어요. 그러다 급기야는 고아에 유흥가 출신이라는 입에 담기 힘든 말을 퍼부으며 손찌검까지…… 결혼 육 개월 만에 이혼할 때도 내가 무릎을 꿇고 애원하다시피 했어요. 그만 놓아달라고 말예요. 이게 지금까지 나라는 여자가 살아온 내력이에요. 알고 보니 꽤나 실망스럽죠?"

"누가 그렇다고 말하던가요?"

윤정의 눈시울이 잠깐 붉어졌다.

"언니는 지금 어디에 사나요?"

"나중에 야간대학을 나와서 지금은 독일에서 간호사로 살고 있어요. 전기기술자인 독일 남자와 만나서 말예요."

"잘된 건가요?"

"그다지 나쁘지는 않은 것 같던데요. 가끔 향수병을 호소해오기는 하지만."

나는 술집 지붕에 비가 듣는 소리에 귀를 기울이며 말했다.

"나는 윤정씨가 아주 매력적인 사람이라고 생각합니다. 조금은 늘 신비해 보이고요. 그렇다는 사실을 본인은 모르는 것 같지만."

"……"

"윤정씨나 나나 타인과의 유대감을 느낀 지가 오래된 것 같습니다. 혼자라는 건 결국 허상일 뿐이겠죠? 요즘 들어 더 그렇다는 생각이 듭니다."

윤정은 길게 한숨을 내쉬고 나서 그동안 혼자 여행을 하면서 느꼈던 순간들의 빛남과 공허함에 대하여, 막다른 절망과 신기루 같은 열정과 짜디짠 고독에 대하여 토로했다. 나는 그녀의 말을 들으며 다시금 푸른 하늘로 치솟아 있는 종려나무와 담벼락의 장미넝쿨과 히비스커스와 화산의 그림자를 담고 있는 깊은 호수와 초록빛 바다의 물고기들과 노란 달과 황금빛 사원의 뾰족한 지붕과 탑들과 연꽃들의 환영을 눈앞에 보고 있었다.

선술집에서 나와 윤정과 나는 우산을 쓰고 화사한 연등 불빛에 이끌려 다시 화계사로 올라갔다. 어느덧 그녀와 나는 가까운 사이가 된 것 같았다.

14

윤정과 함께 보내는 시간이 꿈인 듯 이어졌다. 토요일 오후에 그녀와 나는 할인마트에 들러 장을 봤다. 다음날 저녁식사 모임을 준비하기 위해서였다. 사람들이 붐비는 매장에서 교대로 카트를 밀며 장을 본 다음 푸드코트에 마주앉아 있자니, 인생의 가장 좋은 한때가 지나가고 있다는 속절없는 생각이 몰려왔다. 칼국수를 다 먹어갈 즈음 윤정이 말하길, 내일이 마마의 생일이라 했다.

다음날 아침 일찍 나는 차를 몰고 파주로 달려가 황복을 구해왔다. 5월이 지나면 임진강에서 더이상 황복을 볼 수 없다고 했다. 생일상에 황복 맑은탕을 끓여낼 생각이었다. 어부가 직접 꾸려가는 오래된 식당에서 황복 두 마리를 구해 집으로 돌아온 뒤,

나는 오후 내내 윤정의 집에서 저녁에 쓸 음식을 준비했다.

그녀의 집 거실에는 니엡스의 〈창가에서 바라본 풍경〉이 걸려 있었고, 그녀가 여행을 하면서 찍은 사진들이 벽면을 가득 장식하고 있었다. 주로 풍경 사진을 찍는 줄 알았는데, 사람의 얼굴을 클로즈업한 사진들이 더 많다는 것을 그날 알았다. 조립식 이케아 가구들 사이로 아직 정리하지 못한 짐들이 무질서하게 쌓여 있어 여로의 흔적을 보여주었다. 베란다에 걸려 있는 빨래 건조대 사이로 농염한 햇살이 틈입해 들어와 저네들끼리 뭐라 수군대고 있었다.

머리를 뒤로 묶은 모습으로 싱크대 앞에서 파, 마늘, 생강, 당근, 무 등속을 다듬는 윤정을 보면서 나는 그녀가 살아온 삼십팔 년의 세월을 가늠해보았다. 채소를 다듬는 일이 끝나자 윤정은 생선은 다룰 줄 모른다며 행주를 꺼내 손을 닦았다. 저녁 메뉴는 도다리쑥국, 대구뽈찜, 민물새우를 듬뿍 집어넣은 무조림, 말린 옥돔과 가자미 구이, 홍어무침, 황복 맑은탕이었다.

내가 생선을 손질하고 조리하는 동안 그녀는 팔짱을 끼고 옆에서 유심히 관찰했다. 어느 결에 주방은 밀도 높은 고요함이 지배하고 있었다. 내내 긴장하고 있었던 걸까? 나는 회를 뜨다 그만 왼손 검지를 베이고 말았다. 피가 멈출 때까지 나는 싱크대 앞에서 숨을 돌렸다. 잠깐 베란다로 나가 빨래를 걷고 있던 윤정이 이쪽을 돌아보는가 싶더니, 잠시 후 발소리를 죽여 등뒤로 다가왔다. 순간 입안이 마르며 숨이 차올랐다. 이어 그녀가 두 손을 내 어깨에 올려놓으며 피리새처럼 속삭였다.

"오늘밤엔 무얼 할 생각이죠? 저녁 만찬이 끝난 다음에요."

나는 목멘 소리로 중얼거렸다.

"글쎄요. 어떤 여자와 함께 한강변에 나가 밤새 불꽃놀이라도 할까 싶은데요."

그녀가 후후거리고 웃었다.

"이대로 딱 일 분만 있겠어요. 그러니 움직이지 마세요. 일 분 은 아주 짧은 시간이거든요."

하지만 그게 말처럼 쉬운 일이 아니었다. 그녀가 주방에서 채소를 다듬는 모습을 볼 때부터 나는 줄곧 흥분한 상태였던 것이다. 나는 몸을 돌려 그녀를 내 가슴 안으로 끌어당기려 했다. 하지만 그녀는 내 몸짓을 허락하지 않았다.

"아뇨, 오늘은 여기까지만."

"그럼 그 남자가 화를 낼지도 모르는데요."

"지금은 왠지 인내가 필요하다는 생각이 들어요. 이를테면 여자의 직감 같은 거겠죠."

나는 좀더 그녀를 설득해보았다. 그러나 윤정은 조용히 웃을 뿐이었다.

"가스레인지에서 국이 끓어 넘치고 있네요. 그러니 오늘은 이만."

그때 윤정이 말한 직감은 어디서 비롯된 것이었을까? 그날 밤 식사 모임이 끝나고 나서야 나는 그 직감의 정체를 알게 되었다.

오후 일곱시에 마마의 집에서 시작된 식사 모임은 오래가지 않았다. 윤태가 떠난 자리는 생각보다 컸고 식사 내내 마마는 그의 빈자리를 신경쓰는 눈치였다. 짐작했듯 그녀의 건강은 점점 악화되고 있는 상태였다. 당뇨가 겹치면서 며칠 간격으로 이가 하나씩 빠져나간다며 그녀는 분명치 않은 발음으로 투덜거렸다. 안 그래도 왜소한 몸집에 살이 빠져 몸을 움직일 때마다 위태로워 보일 지경이었다. 오랜만에 만난 김현주는 말없이 마마의 식사를 거들고 있었고, 윤정의 옆에 앉아 있는 정민 역시 평소와 다름없이 전혀 입을 열지 않았다. 눈여겨보니 그는 틱장애를 앓고 있었다. 심한 정도는 아니더라도 보는 사람을 불안하게 만들었다. 나는 일껏 차려놓은 음식에 자꾸 눈이 갔다. 내 눈치를 보는가 싶더니 마마가 한마디 했다.

"귀한 황복을 어디서 잘도 구해왔군. 자칫 흙냄새가 나게 마련인데, 은은하고 깊게 잘 끓여냈어. 미나리도 꽤 싱싱하고. 땀이 나니까 몸이 좀 시원해지는군. 설마 독이 들어 있는 건 아니겠지?"

괜히 맞서고 싶지 않아 나는 무덤덤하게 되받았다.

"황복을 다뤄본 건 처음이지만, 내장과 알을 깨끗이 제거했으니 안심하고 드셔도 괜찮을 겁니다. 속히 회복하셨으면 합니다."

마마가 퀭한 눈으로 나를 쏘아보았다.

"저 화상이 알고 보니 각설이의 탈을 쓴 늑대더군. 요즘은 걸핏하면 털을 부풀려세우고 이빨을 드러내는데, 그때마다 내 심정이 사나워져."

"후회하시기엔 이미 늦은 것 같은데요."

"저 봐, 저렇다니까!"

그전 같았으면 냅다 가시 돋친 말이 튀어나왔을 텐데, 그녀는 이제 나와 대적할 힘조차 없는 듯했다.

"오늘은 황복으로 됐다 생각할 테니, 앞으로는 모쪼록 자중자애하게. 자네도 늙으면 별수없이 나와 똑같아지게 마련이야."

저주에 가까운 말이었지만, 나는 거기서 입을 다물었다. 분위기를 바꿔보기 위함인지 윤정이 윤태의 집으로 짐을 옮기겠다는 말을 꺼냈다.

"그건 윤정이 네가 알아서 해. 그리고 이참에 말한다만, 정민이 너도 슬슬 정신을 차릴 때가 됐어. 언제까지 젖먹이처럼 굴 거야. 이제 너는 여자한테 수태를 시킬 수도 있는 나이야. 알아들어?"

나는 히뜩 정민을 바라보았다. 정민은 어깨를 움찔하더니 눈을 몇 번 깜빡이고는 못 들은 척 고개를 숙였다. 냉랭한 분위기는 좀처럼 바뀌지 않았다. 김현주는 왠지 나와 눈을 마주치려 하지 않았다. 윤정이 주섬주섬 기타를 들고 와 현미와 임희숙의 노래를 불렀으나 역시 분위기를 돌려놓지는 못했다. 어수선한 상태에서 시간이 흘러가면서 다들 지친 기색이었다. 정민이 삼층으로 올라가자 마마도 더는 앉아 있기 힘들다며 그만 눕고 싶다고 했다. 윤정이 마마를 부축해 방으로 들어간 뒤, 나는 상을 치울 준비를 했다. 그때 김현주가 내게 다가오더니 잠깐 옥상에서 보자고 했다.

옥상에는 5월 밤의 싱그런 바람이 불어가고 있었다. 김현주와 나는 담배를 피워물고 우두커니 한성대 방향을 바라보았다. 먼저 입을 연 것은 김현주였다.

"요즘 꽤나 바쁜 것 같던데요?"

억양이 묘하게 뒤틀려 있었다. 곧바로 그녀가 덧붙였다.

"윤정이 언니와는 언제부터 서로 바빠진 거죠?"

나는 망연한 심정으로 그녀를 마주보았다.

"하긴 내가 상관할 일도 아니지."

그녀는 이마를 찌푸리더니 다시 툭 쏘아붙였다.

"전에 내가 부탁한 일은 어떻게 돼가죠? 이모한테 얘기는 꺼내 봤나요?"

나는 마마와 창경궁으로 소풍을 갔던 날을 떠올리며 말했다.

"여쭤봤죠. 그러다 이 집에서 쫓겨날 뻔했고요. 아우디를 담보로 집사답게 얌전히 지내라고 하시던데요. 주제넘게 남의 집안일에 끼어들지 말라면서요."

"그래서 아우디를 받기로 했어요?"

김현주가 의혹에 찬 눈초리로 나를 훑어보았다. 나는 어쩐지 절망스러운 생각이 들었다. 내가 입을 다물고 있자 그녀는 거푸 담배를 피워물며 독백조로 중얼거렸다.

"남은 시간이 별로 없을 거라고 내가 전에도 얘기했을 텐데."

"현주씨가 다시 마마를 설득해보는 게 어떨까 싶은데요."

나는 하나마나 한 소리를 늘어놓았다. 길게 담배연기를 내뿜고 나서 김현주가 말했다.

"실은 소렌토로 메일을 보냈는데 한 달째 답장이 없는 상태예요."

소렌토는 김현주의 어머니를 돌봐주던 여자가 현재 거주하고 있는 이탈리아 남부의 조그만 도시였다.

"모두가 알고 있지만 나만 모르고 있다는 생각이 들어요. 물론 나에 대해서 말하고 있는 거죠. 이럴 수는 없는 거예요. 당장이라도 이 집을 뛰쳐나가고 싶지만, 어쩔 수 없이 참고 있단 말이죠."

이 집을 떠나고 싶어하는 사람이 또 있다는 사실에 나는 적이 놀랐다. 다른 사람도 아닌 김현주의 입에서 이런 말을 듣게 될 줄을 미처 몰랐던 것이다.

"제발 나 좀 도와줘요, 집사 아저씨."

김현주가 태도를 바꿔 애원조로 말했다. 나는 여전히 확신이 없는 상태에서 그러마고 고개를 주억거렸다. 어떤 식으로든 그녀에게 도움을 주고 싶은 건 사실이었다.

"이젠 정말 시간이 없다는 거 아시죠?"

"마마의 생일에 자꾸 그런 말을 하는 건 적절하지 않은 것 같은데요."

오늘따라 그녀는 몹시 불안해 보였다.

"그럼 만난 김에 한 가지 자문을 구해도 될까요?"

"내가 대답할 수 있는 거라면요."

그녀는 머뭇거리다 예기치 못했던 말을 꺼냈다.

"영화에 투자를 해볼 생각인데, 어떻게 생각하세요?"

무슨 뜻인가 싶어 나는 그녀를 마주보았다. 그와 동시에 영화감독이라는 그녀의 남자친구가 떠올랐다.

"독립영화에 투자해보려고요. 어느 정도 자문은 가능할 거라고 생각해요."

나는 되도록 신중하게 말했다.

"나는 영화 관련 사업에 대해서는 잘 모릅니다. 만약 아는 게 있다면 연극과 영화는 근본적으로 다른 종목이라는 거죠. 투자 규모나 성격을 두고 하는 말입니다. 아무리 독립영화라 하더라도 실패하게 되면 대개 회복이 힘들다고 알고 있습니다. 감독이나 투자자나."

"만약 흥행에 실패하더라도 작품성을 인정받게 되면 그후로 좀더 특별한 기회가 생기지 않을까요?"

"누구나 좋은 감독이 될 수 있지만, 아무나 좋은 작품을 만들 수 있는 건 아닐 겁니다. 그러니 잘 생각해봤으면 좋겠네요. 진심

180

으로 하는 말입니다."

그녀는 제풀에 말끝을 흐렸다.

"명우씨 눈에는 내가 여전히 어리석어 보이죠?"

"그건 결국 자신만 아는 게 아닐까요?"

그때 주머니에서 휴대폰이 몸부림을 쳤다. 열시가 막 지난 시각이었다. 전화를 걸어온 것은 어떤 여자였다. 귀에 익은 목소리라는 느낌이 들었다. 나는 긴장한 상태에서 먼저 내 이름을 상대에게 확인시켜주었다.

"기억나실지 모르지만 저 보라예요. 난희 친구 한보라."

"……"

"혹시 지금 어디세요?"

순간 나는 정황을 파악하고 통화에 집중하기 위해 온실 안으로 들어갔다. 나는 성북동이라고 위치를 밝힌 뒤, 무슨 일이냐고 그녀에게 물었다.

"조만간 한번 만났으면 해서요."

난희에 대해 할말이 있다고 그녀가 말했다. 내 목소리는 저절로 떨려 나왔다.

"난희를 만났나요?"

"그건 아니고 얼마 전에 프랑스에서 영화 촬영을 마치고 돌아온 친구한테서 난희를 보았다는 얘기를 들었거든요. 한국인이 운영하는 민박집에서요. 파리에 있는 '파란대문집'이라고 하던데요. 그 민박집 이름이."

"지금 만날 수 있을까요?"

그녀는 잠시 주저하는 눈치더니, 강남역 근처로 올 수 있느냐
고 내게 물어왔다. 나는 그러겠다고 말한 뒤, 전화를 끊고 온실
밖으로 나왔다.

15

강남역 10번 출구 앞에서 한보라를 기다리는 동안 밤비가 흩
날리기 시작했다. 번요한 네온사인 속으로 바람에 날려가는 비
를 바라보며 나는 한갓 실루엣처럼 거리에 서 있었다. 열한시 삼
십분이 지나도록 그녀는 나타나지 않았다. 나는 초조한 심정으로
사위를 두리번거리며 몇 분 간격으로 시계를 들여다보았다. 앰뷸
런스가 요란한 경보음을 울리며 뱅뱅사거리 방향으로 달려가면
서 빗물이 내가 서 있는 곳까지 튀어 올라왔다.

잠시 후 은색 벤츠 컨버터블 차량이 비상등을 켜고 인도 쪽으
로 다가와 느리게 멈춰 섰다. 이어 조수석의 차창이 내려가더니
누군가 안에서 내 이름을 부르는 소리가 들려왔다. 나는 금속 텐
트처럼 생긴 차로 다가갔다. 운전석에는 단발머리의 여자가 마네
킹처럼 어둡게 앉아 있었다. 나는 조수석에 올라탔다.

그녀는 핸들을 잡은 자세로 고개를 숙인 채 눈을 감고 있었다. 짙은 향수 냄새 속에 알코올 냄새가 배어 있었다.

"괜찮은 건가요?"

그녀는 힘없이 고개를 끄덕이더니 머리가 좀 아플 뿐이라고 했다. 핸드백을 뒤져 하얀 알약을 꺼내 입에 집어넣고 생수를 마시고 나서야 그녀는 나를 돌아보았다.

"신사동으로 가려고 하는데, 운전 좀 해줄래요?"

"아무래도 그게 나을 것 같은데요."

나와 자리를 바꿔 앉은 그녀는 내비게이션에 목적지를 입력했다. 나는 와이퍼를 작동하고 도로 안쪽으로 진입해 내비게이션이 지시하는 대로 무감하게 비에 젖고 있는 도로를 달렸다. 늦은 시각임에도 거리는 총천연색으로 일렁이고 있었다. 운전을 하면서도 나는 어디론가 운반돼간다는 느낌이 들어 짐짓 진저리를 쳤다.

십여 분 후 차는 이면도로로 접어들어 붉고 푸르스름한 빛이 새어나오는 카페 앞에 도착했다. 유리문을 밀고 안으로 들어가보니 칵테일과 양주를 판매하는 몰트 바라는 곳이었다. 유리와 금속으로만 장식된 내부는 차가운 느낌을 주었고 애완견 몇 마리가 실내를 제멋대로 돌아다니고 있었다. 검은 드레스 차림의 깡마른 중년 여주인의 안내를 받아 한보라와 나는 밀실 같은 룸으로 들어갔다. 곧바로 하얀 와이셔츠 차림의 남자 종업원이 따라 들어와 테이블에 '발베니'라는 상표가 붙어 있는 위스키와 온더록스 세트를 올려놓고 나갔다. 벽에는 구스타프 클림트의 〈유디트〉를 복제한 그림이 약간 삐딱하게 걸려 있었다. 한보라는 파란색 하프코트를 벗어 소파에 던지더니 핸드백에서 콤팩트를 꺼내 자신의 얼굴을 유심히 살펴보았다. 마치 남의 사진을 들여다보듯이.

"제가 좀 피곤해 보이죠?"

그녀가 가면을 벗듯 천천히 얼굴을 들었다.

"네, 저는 지금 아주 피곤한 상태예요."

나는 무감한 어조로 말했다.

"그럼 다음에 다시 만날까요?"

그녀가 입술을 비틀며 냉소적으로 대꾸했다.

"우리가 그럴 만한 관계는 아니지 않나요?"

그녀는 손에 들고 있던 콤팩트를 테이블 위에 내려놓고 술병을 끌어당겨 두 손으로 감싸쥐었다. 그리고 애완견처럼 이리저리 어루만지더니 무대에서 연기를 하는 배우처럼 중얼거렸다.

"너는 어쩜 이다지도 색깔이 깊고 그윽할까. 너를 마실 때마다 나는 밤처럼 고요해져. 그래, 천국엔 술이 없다지?"

나는 못 본 척 얼굴을 돌렸다.

한보라는 난희와 친구 사이이자 대학 동기였다. 오래전의 일이 긴 하나 그녀는 내가 쓴 희곡에 단역으로 출연한 적도 있었다. 그러다 십 년 전쯤 영화 쪽으로 옮겨갔고 긴긴 무명생활 끝에 최근에 개봉한 영화가 흥행에 성공하면서 한창 주가가 올라 있는 상태였다. 온더록스 잔에서 얼음이 녹아 주저앉는 소리를 들으며 나는 그녀에게서 난희의 얘기가 나오기를 기다리고 있었다. 나는 그녀가 따라준 발베니를 스트레이트로 마셨다. 클림트의 그림처럼 관능적이고 치명적인 느낌을 주는 술이었다. 알코올이 혈관으로 퍼지자 마주앉아 있는 한보라의 모습이 뚜렷하게 눈에 들어왔다. 이제야 눈의 초점이 맞은 것이다.

"전보다 한결 좋아 보이는데요."

그녀가 살짝 눈썹을 떨면서 의혹에 찬 눈동자로 나를 쳐다보았다.

"왠지 야유하는 소리처럼 들리네요."

"왜 그렇게 생각하죠?"

"선배님 말투가 원래 그렇지 않던가요?"

"나라고 항상 그런 건 아닙니다. 그리고 내가 지금 왜 그러겠습니까?"

그녀는 테이블 위로 손을 내밀더니 무의미하게 내 잔에 술잔을 부딪쳤다.

"그렇게 말해주니 기분이 조금 나아지는 것 같네요. 네, 제발 부드럽게 대해주세요. 오늘밤만큼이라도."

"……"

"요즘은 어떤 작품을 하고 있나요?"

그녀는 의례적인 투로 물어왔다.

"지금은 연극계에서 버림받은 처지나 다름없죠."

그녀는 과장되게 놀란 표정을 지었다.

"그게 무슨 뜻이죠?"

"영화계에 있다보니 이쪽 소식을 전혀 모르고 있군요."

별로 얘기하고 싶은 기분은 아니었으나 나는 사실대로 말했다.

"몇 년 전에 누드 연극을 한 편 연출한 적이 있는데, 그게 공연 윤리를 위반하고 세간의 풍속을 어지럽힌다는 이유로 연극계에서 퇴출되다시피 했죠."

그녀는 누드 연극요? 하더니 발작적으로 웃어댔다. 나는 곤혹스런 심정이 되어 들고 있던 술잔을 마저 비웠다. 그녀는 건전지를 제거한 인형처럼 별안간 웃음을 멈추고 내 잔에 다시 술을 따라주었다.

"윤리와 풍속! 그게 어느 나라 말인지, 참 낯설게 들리네요."

나는 구차한 변명을 늘어놓았다.

"애초엔 양계장처럼 불면을 강요하는 세상에 대한 사회학적 고찰을 다룰 생각이었는데, 연극이 만들어지는 과정에서 묘하게 전기구이 통닭 같은 작품이 돼버리고 말았죠. 비유를 하자면 버스기사가 만취 운전을 한 격이라고나 할까요? 저간의 사정은 그렇습니다."

"말투는 여전하시네요."

이후 말이 끊긴 상태에서 그녀와 나는 위스키를 스트레이트로 한 잔씩 더 마셨다. 그사이에 그녀의 얼굴은 점점 창백하게 변해갔다. 단지 피곤하기 때문일까? 내 눈에는 그녀가 어디 아픈 사람처럼 보였다. 술집 안은 그녀와 나 외에는 아무도 없는 것처럼 적막했다. 그리고 조금 추웠다.

술병이 반쯤 비어갈 때 그녀가 자, 그럼 시작할까요? 라며 머리를 이마 위로 쓸어넘기고 자세를 고쳐 앉았다. 눈빛은 금방이라도 잠이 들 것처럼 깊게 가라앉아 있었다. 그러나 말소리는 또렷했다.

"난희와 저는 같은 매니지먼트사에 소속돼 있었어요. 연예기획사라고들 하죠. 오 년 전에 제가 난희를 기획사에 소개시켰는데, 결과적으로는 계약을 주선한 셈이 됐죠. 이쪽 세계의 생리를 알기 때문에 처음엔 주저했지만, 난희가 오히려 적극적으로 나왔어요. 당시 난희는 아주 절박했죠. 어머니까지 수술을 받고 입원해 있는 상황이었으니까요."

그즈음의 정황은 나도 익히 알고 있었다.

"어느 세계든 마찬가지겠지만, 일단 매니지먼트사와 계약을 하게 되면 좀처럼 발을 빼기가 힘들어요. 그 이전으로 돌아가기가 쉽지 않다는 뜻이죠. 내 의지와 상관없이 그쪽 세계의 룰을 받아들여야만 하고, 그러다보면 어느덧 포기할 수 없는 것들이 생기게 마련이니까요."

"그 룰이라는 게 어떤 건지 물어봐도 될까요?"

"자신이 욕망하는 만큼의 대가를 반드시 치러야만 하죠. 때로는 그게 부당하게 생각되더라도요. 그게 바로 이 세계의 룰이에요."

나는 여유를 두지 않고 재차 물었다.

"포기할 수 없는 것들이란, 아까 타고 온 벤츠 컨버터블 같은 걸 말하는 건가요?"

그녀가 일순 미간을 찌푸린 채 나를 노려보았다. 그렇다고 내 말을 피하지는 않았다.

"아마 그것도 포함되겠죠? 한갓 장식품에 불과한 것 같지만 남들은 상상할 수도 없는 대가를 지불하고 얻어낸 전리품 같은 거니까요."

글쎄, 그게 과연 전리품일까?

"그 대가라는 게 무엇인지는 알고 싶지 않나요?"

그녀는 호흡을 조절하기 위함인지 잠깐 입을 다물었다. 손끝이 미세하게 떨리고 있었고 얼굴엔 아무 표정이 드러나 있지 않았다. 마치 영혼이 없는 존재가 단지 입을 통해 말을 하고 있는 느낌이었다.

"갓 데뷔한 신인의 경우 영화나 드라마에 출연하는 것 자체가 꿈 같은 일이죠. 일단 매니지먼트사가 중간에서 모든 걸 좌지우지하죠. 어렵사리 출연이 결정된다 해도 손에 남는 건 생계비 정도에 지나지 않고요. 그런 상황에서 매니지먼트사에서는 매니저

의 월급까지 배우한테 챙겨주라고 하는 경우도 있어요. 그런 식
으로 서서히 압박을 가해오면서 어느 날부터 일하고는 관계없는
요구를 해오죠. 사장이 직접 나서기도 하고 매니저나 직원이 그
역할을 대신할 때도 있고요."

"다른 배우들도 사정이 마찬가진가요?"

"남들에 대해서는 내가 얘기할 수 없어요. 물론 알지도 못하고
요."

그녀는 단호하게 대꾸하며 빈 잔에 다시 술을 따랐다. 담배연
기 속에서 그녀가 유령처럼 중얼거렸다.

"자정이 됐든 새벽이 됐든 아무때나 전화가 걸려오기 시작하
더군요. 그리고 무턱대고 어디로 나오라고 한 뒤 일방적으로 전
화를 끊어버리죠. 영화에 처음 단역으로 출연했을 땐데, 본능적
으로 거부감이 들고 두렵기도 해서 그대로 버텼어요. 한 시간쯤
뒤에 다시 전화가 걸려와 이번엔 타이르듯이 얘기하더군요. 앞으
로 저한테 도움을 줄 수 있는 사람이 와 있는데, 마침 저를 찾고
있다고요. 이런저런 핑계를 대며 또 거절했더니 그때부터 슬슬
위협적인 말을 늘어놓더군요."

나는 참았던 숨을 토해냈다.

"마지못해 택시에 실려 호출한 장소로 나갔어요. 새벽 두시쯤
이었나요? 방배동에 있는 지하 룸살롱이었죠. 일부러 평상복 차
림으로 나갔는데, 곧바로 기획사 사장이 저를 옆방으로 따로 부

르더니 다짜고짜 화를 내며 욕설을 퍼붓더군요. 잠시 후에 알았
는데, 그 자리에 모 영화사 대표를 포함해 언론계의 거물급 인사
들이 앉아 있더군요."

나는 목에 가시가 걸린 소리로 물었다.

"그런 자리에 난희도 함께 있었나요?"

그녀는 하던 말을 계속했다.

"그런 식으로 많은 사람들과 만나게 됐죠. 이를테면 우리 사회
에서 힘깨나 쓴다 하는 사람들 말예요. 그들은 긴밀하게 얽혀 있
으면서 서로 공생하는 관계죠. 그리고 어느 날 그들 중에 스폰서
역할을 하겠다고 나서는 사람이 등장하죠. 은밀하게 연락을 해와
이쪽에서 응하게 되면 그날부터 관계가 시작되는 거고요."

"만약 응하지 않으면요?"

자조적인 투로 그녀가 되받았다.

"배우로서 살아남기가 점점 힘들어지겠죠? 한 번쯤 더 기회를
준다는 의미에서 회유와 압력이 들어오기도 하고요."

"그다음에는요?"

"일단 관계가 시작되면 술자리에 동행하는 걸로는 부족해요.
해외 원정 골프 모임에 심지어는 스폰서와 안면이 있는 사람한테
까지도 시중을 들어야 하는 일도 생기죠."

"이렇게 물어봐도 되는지 모르겠지만, 영화배우로 성공한 지
금은 어떻습니까?"

그녀는 초점이 없는 텅 빈 눈동자로 천장을 바라보더니 스스로
에게 반문하듯 중얼거렸다.

"글쎄, 지금은 나아진 걸까? 이제는 혼자 버틸 정도가 된 건
가? 아니, 이왕 여기까지 왔는데, 벤틀리나 마세라티까지는 굴려
야 하는 거 아닌가?"

나는 점점 뼈아픈 마음이 되어갔다. 한동안 까맣게 잊고 있던
분노와 증오의 감정이 마음속에서 파랗게 되살아났다. 나는 그녀
의 상태를 살피며 물었다.

"이제 난희에 대해 들었으면 합니다만."

한보라가 꺼져들어가는 목소리로 대꾸했다.

"지금까지 대충 얘기한 것 같은데, 무슨 말이 더 듣고 싶은 거
죠?"

그녀는 이마를 찡그리더니, 핸드백을 뒤져 다시 하얀 알약을
꺼내 입에 물고 술로 삼켰다. 술병이 바닥을 드러내자 그녀는 인
터폰을 눌러 발베니를 한 병 더 가져오라고 했다.

"그만 마셔야 하지 않을까요?"

그녀는 금방이라도 쓰러질 듯 위태로워 보이는데도, 웬일인지
안간힘으로 버티고 있었다. 큼, 밭은기침을 하고 나서 그녀가 말
을 이었다.

"네, 난희와도 몇 번 모임에 동행했죠. 양평에 있는 별장으로,
용평 콘도로, 제주도와 태국의 골프 클럽으로…… 대개 금요일

오후에 출발해 월요일 새벽에 돌아오는 감쪽같은 코스로요. 그때마다 물론 대가가 지불되는데, 혹시라도 나중에 문제가 생기지 않도록 거래관계를 만들어놓는 거죠."

나는 온몸의 감각이 무뎌지면서 마음이 차갑게 식어가고 있었다. 그런 나를 관찰하듯 눈여겨보며 그녀가 덧붙였다.

"예민한 성격 탓에 난희는 많이 힘들어했어요. 우울증이 심해지면서 계속 정신과 치료를 받았고 약물 과다복용으로 응급실에 실려가기도 했죠. 이제 그만할까요? 듣기 힘들어하시는 것 같은데."

나는 오래전 일산 신도시에서 마지막으로 난희를 만났던 새벽을 떠올렸다. 한보라는 난희가 사라지기 전후의 정황에 대해서는 잘 모르고 있었다. 그로부터 한 달 뒤에나 지인을 통해 난희의 실종 소식을 알게 됐다고 했다. 그즈음 한보라는 다른 매니지먼트사와 계약을 맺고 영화 출연을 준비중이었기 때문에 난희와 만날 수 있는 기회가 없었다.

"과거로 돌아가려고 몸부림치던 때가 있었죠. 하지만 그러기에 우리는 이미 여러 개의 구름다리를 건너온 뒤였어요."

"이제 파리의 파란대문집 얘기나 들어보죠."

"전화로 얘기한 대로예요. 파란대문집은 지난 3월에 파리에서 영화를 찍던 팀이 머물던 민박집 이름이고, 스태프 중의 하나가 거기서 난희를 봤다고 하더군요. 민박집 일을 거들며 지내고 있더랍니다."

"틀림없이 난희라고 하던가요?"

한보라가 물끄러미 나를 바라보았다.

"아뇨, 본인은 부인하더랍니다. 그런 이름조차 들어본 적이 없다고 아주 완강하게 말예요."

"……"

"하지만 저한테 말을 전해준 스태프 얘기로는, 분명 난희가 맞다고 했어요. 거기서는 줄리라는 이름을 쓰고 있다고 하더군요. 그러니까 난희와 통화를 하려면 줄리라는 여자를 찾아야겠죠."

"얘기해줘서 고맙습니다."

그만 가봐야겠다는 생각이 들어 나는 자리에서 일어나려 했다. 이미 새벽 두시가 지나 있었다. 한보라가 제 손에 들고 있던 술잔을 내려다보고 나서 조금만 더 함께 있어달라고 했다.

"보라씨도 그만 집으로 돌아가야죠. 몸이 많이 안 좋아 보입니다."

"데려다줄 건가요?"

운전을 할 수 없는 상태였으므로 나는 대꾸를 하지 않았다. 그녀는 비틀거리며 일어나는가 싶더니 짚단처럼 풀썩 소파에 주저앉았다. 나는 인터폰을 통해 주인에게 대리운전 기사를 불러달라고 했다. 한보라가 넋이 나간 얼굴로 웅얼거렸다.

"한보라, 너는 어쩌다 이렇게 된 거지? 네 영혼은 도대체 어디로 간 거지? 맙소사, 한보라! 너는 마침내 껍데기만 남은 존재로 전락했구나. 내가 결국 나를 저버린 거야."

나는 그녀의 팔을 붙잡고 벤츠 뒷좌석에 올라탔다. 아무래도 집까지 데려다줘야 할 것 같았다. 그녀가 거주하는 오피스텔은 몰트 바에서 불과 오 분 거리에 있었다. 대리운전 기사가 떠나자 한보라는 내게 오피스텔로 올라가 맥주를 한잔 더 하자고 우기듯 말했다. 하지만 그럴 수는 없는 일이었다. 차에서 내리려 하지 않고 그녀는 아까처럼 계속 웅얼거렸다.

"이대로 강릉이나 속초로 가서 아침 바다를 봤으면 좋겠네요. 거기도 지금 비가 내리고 있으려나? 아침이 되면 복숭아꽃 만발한 바닷가로 사슴들이 몰려나와 서성대려나?"

그건 누가 들으라고 하는 소리가 아니었다. 그녀를 간신히 오피스텔로 올려보낸 후 나는 거리로 나와 택시를 잡아탔다. 성북동으로 돌아오는 동안 나는 무언가 큰 잘못을 저지른 게 아닌가, 하는 끈적한 불안감에 사로잡혀 있었다.

아몬드나무 하우스로 돌아오니 웬일인지 북카페에 불이 밝혀져 있었다. 밖에 내다놓은 화분들이 먼저 눈에 들어왔다. 어제 아침까지 생생하게 피어 있던 재스민과 라일락과 수국 꽃잎들이 바닥에 낭자하게 흩어져 비에 젖고 있었다. 인기척이 들리자 화분 사이에 웅크리고 있던 길고양이 한 마리가 몸을 일으켜 골목 안으로 슬금슬금 사라졌다.

그 시각에 박윤정은 혼자 북카페에 앉아 음악을 틀어놓고 맥주를 마시고 있었다. 바흐의 〈파르티타〉가 카페 밖까지 흘러나오고 있었다. 잠시 후 빗방울이 묻어 있는 통유리창을 사이에 두고 박윤정과 눈이 마주쳤다. 그녀는 환하게 웃으며 의자에서 일어나더니 잰걸음으로 창가로 다가왔다. 이어 내 얼굴을 확인하고는 금세 굳은 표정으로 바뀌었다. 카페 안으로 들어가려 했으나 왠지 그럴 수가 없었다. 마음이 사라져 있는 상태였던 것이다. 그녀는 어수선한 눈빛으로 나를 응시하더니 이윽고 시선을 돌려버렸다.

그리고 카페의 불이 꺼졌다.

방으로 올라오니 새벽 세시 삼십분. 파리 시각을 확인해보니 하루 전 오후 일곱시 삼십분이었다. 나는 인터넷으로 파란대문집을 검색해 전화번호를 찾아낸 다음 새벽 네시 조금 못미처 그쪽으로 전화를 걸었다. 밖에서는 천둥번개가 몰아치고 있었다.

전화를 받은 사람은 사십대 중반으로 짐작되는 외국인 여성이었다. 한국인이 운영하는 민박집이라고 들었는데, 그녀는 불어로 말하고 있었다. 내가 영어로 더듬더듬 줄리라는 여자를 찾는다고 하자 그녀는 제대로 알아듣지 못한 듯 거푸 반문을 했다. 나는 재차 한국인 줄리라는 여자와 통화를 하고 싶다고 인내심을 가지고 말했다. 그제야 상대는 내 말귀를 알아들은 듯했다. 수화기를 내려놓는 소리가 들려왔고, 일 분 가까이나 되는 긴 시간이 지난 뒤젊은 여자의 목소리가 울려나왔다. 그녀는 영어로 자신이 줄리라고 말했다. 얼핏 목소리만으로는 그녀가 난희라고 단정하기 어려웠다.

"한국어로 통화가 가능한가요?"

통화가 끊어진 듯 아무래도 대꾸가 없기에 나는 영어로 말했다.

"여긴 서울이고 내 이름은 김명우입니다. 나는 지금 줄리라는 한국인 여자를 찾고 있습니다. 당신이 한국인 줄리가 맞습니까?"

그로부터 십 초쯤의 시간이 지난 뒤 그녀가 맞다고, 자신이 줄리라고 한국어로 대답해왔다. 이번에는 내 쪽에서 긴 침묵이 이어졌다. 억양이 좀 변한 느낌이었으나 그것은 난희의 목소리가 분명했다. 그럼에도 나는 그녀를 대뜸 난희라고 부르지 못하고 있었다. 그렇게 하지 못하도록 무언가 나를 완강하게 가로막고 있었던 것이다.

"말씀하세요."

차분하게 가라앉은 음성으로 그녀가 재촉해왔다. 순간 나는 매달리는 심정이 되어 이렇게 물었다.

"김명우라는 사람을 아시나요?"

웅, 하는 전파음이 이어진 뒤 그녀가 대꾸했다.

"아뇨, 저는 그런 사람 모르는데요."

나는 불현듯 심정이 막막해졌다. 전화가 끊길까 싶어 나는 서둘러 되물었다.

"그럼 송난희라는 이름은 들어본 적 있나요? 우리 나이로 올해 서른한 살이고 사 년 전까지 한국에서 배우로 활동했었죠."

그녀는 앵무새처럼 되풀이했다.

"아뇨, 저는 그런 사람 모르는데요."

이쪽에서 조바심을 낼수록 대화는 점점 어긋나고 있었다.

"실례지만 이렇게 물어봐도 될까요? 줄리 씨는 언제 파리에 갔고 한국에서는 어디에 살았죠?"

그녀는 저항하듯 묵묵부답이었다. 그렇다고 이대로 전화를 끊을 수는 없었다. 밖에서 들려오는 천둥소리는 나를 더욱 다급한 심정으로 내몰고 있었다.

"저는 가능한 한 빨리 난희라는 사람을 찾아 파리로 갈 생각입니다. 그때까지 줄리 씨는 파란대문집에 있을 건가요?"

"저 말인가요?"

"그렇습니다."

"대답해야 하나요?"

"네, 가능하다면요."

그녀는 냉정하게 말했다.

"김선생님께서 파리에 도착할 때쯤이면, 저는 아마 다른 곳으로 옮겨가 있을지도 모르겠습니다."

그녀는 자신의 위치가 나한테 알려지게 된 경위를 생각하는 것 같았다.

"이제 됐나요? 그럼 전화를 끊어도 되겠죠?"

급기야 목울대가 막혀왔지만 나는 용케 버티고 있었다.

"만약 내가 파리에 가지 않는다면, 줄리 씨는 파란대문집에 그대로 있을 건가요?"

환청인 듯 희미한 웃음소리가 귓전에 들려왔다.

"그건 모르는 일이죠."

나는 어느덧 무의미해진 질문을 집요하게 되풀이하고 있었다.

"앞으로 한국으로 돌아올 계획은 없나요?"

낮게 한숨을 몰아쉬는 소리가 수화기를 통해 흘러나왔다.

"네, 지금으로서는 전혀 염두에 두지 않고 있습니다. 제가 너무 사적인 얘기를 하고 있다고 생각하지만요. 그런데다 저는 지금 바쁘게 일을 하고 있는 중입니다."

"곧 전화를 끊도록 하죠. 혹시 제가 다시 전화를 하면 받아줄 수는 있나요?"

"왜요? 김선생님과 저는 더이상 나눌 얘기가 없을 것 같은데요. 괜한 통화 낭비가 아닐까요?"

알아들었노라며 나는 안수기도라도 하듯 덧붙였다.

"마음에 늘 평화와 안식이 깃들기를 바랄게. 거기에도 물론 하얀 비둘기들이 있겠지."

그녀는 끝까지 자제심과 평정심을 잃지 않았다.

"말씀 감사해요."

그러고 나서 잠깐 침묵이 이어진다 싶었는데, 밖에서 다시 천둥소리가 들려오는 사이 툭, 하고 전화가 끊겼다.

16

여름철로 접어들면서 아몬드나무 하우스에 이런저런 변화가 찾아왔다. 박윤정은 8월 초 인사동에서 열리기로 예정된 자신의 사진전을 준비하느라 분주한 눈치였고 김현주는 방송일을 접고 영화제작에 뛰어들어 아예 밖에서 지내다시피 했다. 그런 와중에 마마는 서울대병원 중환자 병동에 입원을 했다. 상황이 이렇다 보니 정작 아몬드나무 하우스를 지키고 있는 사람은 정민과 나 둘뿐인 느낌이었다.

마마가 입원을 한 것은 6월 마지막 주 화요일이었다. 그날 아침녘에 마마에게서 전화가 걸려왔다. 정민이 등교한 후였고, 윤정도 필름 현상 작업 때문에 일찍 충무로에 나가고 없는 상태였다. 전화가 걸려온 시각에 나는 북카페의 청소를 마치고 막 노량진 수산시장에 가보려던 참이었다.

"내가 지금 갈 데가 있는데, 좀 올라와서 거들어주겠나?"

물속의 돌처럼 차분하고 무겁게 가라앉은 목소리였다. 나는 본 능적으로 긴장했다. 이층으로 올라가니 마마는 모란꽃이 수놓인 원피스 차림으로 소파에 앉아 홍차를 마시고 있었다. 소파 옆에 는 갈색의 큼지막한 가죽 가방이 놓여 있었다. 나는 짐짓 가벼운 투로 그녀에게 말을 건넸다.

"어디 바람이라도 쏘이러 가시나보죠?"

마마는 희미한 미소를 머금고 고개를 주억거렸다. 여느 때와 달리 그녀의 표정은 투명할 정도로 맑아 보였다. 나는 소파에 마주앉아 그녀가 차를 다 마실 때까지 묵묵히 기다렸다. 마마가 집 안을 찬찬히 둘러보고 나서 입을 열었다.

"이제 병원으로 들어가야 할 것 같네. 그러니 자네가 나를 좀 데려다줘야겠어."

"……"

"이 집에는 지금 자네와 나 둘뿐이지?"

"그렇습니다."

"그렇군. 하긴 현주 년은 전화도 안 받더라만."

영화제작 일 때문에 바쁜 모양이라고 말하려다 나는 입을 다물었다. 마마는 그런 사실을 전혀 알지 못하는 것 같았다.

"어쩌다 이렇게 집이 텅 비어버린 거지?"

나는 에둘러서 말했다.

"그럴 시간이니까요. 저녁이 되면 다들 돌아올 겁니다."

그러자 마마가 나를 뚫어지게 바라보았다. 동공 속에 고독한 빛이 어른거렸다.

"내가 오늘 이 집을 떠나게 되면, 아마 돌아오기 힘들지 싶어."

나는 그저 잠자코 있었다.

"저녁이 되면 배고픈 짐승들처럼 속속 기어들어올 거라니, 그나마 마음이 놓이는군."

"여기가 집이니까요. 약속을 하고 떠났으니 윤태도 언젠가 돌아올 겁니다."

소리가 나지 않게 찻잔을 받침대에 내려놓으며 마마가 되받았다.

"그때까지 내가 살아 있을까?"

나는 못 들은 척 고개를 돌려 창으로 밀려들어오는 햇살을 바라보았다.

"그만 집을 나서지. 현주 년이 들어와서 볼 수 있게 찻잔은 여기 그대로 놔둬."

소파 모서리를 잡고 그녀는 기우뚱 몸을 일으켰다. 나는 가방을 들고 먼저 아래층으로 내려가 차를 끌고 나왔다. 서울대병원으로 가는 동안 마마는 언젠가 내게 했던 말을 되풀이했다.

"이 차를 자네에게 주겠다고 했던 말 기억하나?"

기억하고 있었지만 나는 대꾸하지 않았다. 아무래도 기분이 좋지 않은 것이다. 혹시 내가 이 집에 계속 머물기를 바라서 자꾸 같은 말을 하는 걸까?

"괜히 한 말이 아니니 그런 줄 알고 있게."

나는 딱딱하게 되받았다.

"저는 사적인 용도로는 자동차가 필요 없습니다. 더군다나 이 차를 좋아하지도 않고요. 바깥일을 하는 현주씨에게는 잘 어울리겠죠."

"그년한테는 내 아무것도 안 남길 거야. 뭐 바라는 바도 아니겠 지만."

누군들 그것을 바라겠는가. 나는 무심코 이런 말을 내뱉었다.

"현주씨와 그만 화해하시는 건 어때요?"

하지만 역시 괜한 소리를 한 게 됐다.

"화해? 얼어죽을 놈의 무슨 화해! 소갈머리 없는 년 같으니라 구!"

나는 냉큼 입을 다물었다. 병원으로 가는 마당에 더이상 마마를 자극하고 싶지 않았다. 장마철의 습한 무더위 때문에 차 안이 후 끈거렸으나, 나는 그녀의 몸을 생각해 에어컨을 작동하지 않았다.

서울대병원에 도착해 마마가 예약해둔 대로 입원 수속을 한 다음 병실로 올라갔다. 창경궁이 훤히 내다보이는 일인용 병실이었 다. 뒤따라 간호사가 들어오더니 몇 가지 검사를 해야 한다며 마 마에게 환자복으로 갈아입으라고 했다. 새삼스럽게 또 무슨 놈의 검사를 받아야 하냐며 그녀는 애꿎은 간호사에게 핀잔을 늘어놓 았다.

"꼭 필요하면 연락할 테니 자네는 그만 돌아가게. 이따 간병인 이 올 거야."

내가 머뭇거리자 마마는 집이 비어 있으니 어서 가보라 재촉 했다.

나는 아몬드나무 하우스로 돌아와 김현주에게 전화를 걸어 마마의 입원 소식을 알리고 병실 호수를 알려주었다. 북카페에 앉아 무엇을 해야 할지 잠시 생각하다가, 나는 차를 몰고 노량진 수산시장으로 갔다.

정민을 본 건 노량진에서 집으로 돌아오는 길에서였다. 한성대입구역 사거리에서 좌회전해 재래시장 입구를 지날 때 백팩을 메고 고개를 숙인 채 걸어가고 있는 그의 뒷모습이 보였다. 순간 차를 멈출까 했으나 갓길에 차를 대기가 마땅치 않아 나는 그대로 아몬드나무 하우스로 돌아왔다.

수산시장에서 사온 해물들을 냉장고에 정리하고 카페를 열 준비를 하려는 터에 밖에서 담배를 피우고 있는 정민의 모습이 눈에 들어왔다. 잠시 후 스치듯 그와 눈이 마주쳤다. 정민은 피우다만 담배를 바닥에 던져 발로 비벼 끄고는 슬그머니 내 눈길을 피했다. 이어 다시 나를 바라보았다. 나는 직감적으로 그가 내게 어떤 신호를 보내오고 있음을 깨달았다. 나는 서두르지 않고 밖으로 나갔다. 일부러 그러는지 그는 바닥에 침까지 뱉었다. 나는 고양이에게 접근하듯 천천히 그에게 다가가 말을 건넸다. 마마가 입원한 사실을 아직 모를 텐데, 그도 어떤 낌새를 차리고 있는 듯했다. 오늘 점심은 제대로 먹었는지 물으려다 나는 문득 이렇게 말했다.

"같이 좀 걸을까?"

정민은 고개를 떨군 채 아무 대꾸가 없었다. 나는 먼저 걸음을 옮겨 골목을 벗어났다. 뒤를 돌아보니 정민은 그대로 서 있었다. 나는 느린 걸음으로 길상사 쪽으로 올라갔다. 얼마 후 그가 뒤에서 따라오고 있다는 것을 나는 알 수 있었다.

길상사 입구까지 왔을 때 어느덧 정민과 나는 나란히 걷고 있었다. 경내로 들어갈까 하다가 나는 내처 가구박물관이 있는 곳으로 올라갔다. 어쩐지 정민과 계속 걷고 싶다는 생각이 들었다. 마음속에 팽팽하게 감겨 있던 태엽이 조금씩 풀리고 있다는 뜻밖의 느낌을 받고 있었던 것이다. 시간이 지나면서 나는 정민도 나와 비슷한 심정이라는 것을 저절로 알게 되었다. 그리하여 우리는 가구박물관을 끼고 돌아 삼청각까지 길게 이어지는 성북동 길을 함께 걷기 시작했다.

그사이에 나는 정민에게 마마의 입원 사실을 알렸으나 그는 어떤 반응도 보이지 않았다. 그래서 나도 입을 다물고 이후로는 오직 걷는 일에만 열중했다. 산자락에 몰려 있는 주택가의 좁은 골목들을 오르내리며 걷자니, 얼마 지나지 않아 허리와 무릎에 통증이 몰려왔다. 더불어 가슴속에 깊이 감춰두고 있던 아픔들이 서서히 눈을 비벼 뜨고 깨어났다. 나는 일전에 난희와 통화하면서 차마 감당하기 힘들었던 분절의 순간들을 떠올렸다. 또한 그녀가 사라진 날부터 지금까지의 시간들을 반추해보았다. 그녀는 영영 돌아오지 않을는지도 몰랐다.

우리는 걸으면서 숲의 나무들과 무릎 아래로 내려다보이는 회색빛 도시의 빌딩들과 자동차들과 사람들을 보았으며, 현재와 과거가 혼재된 상태에서 각자 자신에게만 집중하고 있었다. 삼청각 부근까지 오자 서서히 땅거미가 지기 시작했다. 그러나 정민과 나는 걷기를 멈추지 않았다. 여전히 입을 굳게 다문 채 우리는 삼청터널을 지나 삼청공원까지 다시 구불구불 내려갔다. 시나브로 날이 저물면서 하늘에 하얀 반달이 떠올랐다.

삼청공원 안으로 들어가 정민과 나는 벤치에 앉아 담배를 나눠 피웠다. 여기서 성북동 집까지 우리는 또 걸어가야만 할 터였다. 담배를 다 피워갈 즈음 옆에서 정민이 숨을 사린 채 흐느끼는 소리가 들려왔다. 하지만 나는 옆을 돌아보지 않았다.

그가 울음을 그칠 때까지 기다렸다가 나는 자리에서 일어나 다시 걷기 시작했다. 광화문으로 나와 안국동 사거리를 지나 비원 앞과 원남동 사거리를 지나 성균관대학교 입구를 지나 성북동 방향으로 쉬지 않고 걸어갔다. 단 한마디의 말도 없이 그렇게.

혜화동 로터리를 거쳐 아몬드나무 하우스로 돌아오자 이슥한 밤이었다. 그때까지 집으로 돌아온 사람은 아무도 없었다. 윤정은 아마도 병원에 가 있는 모양이었다. 나는 북카페에서 정민에게 저녁을 해먹인 다음 그를 삼층으로 올려보냈다.

그날 이후 나는 오전에는 주로 마마가 입원해 있는 병실에 들렀다 정오 무렵 아몬드나무 하우스로 돌아와 카페의 문을 열었다. 그즈음 마마가 간암 말기 상태이며 하루하루 시한부의 시간을 보내고 있다는 것을 알게 되었다. 또 그녀가 애초에 항암치료를 거부했다는 사실까지도. 남은 시간은 고작 두세 달 정도라고 했다. 윤정의 입을 통해 들었으니 김현주도 당연히 그 사실을 알고 있을 터였다. 그럼에도 김현주는 마마의 병실에 들르지 않는 모양이었다.

마마는 크게 흔들리는 기색은 보이지 않았다. 늘 담담한 태도를 유지하려 했고 눈빛도 잔잔하게 가라앉아 있었다. 오랜 세월 지고 다니던 무거운 짐을 이제 내려놓으려는 사람의 모습이었다. 나는 병원에 갈 때마다 휴대용 드립 세트를 챙겨 그녀가 즐기는 하와이산 코나 커피를 내려주었다. 또 옥상 온실에서 키우고 있는 화분을 들고 가 햇빛이 잘 드는 창틀에 놓아두기도 했다.

나와 단둘이 있게 되면 그녀는 이따금 회한 섞인 소리를 내뱉곤 했다. 그때마다 나는 그녀의 말에 세심하게 귀를 기울였다. 그것은 대개 내가 태어나기도 전의 일들이었으며 미처 경험해보지 못한 삶이기도 했다. 누구든 한 사람의 일생이란 그 자체로 작은 역사일 수밖에 없는 것이리라.

"내 집 손님인 자네가 결국 내 옆을 지키게 되다니. 사람 인연이라는 게 참으로 묘한 거야. 혹시 이렇게 될 줄 알고 내가 자네를 불러들였다고 생각하는 건 아닌가?"

온갖 생각들이 스치고 지나갔으나 나는 굳이 대꾸를 하지 않았다. 이제 와 새삼스럽게 따져봐야 아무 소용도 없는 일이었다.

"필요하거나 원하시는 게 있으면 그때그때 말씀하세요. 보시다시피 집사가 늘 대기하고 있으니까요."

"그러다 미구에 송장을 치우게 되는 날이 올 거야. 그러니 내빼고 싶으면 언제든 사라져도 상관없어."

"지금은 그런 말씀을 할 처지가 아닌 것 같은데요. 저라고 속히 가볼 데가 없는 건 아니지만요."

그녀는 거울을 들고 있는 마귀할멈만큼이나 눈치가 빨랐다.

"왜, 도망간 여편네라도 찾은 건가?"

"이제 모르시는 게 없군요. 하지만 심정이 그렇다는 것이지, 막상 어째야 좋을지는 모르겠습니다."

마마는 마른 숨을 내쉬고 고개를 돌려 창경궁 쪽을 내다보았다. 이렇듯 나와 얘기를 주고받는 순간에도 그녀는 자주 다른 상념에 빠져 말을 놓쳐버리곤 했다. 그러다 또 오랜만인 듯 나를 돌아보며 이런 말을 늘어놓는 것이었다.

"죽을 때가 가까워져서 그런가, 요즘 가뜩이나 마산이 그립구만. 가본 지가 너무 오래됐어."

마산은 2010년 창원시에 편입되면서 이미 지도에서 사라진 지명이었다.

"봄이 되면 무학산의 진달래를 보러 도처에서 사람들이 몰려들곤 했지. 산에서 내려다보이는 갈맷빛 바다와 진달래가 서로 거울처럼 어우러져 눈이 부시도록 아름다웠어. 어디 그뿐인가.

경남대학교 앞의 벚꽃길을 걷다보면 바다가 무릎까지 차오르는 느낌에 곧잘 멀미를 느끼곤 했지. 마산여고를 졸업하고 서울로 올라올 때까지 나는 그 아름답고 유서 깊은 고장에서 무남독녀 외동딸로 자랐다네. 선박수리업을 하는 아버지를 둔 덕에 대체로 남부럽지 않게 살았고."

대학교 여름방학 때던가. 나는 연극 동아리 선후배들과 창녕 우포늪에 갔다가 마산에서 하루를 묵고 서울로 올라온 적이 있었다. 그때의 기억이 어렴풋이 되살아났다.

"선박수리업의 규모가 커지자 아버지는 해운업에도 손을 댔지. 아버지는 몸집이 큰 호인에 거침이 없는 성격이었어. 아무튼 그후로 큰 재산을 모으게 됐어. 한데 곳간에 돈이 넘쳐나면 그다음에 남자들이 하는 일이 뭔지 아나? 아버지는 야망을 품은 사람이었고 그런 만큼 집에 늘 사람이 들끓었지. 거제, 통영은 말할 것도 없고 부산에서도 온갖 사람들이 문턱이 닳게 찾아왔어. 오죽하면 집에 기생들이 거처하는 사랑채가 따로 있었을까. 정치판을 기웃거리는 작자들이 태반이었는데, 아버지에게 이런저런 명목의 기부금이나 선거자금을 빼내려고 온갖 수작들을 부렸지. 그러다 내가 대학에 들어간 이듬해, 아버지는 신민당의 공천을 받아 국회의원 선거에 지역구로 출마했어. 하지만 허망하게 낙선했지. 공천을 받기 위해 막대한 재산을 쏟아부었는데도 말이야. 그게 1971년이었지, 아마? 대통령 선거가 있던 해였으니까. 그 전

해에 신민당 대통령 후보 경선에서 김영삼씨가 낙마하지 않았더
라면 사정이 좀 달라졌을까? 하긴 박정희 대통령이 지역감정을
조장하면서까지 다시 정권을 잡았으니 하나마나 한 소리가 되겠
지. 그리고 다음해 곧바로 유신이 선포됐고. 지금 내 얘기 듣고
있는 건가?"

물론 나는 듣고 있었다.

"아무튼 거기서 그쳤으면 그나마 좋았으련만, 아버지는 평생
정치에 대한 미련을 버리지 못하고 죽을 때까지 돈을 싸들고 이
사람 저 사람을 찾아다녔어. 어디고 가릴 것 없이 말이야. 결국
폐인이 되다시피 해서 겨우 환갑을 넘긴 나이에 숨을 거두고 말
았지."

힘겹게 숨을 토해내고 나서 그녀는 말을 계속했다.

"여고를 졸업할 즈음에야 알았지. 내게 여섯 살 터울의 배다른
여동생이 있다는 걸 말이야. 요정에서 굴러먹던 여자의 아이라더
군. 그 여동생이 누구 어미라면 자네가 놀라겠지? 아버지는 그들
모녀를 부산에 숨겨두고 십 년 이상을 감쪽같이 왕래하며 살았던
거야."

아마도 부지불식간에 튀어나온 말이었으리라.

"아무튼 그애는 또 요정 출신의 제 어미를 닮아서인지, 일찌감
치 아버지 옆에 붙어다니며 힘 좀 쓴다 하는 남정네들 주위를 고
추잠자리처럼 맴돌며 살았어. 미술대학 학생일 때부터 말이야.

근본이 없다는 게 뭔지 그애를 보면 누구라도 알 수 있지. 그 싸구려 허영기는 그렇다 치고 남의 집안까지 속속들이 망쳐놓은 요물이 바로 그 누구의 어미라는 여자야. 아, 그만두지. 내가 자네 앞에서 도대체 무슨 말을 지껄이고 있는 거지? 죽어가는 마당에 제 앞가림조차 못하면서."

마마는 이렇듯 격앙된 말을 내뱉고 나서 기진한 듯 잠에 빠져들곤 했다. 그때마다 병실 안은 시간이 멈춰버린 듯 온통 투명한 적막감으로 차오르는 것이었다.

일요일에는 정민을 데리고 병원에 갔다. 그런 날 마마는 내내 입을 다문 채 벽에 걸린 달력만 뚫어져라 바라보았다. 짐작건대 정민의 앞날을 염려하는 눈치였지만 그에 관해서는 누구도 쉽사리 말을 꺼내지 못했다.

병원에서 나오면 정민과 나는 곧장 집으로 가지 않고 미리 약속이나 한 듯 서울 곳곳을 몇 시간씩 쏘다녔다. 서대문, 남산타워, 여의도 한강공원, 상암 월드컵경기장, 국립중앙박물관, 예술의전당, 올림픽공원 같은 데를 돌아서 밤늦게 성북동으로 돌아오곤 했다. 그러는 동안 나는 정민이 자신의 상처를 치유하며 조금씩 성장해간다고 느꼈다. 아니, 그렇게 믿고 싶었다. 비록 많은 얘기를 주고받지는 않았지만(사실 거의 말을 나누지 않았다), 때때로 서로 교감하는 순간들이 찾아왔다 사라져가는 것을 확연히 느낄 수 있었다. 정민 자신도 알고 있었다. 이제부터는 자신에게 의지해 살아갈 수밖에 없다는 것을.

　그러던 어느 날 나는 텔레비전 뉴스를 통해 한보라가 자신이 살던 오피스텔 화장실에서 목을 매 숨진 채 발견됐다는 보도를 접하게 되었다. 경찰은 몇몇 정황으로 보아 그녀의 죽음을 자살로 추정하고 있었다. 그 시각 나는 마마가 입원한 병실에서 과도를 들고 막 수박을 자르려던 참이었다. 순간 심장이 오그라붙으며 온몸이 차갑게 마비되는 느낌이 몰려왔다. 텔레비전에서는 짧은 유서와 함께 발견된 유명 인사들의 이름이 적힌 '리스트'에 관해 집중 보도를 하고 있었다. 하지만 그 리스트는 끝내 공개되지 않았다. 뉴스를 보면서 나는 반사적으로 난희의 얼굴을 떠올렸다. 더불어 언젠가 만날 수 있게 되리라던 막연한 기대가 그 순간에 무너져 내리고 있음을 깨달았다. 마마가 왜, 무슨 일이냐고, 내게 묻는 것 같았지만 내 귀에는 그 소리조차 제대로 들려오지 않았다.

　나는 손에 들고 있던 과도를 쟁반에 내려놓고 병실 밖으로 나왔다. 아뜩하니 현기증이 몰려와 나는 복도 벽에 기대섰다. 아래층으로 내려가는 엘리베이터 앞에 환자와 간호사와 방문객 들이 빼곡히 몰려 서 있었다. 나는 비상계단을 통해 일층 로비로 내려온 다음 서울대병원 건너편에 있는 마로니에공원으로 갔다.

　나는 우두커니 벤치에 앉아 바닥에서 먹이를 찾고 있는 비둘기 떼를 하염없이 바라보았다. 이제부터 어디로 가야 하지? 지병처럼 다시금 이런 의혹이 되살아났다. 금세 날이 흐려지는가 싶더니 빗방울이 후득였다. 방향을 정하지 못한 채 나는 벤치에서 일어나 공연장들이 밀집해 있는 동숭동 골목을 이리저리 돌아다녔다. 그러다 수입 주류 판매점을 발견하고 안으로 들어가 주인에게 발베니를 한 병 달라고 했다.

다만 어둠 속에 있고 싶어 나는 발베니를 손에 든 채 연극을 공연하고 있는 지하 소극장 안으로 들어갔다. 배우들이 무대 위에서 땀을 흘리며 연기를 하는 중에 나는 줄곧 눈을 감고 있었다.

그날 밤 박윤정에게서 전화가 걸려왔다. 나는 북카페에 앉아 술을 마시고 있었다. 입간판의 불을 꺼놓았으므로 그날은 찾아오는 손님도 없었다. 지금 어디예요? 라고 감정이 거세된 목소리로 그녀가 물어왔다. 꽃 핀 아몬드나무 아래 앉아 술이라는 걸 마시고 있다고 나는 무덤덤하게 말했다. 무슨 낌새를 차렸는지 잠깐 입을 다물고 있다가 그녀가 말했다.

"괜찮다면 같이 마실까요? 나 지금 서울대병원인데, 집에 들어가는 길이거든요."

나는 그녀의 목소리를 듣는 것조차 버거웠다. 그럼에도 그녀와 얘기를 나누고 싶다는 생각이 들었다. 택시를 타고 왔는지 그녀는 이십 분쯤 후에 빗물이 흘러내리는 우산을 들고 북카페로 들어섰다. 한동안 얼굴을 못 보고 지냈는데, 그사이에 머리 스타일이 단발로 바뀌어 있었다. 앞자리에 마주앉은 그녀에게 나는 입에서 나오는 대로 주절거렸다.

"그동안 많이 변한 것 같군요. 전에 내가 알던 그 여자와는 어떤 사이죠?"

그녀는 들은 척도 않고 빈 잔에 술을 따라 한 모금 삼켰다. 이어 눈살을 잔뜩 찌푸리더니 얼음물을 찾았다. 그러고는 내 말투를 흉내내 말했다.

"이 궂은 밤에 혼자 이렇게 독한 술을 마실 이유라도 있는 건가요?"

"굳이 얘기할 바는 못 됩니다. 전시회 준비는 잘돼가나요?"

"뭐, 그럭저럭요."

그녀는 무언가를 곰곰이 생각하는 눈치였다. 추적추적 비가 내리고 있는 밖을 돌아보고 나서, 그녀가 툭, 돌을 던지듯 물어왔다.

"혹시 나한테 잘못한 거 없나요?"

"……"

"없으면 말고요."

그녀가 무슨 말을 하고 있는지 나는 곧 알아들었다. 어느 날 불쑥 윤정의 마음에 돌을 던져놓고 나는 계속 외면하고 있는 중이었던 것이다. 나는 강남에서 한보라와 만나고 돌아온 날 새벽의 일을 떠올렸다.

그동안 말 못할 일들이 있었다고 나는 진지한 태도로 말했다. 그리고 좀더 기다려주면 안 되겠냐고 덧붙였다. 내가 모든 것을 내 마음대로 얘기해버리자 그녀는 적이 실망한 기색이었다. 그러니 이런 말을 듣는다 해도 나로서는 달리 할말이 없었다.

"아뇨, 더이상은 기다리지 않기로 했어요. 그동안 매일매일 초조하게 기다렸거든요. 그렇다는 걸 명우씨도 알고 있었을 테고요."

그녀는 이제 나를 비난할 마음조차 없는 듯했다. 머리 스타일을 바꿀 때는 다 그럴 만한 이유가 있는 것이다. 나는 맥이 풀린 소리로 중얼거렸다.

"그 말을 하기 위해 일부러 나를 찾은 건가요?"

그럴 리가 있나요, 라고 그녀는 재빨리 반문했다.

"마마가 전화를 걸어보라고 하더군요. 명우씨한테 무슨 일이 있는 것 같다고요. 하지만 내가 보기엔 평소와 크게 다르지 않은 것 같은데, 아닌가요?"

나는 새삼 그녀와의 사이에 가로놓여 있는 거리를 느끼며 말했다.

"이제 윤정씨와 나는 연초에 처음 만났을 때의 상태로 돌아간 셈인가요? 아니면 그보다 더 나빠진 건가요."

그녀는 망설임 없이 말했다.

"그것까지 생각해볼 겨를은 없었네요. 나중에 알게 되겠죠."

어느 쪽이 됐든 물이 뜨겁게 차올랐다 빠져나간 흔적은 가슴에 남을 터였다.

"나한테는 더이상 기회가 없는 거로군요."

"안타깝지만 그렇게 된 것 같은데요."

미심쩍은 눈초리로 그녀가 물어왔다.

"그동안 무슨 일이 있었던 거죠? 혹시 누가 죽기라도 했나요?"

나는 차마 그 말에 대답할 수 없었다. 내가 대꾸가 없자 그녀는 마마와 아몬드나무 하우스에 대한 얘기로 말머리를 돌렸다.

"명우씨가 나보다 더 잘 알겠지만, 지금 상태로는 마마가 오래 못 버틸 것 같아요. 혹시 앞으로의 일에 대해 생각하고 있나요?"

그녀의 말을 듣고 있자니 다시금 복잡한 상념들이 몰려왔다.

"가끔 생각이야 하지만, 지금은 말할 수 있는 게 없습니다."

윤정도 나와 비슷한 심정일 거였다. 그동안 주변을 견고하게 둘러싸고 있던 것들이 하나씩 무너져내리고 있는 느낌이었다.

"윤정씨는 일단 전시회 준비에 신경쓰세요. 병원엔 내가 자주 들를 테니까요. 정민이도 너무 걱정하지 말고요. 각자 어떤 선택을 하게 될지는 그때 가보면 알게 되겠죠."

한숨을 몰아쉬고 나서 윤정이 직설적으로 물어왔다.

"이 집을 떠날 생각이죠?"

"마음만 먹으면 언제라도 그럴 수 있겠지만, 미련이나 흔적을 남긴 채 빠져나가고 싶지는 않습니다. 해결할 문제들도 남아 있고요."

"그게 뭔지 물어봐도 될까요?"

"먼저 현주씨와 약속한 게 있는데, 아직 지키지 못한 상태입니다. 또 윤정씨는 나와의 관계를 서둘러 정리한 것 같지만, 정민이와는 미처 헤어질 준비가 돼 있지 않고요."

윤정이 맥주를 마시고 싶다기에 나는 냉장고에서 맥주와 마른 안주를 꺼내왔다. 자리에 앉으며 나는 얼마 전부터 마음에 두고 있던 말을 꺼냈다.

"윤정씨는 마마가 살아온 내력을 어느 정도 알고 있죠?"

근래 마마가 이따금씩 쏟아내는 얘기를 엿들으며 그때마다 떠오른 생각이었다. 윤정이 눈을 홉뜨고 나를 쳐다보았다. 당황한 얼굴이었다.

"지난봄이었죠? 윤정씨가 치앙마이로 떠나기 전에 내게 했던 말을 기억하고 있습니다. 다른 게 아니라, 마마가 난민과 다름없는 삶을 살아왔다고 말이죠. 그렇다면 윤정씨는 마마가 어떤 분인지 진작부터 알고 있었다는 뜻이겠죠."

윤정의 눈빛이 가물가물 흔들렸다.

"요즘 마마가 파편적으로 당신 이야기를 털어놓긴 하는데, 여전히 중요한 대목은 은폐돼 있는 상탭니다. 가령 현주씨의 생부에 대한 언급이 전혀 없더군요. 윤정씨는 알고 있나요?"

그녀는 시선을 피해 내 어깨 너머를 바라보았다.

"다른 건 몰라도 이 문제만큼은 피해서는 안 될 것 같은데요."

그녀는 인형처럼 부자연스럽게 눈을 감았다 떴다. 이어 목이 잠긴 소리로 입을 열었다.

"들은 바는 있지만 지금은 얘기할 수 있는 상황이 아니라고 봐요."

216

"지금도 이미 늦은 상태입니다. 만약 마마가 끝내 입을 다물게 되면 현주씨는 어떻게 되는 거죠? 마마가 세상을 뜬 다음에 윤정 씨가 현주씨에게 대신 말해줄 건가요?"

재촉하는 느낌이 들어 나는 잠시 사이를 두었다 말을 이었다.

"나는 마마가 살아 있는 동안 현주씨가 생부의 존재에 대해 알아야만 한다고 생각합니다. 그래야 두 사람 사이에 얽힌 매듭이 풀릴 테고, 그게 마마한테도 한결 나으리라고 봅니다. 윤정씨 생각은 어떤가요?"

"그렇긴 하지만, 마마의 처지나 입장도 살펴야 되지 않나요?"

"우리가 알아야 할 게 있습니다. 세상을 뜨게 되더라도 마마는 이 집의 주인입니다. 그분의 내력을 모르는 한, 우리는 여기서 유령 같은 존재로 살아가게 되겠죠. 결국 이 집을 떠날 수밖에 없다는 얘기죠. 문패가 뜯겨나간 남의 빈집에서 도둑처럼 살아갈 수는 없는 노릇이니까요. 또 우리야 당장이라도 떠나면 그만이지만, 현주씨나 정민이처럼 이 집을 떠날 수 없는 사람도 있지 않습니까. 윤태처럼 돌아오기로 약속한 사람도 있고요. 이제 좀 이해가 되나요?"

이렇게까지 말했는데도 윤정은 여전히 께름칙한 얼굴이었다. 마마의 허락이나 동의 없이 자신의 입으로 발설하기는 힘들다는 뜻일 거였다.

"마마가 윤정씨에게 당신의 내력을 들려줬다면, 그것은 언젠가 현주씨에게 전해지기를 바라서였을 겁니다. 당신의 사후를 염두에 둔 조치였겠죠. 하지만 말했다시피 그게 사후가 되면 어떤 중대한 기회가 사라진 다음일지도 모릅니다."

17

윤정과 다시 얘기를 나누게 된 것은, 길상사로 정민을 데리고 산책을 나간 일요일 오후였다. 며칠 습한 날씨가 이어지다가 그 날은 하늘이 더없이 맑고 푸르렀다. 경내엔 하오의 시원한 바람이 불고 있었다. 휴일이었으므로 길상사는 나들이 나온 사람들로 붐볐다. 정민이 경내 이곳저곳을 돌아다니는 사이 그녀와 나는 느티나무 아래 앉아 냉커피를 마셨다. 그녀는 금빛 연꽃 무늬가 박힌 하얀 티셔츠에 빈티지풍의 간편한 청바지 차림이었다. 나도 많이 생각을 해봤는데요, 라며 윤정이 입을 열었다.

"일단 내가 알고 있는 바를 명우씨에게 얘기하기로 했어요. 현주씨에게 직접 전하는 건 아직 자신이 없고, 어쩐지 그건 내 일이 아닌 것 같아서 말이죠."

이해한다는 뜻으로 나는 고개를 끄덕였다.

"엄밀히 말하면 그건 우리 일이 아니죠."

그때껏 나는 마마의 이름조차 제대로 모르고 있었는데, 남희정

218

이라 했다. 한국전쟁이 발발한 해 태어나 여고를 졸업할 때까지 고향 마산에서 살았고 이후 서울로 올라와 법대에 진학했다. 부친의 권유가 있었지만 마마 자신도 법조인이 될 생각을 품고 있었다. 대학 이학년 때 부친이 국회의원 선거에 출마했다가 낙선을 했는데, 이를 계기로 막연히 정치에도 관심을 갖게 되었다. 여기까지는 나도 마마에게 부분적으로 들은 얘기였다.

"그즈음 같은 대학에 다니는 선배와 만나 사랑에 빠졌다고 해요. 정의감이 넘치고 고상한 인품을 가진 전도유망한 청년이었대요. 그런데 이듬해 가을 유신이 선포되면서 두 사람의 운명이 엇갈리기 시작했죠. 국회가 해산되고 대학에 휴교령이 내려지자 청년은 유신반대운동에 가담했어요. 그러다 긴급조치 위반으로 구속돼 투옥됐다고 하더군요. 그때부터 마마는 청년의 옥바라지를 하며 고시 공부에 매달렸는데 거듭 실패했어요. 몇 년 후 청년은 감옥에서 출소해 오랜 세월 재야에서 활동하다 김대중 정권이 들어서고 나서 정계에 진출했다고 해요. 하지만 이것은 먼 훗날의 일이 되겠고, 마마는 대학을 졸업한 뒤에도 고시에 대한 집념을 버리지 못했는데, 아버지가 극구 마산으로 불러내리는 바람에 고향으로 내려가게 됐어요. 집안 사업을 물려받을 사람이 필요했던 거죠. 그로부터 얼마 지나지 않아 아버지의 권유로 남편이 될 사람을 만났고요. 청년에 대한 미련이 남아 있었지만, 마마는 이를 숙명으로 받아들이고 결혼을 응낙했다고 하더군요. 물려받은 사업의 규모가 만만치 않았고 아버지는 이미 병고에 시달리고 있었으니까요."

"마마의 남편은 어떤 사람이었죠?"

"부산에서 통운업을 하는 집안의 장남이었는데, 옛날부터 집안끼리 이해관계가 얽혀 있었나봐요. 하지만 결혼생활은 짧았다고 해요. 남편이란 분도 사업을 기반으로 지방 정계에 진출할 뜻을 품고 있었기 때문에 마산을 자주 오가기가 힘들었고 마마도 사정이 비슷했죠. 마마의 남편은 삼십대의 나이에 당의 지구당 위원장을 지내며 언제든 정치 일선에 나설 준비를 하고 있었어요. 장인이 되는 마마의 아버지가 뒤에서 적극적으로 후원을 했고요. 당시 미대생이었던 현주 어머니가 부산과 마산을 오가며 두 사람 사이의 필요한 역할을 맡아서 했다더군요. 명우씨도 알고 있는지 모르겠지만, 마마의 이복 여동생 말예요."

"얼핏 들은 바가 있습니다. 짐작했던 대로 그분이 바로 현주씨의 어머니였군요."

"네, 알고 있었군요. 아무튼 마마는 젊은 나이에 부친의 사업을 물려받아 운영하면서 꼬박 십 년을 마산에서 살았어요. 그러다 부산의 국제그룹이 해체될 당시 남편 집안의 통운업이 도산을 하면서 상황이 또 달라지기 시작했죠. 1985년의 일이라는데, 마마의 말에 따르면 국제그룹은 스무 개가 넘는 계열사를 거느린 거대한 그룹이었다고 해요. 그 그룹이 해체되면서 연쇄적으로 주변

기업들이 파산했는데, 그 영향을 피해갈 수 없었던 모양이에요. 하루아침에 남편이 도산을 하고 빚더미에 앉게 되자 마마의 집안에서 그걸 떠안게 됐고요. 그런 와중에도 남편은 마마에게 지속적으로 정치자금을 요구했어요. 안 그래도 부부관계가 소원했던 터에 이때부터 남편과의 사이가 어긋나기 시작했죠. 과거에 부친이 국회의원에 출마하면서 대부분의 재산을 선거자금으로 썼기 때문에 남은 사업은 규모가 왜소해진 해운업뿐이었어요. 그무렵 마마의 아버지가 세상을 떠났고, 마마는 남편에게 다른 여자와의 사이에 태어난 아이가 있다는 사실을 알게 됐어요. 짧은 시기에 많은 일들이 있었던 거죠."

"마마에겐 자식이 없었나요?"

나는 오랫동안 궁금했던 바를 윤정에게 물었다.

"결혼 초에 두 번 유산을 하고 나서 더이상 아이를 가질 수 없는 몸이 되었다고 합니다. 그게 결혼생활에도 영향을 미쳤을 테고요. 어쨌든 남편에게 숨겨놓은 자식이 있다는 사실을 알고 마마는 그때까지 살아온 삶을 바꾸기로 결심했어요. 우선 부친한테 물려받은 사업을 다른 사람에게 넘기고, 노모가 살 집만 남겨둔 채 재산을 정리했어요. 그다음에는 남편과의 관계도요."

마마의 성격이라면 얼마든지 그럴 수 있었을 터였다.

"그리고 가방 하나만 챙겨들고 무작정 서울로 올라왔다고 해요. 혈혈단신으로 말예요."

그즈음의 심정에 대해 마마는 세상을 떠나기 얼마 전에 내게 이렇게 토로했다.

"내겐 더이상 아무것도 남아 있지 않았지. 주위에 붙어 있던 사람들도 도망치듯 어디론가 뿔뿔이 사라져버려 말조차 건넬 사람이 없었어. 정리를 하고 보니 재산이란 것도 얼마 되지 않았어. 그렇게 서른일곱의 나이에 나는 인생을 다시 시작해야만 하는 처지가 됐지. 그러자니 마음속에서 이상한 광기 같은 게 나를 사로잡더군. 그건 무참히 훼손된 내 삶에 대한 터무니없는 연민과 세상에 대한 밑도 끝도 없는 복수심 같은 거였겠지. 입에 담기조차 끔찍하지만 서울에 와서 내가 벌인 짓이란 남의 돈을 우려먹고 빼앗고 마구 헐벗게 하는 것이었어. 뭘 생각한다거나 따질 겨를도 없이 사채시장에 뛰어들어 사정이 급한 사람에게 돈을 빌려주고, 그 돈의 갑절에 해당하는 어음을 받아낸 다음 부채 상환기일이 지나면 곧바로 어음할인을 받는 방식으로 돈을 끌어모으기 시작했지. 그렇게 마구잡이로 끌어모은 돈을 부동산과 주식에 투자했고 또 정부나 공공기관의 채권을 사모아 은행의 대여금고에 집어넣었어. 그러다보니 이런저런 사람들이 냄새를 맡고 주위로 몰려들기 시작하더군. 그러니 사람이 점점 오만방자하게 변하더란 말이지. 나는 그 사람들과의 관계를 통해 주가조작에 개입하기도 하고 돈세탁을 대신해주기도 했어. 또 차명계좌를 만들어 남의 뒷돈을 관리해줬지. 그러다 보니, 필연적으로 자신을 혐오하게 되는 순간이 찾아오더군. 어느 날 거울을 보니 벼락을 맞은 것처럼 내 몰골이 흉측하더란 말이야. 그때부터였겠지. 나는 그동안 모은 돈을 어디에 써야 할지 궁리해야 했어. 자학하듯 인생을 낭비하면서, 온갖 추잡한 짓을 해서 긁어모은 돈을 말이야."

나는 마마가 그 돈을 어떻게 했는지까지는 듣지 못했다. 윤정이 아는가 싶어 물어보니 뜻밖의 대답이 돌아왔다.

"몇 군데 사회복지시설과 재야 진보단체에 정기적으로 기부를 했다고 하더군요."

"재야 진보단체요?"

"대학에서 만났던 옛날의 그 청년을 수소문해 찾아가 활동자금을 후원하고 싶다고 했대요."

"그 사람은 나중에 정계에 진출했고요?"

갖가지 상념들이 머리를 스쳐갔지만, 그 자리에서 내가 할 수 있는 말은 떠오르지 않았다.

"마마는 그 사람의 이름은 끝내 함구했어요. 굳이 밝히고 싶은 생각은 없었겠죠."

"마마는 언제까지 그런 일을 한 거죠? 사채업이나 돈세탁 따위 말입니다."

"김영삼 정권이 들어서고 1993년에 전격적으로 금융실명제가 실시되면서 마마는 그동안 벌여놓았던 일에서 손을 떼게 됐다고 해요. 위험부담이 커져서 어쩔 수 없었을 테죠. 그때 은행에서 회

수하지 못한 돈도 꽤 많다고 들었어요. 실명 전환을 통해 찾을 수
없는 돈들이었겠죠. 그 즈음에 도곡동에 있던 집을 처분하고 성
북동으로 들어와 살기 시작했고요. 대략 이십 년 전의 일이 되겠
죠. 여기까지가 내가 마마한테 전해들은 얘기의 거의 전부라고
할 수 있어요."

"한 가지가 더 남아 있습니다. 어쩌면 가장 중요한 얘기가 되겠
죠."

"현주씨의 생부가 누구냐는 거겠죠."

윤정은 입을 다문 채 경내를 오가는 사람들의 모습을 한참이나
바라보았다. 나는 보온병에 남아 있는 냉커피를 따라 그녀에게
건네주었다. 윤정의 눈에 핏발이 어려 있었다.

"윤정씨가 현주씨에게 전해줄 게 아니라면, 지금 얘기하는 게
낫지 않을까요? 나중을 위해서 필요할지 모르니까요. 물론 가장
좋은 방법은 마마가 직접 현주씨에게 털어놓는 거겠죠."

커피를 한 모금 마시고 나서 윤정이 마침내 입을 열었다.

"아마 그러기는 쉽지 않을 거예요. 그 사람은 바로 마마의 전남
편이니까요."

순간 뒤통수를 맞은 듯 아찔한 현기증이 몰려왔다.

"네, 그렇다고 들었어요."

"……"

"명우씨가 말한 대로, 당신이 세상을 뜨고 나서 적절한 시점에

현주씨에게 전해주라고 마마가 나한테 부탁했어요."

그게 작년 이맘때쯤의 일이라고 했다.

"현주씨 어머니라는 분도 나름 파란만장한 삶을 살다 간 것 같아요. 현주씨를 낳고 나서는 다시 결혼도 하지 않았고요. 우리가 모르는 삶의 감정들이 그때마다 그들을 사로잡고 지배했겠죠."

그때마다 그들을 지배했던 삶의 감정들은 도대체 무엇이었을까? 단지 질투 섞인 원한이나 떨쳐버릴 수 없는 복수심 같은 것이었을까.

"마마는 이복동생인 현주씨 어머니가 세상을 떠날 때까지도 줄곧 비정하게 대했다고 하더군요. 아버지로 하여금 조강지처를 버리게 한 첩의 딸이라고 생각했던 거죠. 돌이켜보면 너무 단순하다 싶을 정도로 말예요."

"그럼 현주씨 아버지라는 사람은 지금 어디서 무엇을 하며 산다고 합디까?"

"몇 년 전까지 부산에서 호텔 카지노 사업을 하다 지금은 통도사가 있는 양산의 한 요양원에서 지내고 있다고 들었어요. 현주씨를 낳은 뒤에는 다른 여자와 재혼을 해서 평생 딸을 찾지도 않았다고 하더라고요."

"마지막으로 하나 더 물어보죠. 현주씨는 언제 마마의 집으로 들어와 살게 된 거죠?"

"현주씨가 대학을 졸업하던 해 마마를 찾아왔더랍니다. 어느 날 불쑥 들이닥쳐 생떼를 쓰며 자신의 생부가 누구냐고 묻더랍니다. 그때나 지금이나 현주씨는 마마를 친이모라고 믿고 있으니까요. 알다시피 마마는 끝내 대답하지 않았죠."

"그런데요?"

"현주씨가 눈물을 흘리며 집을 나서는 뒷모습을 본 순간, 마마는 왠지 다급한 마음이 되어 현주씨를 불러세웠답니다. 그리고 지금부터 이 집에서 같이 살자고 붙들었답니다. 왜 그런 마음이 들었는지는 나중에야 알았다고 하는데, 현주씨가 당신의 딸처럼 생각되더랍니다. 그 마음을 나는 어쩐지 알 것 같아요."

"……"

"그 자리에서 마마는 현주씨 어머니에게 연락을 해 이제부터 당신이 현주씨를 데리고 있겠다고 했답니다. 현주씨 어머니는 그에 대해 아무 말도 하지 않았다고 하고요."

"그런데 현주씨 입장에서 보면 결과적으로 두 분이 공모한 셈이 된 게 아닐까요?"

윤정은 힘겨운 얼굴로 고개를 가로저으며 그만 입을 다물었다.

장마철이 끝나고 콩을 볶는 듯한 무더위가 이어졌다. 그즈음에도 김현주는 집에 들어오지도 병원에 나타나지도 않았다. 단지 영화제작 일로 경황이 없기 때문이었을까? 아니면 나와 윤정이 아침저녁으로 마마의 병실에 드나들고 있다는 것을 알아서였을까.

길상사에서 윤정과 얘기를 나누고 난 이튿날 병실에 들어섰을 때, 마마는 그새 무슨 낌새를 차린 듯 짐짓 호들갑을 떨었다.

"하루 사이에 나를 바라보는 눈빛이 달라진 걸 보니, 자네 어디서 뜬소문이라도 듣고 온 모양이군. 안 그런가?"

나는 집에서 준비해온 홍합죽과 뭇국을 챙겨 침대에 붙어 있는 식탁에 올려놓았다.

"윤정이 그년이 그예 주둥이를 놀리고 만 게야. 그렇지?"

나와 눈이 마주치자 마마는 냉큼 시선을 피하며 몸을 웅크렸다.

"내 그리 당부했건만…… 낼모레 죽을 늙은이를 기어코 발가벗겨놓다니!"

간호사가 들어왔으므로 나는 복도로 나가 데스크에 마마의 상태를 물어보았다. 복수는 아침마다 빼내고 있었고 병원에서 제공하는 음식은 거의 입에 대지 않는다고 했다. 밤에는 수면제를 처방하고 있었다. 그 외에는 별다른 처치를 할 게 없노라고 했다. 이미 몸이 극도로 쇠약해져 있는 상태였던 것이다.

다시 병실로 들어가보니 그마저도 입에 당기지 않는지 음식에 손을 댄 흔적이 보이지 않았다. 나는 가방에서 그녀가 가져오라고 부탁한 책을 꺼내 창틀에 올려놓았다. 토머스 울프의 장편소설 『그대 다시는 고향에 못 가리』와 그의 단편 모음집이었다. 마마는 놀랍게도 이 책들이 어느 책장 몇번째 칸에 꽂혀 있는지까지 정확히 기억하고 있었다. 그것은 다른 책들도 마찬가지였다.

이십 년 전 성북동에 들어와 살기 시작하면서 직접 서점에 나가 사모은 책들이었다. 그녀는 사십대 중반부터 소리 소문 없이 살기로 작정한 터였고 세상과의 인연을 사실상 끊어버렸다. 육 년 전쯤 북카페를 열게 된 것도 순전히 김현주의 거듭된 설득과 권유에 의해서였다. 그리고 그후로 아몬드나무 하우스에 낯선 이들이 하나둘 들어와 살게 된 것이었다.

마마는 내게 종종 책을 읽어달라고 했다. 그럴 때면 자는 듯 눈을 감고 있었는데, 마른 생선처럼 생기라고는 전혀 느껴지지 않아 문득 숨을 놓아버린 게 아닌가 하는 의구심이 치솟곤 했다. 하지만 읽기를 멈추면 그녀는 눈을 반짝 뜨고 나를 쳐다봤다. 그녀는「먼 것과 가까운 것」이라는 단편을 몇 번이나 읽어달라고 했는데, 그 소설은 평생을 기관사로 살아온 사람의 이야기였다. 내용은 지극히 단순했다. 그가 기차를 몰고 어떤 마을을 지나갈 때마다 집 앞에 나와 손을 흔드는 모녀가 있었다. 세월이 흘러 기관사는 정년퇴직을 했고 용기를 내어 그 집을 찾아갔다. 그러나 그가 마주한 것은 삶에 찌들 대로 찌들어 형편없이 늙어버린 여자와 자신을 낯설게 바라보는 노처녀 딸이었다. 안으로 들어와 차라도 한잔 마시고 가라는 말에, 그는 고개를 가로저으며 이윽고 문 앞에서 돌아선다. 그리고 방금 자신이 올라온 길을 쓸쓸히 되짚어 내려간다는 스토리.

의식이 분절되기 시작하면서 마마는 자주 과거에 매몰되는 듯했고 그때마다 이런 말들을 두서없이 내뱉곤 했다.

"돌아보니 내가 소용돌이 같은 세월을 살아왔더군. 스무 살 새
파란 나이에 서울로 올라와 마음에 그리던 남자를 만났는데, 시
절이 끼어드는 바람에 그만 인연이 빗나가고 말았지. 그래, 나뿐
만 아니라 다들 사나운 세월을 살아온 셈이지. 육영수 여사 암
살 사건에 대통령 시해 사건에…… 박정희 그 사람이 그렇게 갈
줄 누가 알았겠어. 이듬해 광주에서 그런 엄청난 일이 벌어졌다
는 건 나중에야 알았고…… 김영삼씨가 3당 합당을 통해 대통
령이 됐을 때는 나까지도 왠지 배신감이 들더군. 내 살아온 꼴을
생각하면 이런 말을 할 처지도 아니다만. 아무튼 김영삼 정권 땐
웬 사고가 그렇게 많이 나던지. 서해 페리호 침몰사고에, 성수대
교 붕괴사고에, 충주유람선 화재사고에, 삼풍백화점 붕괴사고까
지…… 하루도 세상이 잠잠한 날이 없었어. IMF 때는 사람들이
금붙이를 들고 은행 앞에 줄을 서 있기도 했고…… 눈을 감을 때
가 되니 새록새록 다 기억이 나는구만. ……그다음 김대중 정권
이 들어서면서 그 양반이 정계에 진출하고 나서야 알았지. 내가
젊었을 때부터 마음에 둔 사람은 그 양반뿐이었다는 걸. 하지만
그것도 알고 보니 허망한 꿈에 불과했던 게야. 그 양반이 나를 찾
은 적은 한 번도 없었으니까."

그러다 마마는 또 불쑥 정민의 얘기를 꺼내기도 했다.

"다들 그럭그럭 제 앞가림들이야 하고 살겠지만, 그 코흘리개

녀석은 어쩐다? 대학까지 졸업할 학자금은 내 따로 마련해뒀네만, 그것만 가지고 사람 꼴이 되란 법이 없질 않은가."

"……"

"자네, 허구한 날 과수원만 그려온 화가 알지? 그 늙은이는 아직도 내 집을 기웃거리나?"

여전히 사흘 간격으로 꼬박꼬박 들른다고 나는 마마에게 전해주었다.

"내 그 영감한테 정민이를 좀 부탁하려고 하는데, 자네는 어떻게 생각하나? 그 영감이 마냥 한량처럼 보여도 한때는 대학에서 학생들을 가르치기도 했다던데."

"두 분 관계를 모르니, 그건 제가 대답할 바가 아닌 것 같은데요."

마마가 발끈하며 되받았다.

"관계는 무슨 놈의 관계!"

"그럼, 그러실 이유가 없다고 생각합니다. 정민이가 장차 화가가 되고 싶다면 모를까."

윤정에게 얼핏 들은 말로는, 정민은 동물원 사육사가 되는 게 꿈이라고 했다.

"하긴, 그렇지?"

그 참에 나는 염두에 두고 있던 말을 조심스럽게 꺼냈다.

"현주씨는 어쩔 작정이시죠?"

그러자 마마가 살쾡이처럼 눈을 치켜뜨고 나를 쏘아보았다.

"자네 뭘 말하려는 건가?"

"어찌어찌 저까지 알아버린 마당에, 현주씨도 마땅히 자신에 대해 알아야 하지 않겠습니까?"

"또 그 얘기, 내 입으로는 말 못해!"

"그럼 제가 대신 얘기할까요? 이제 그만 현주씨를 놓아주셔야 하지 않겠습니까?"

마마는 어느덧 기가 한풀 꺾여 있었다. 슬그머니 내 눈을 피하며 말꼬리를 흐렸다.

"내가 죽거든 누가 얘기하거나 말거나."

"그렇게 되면 때가 늦습니다. 왜 마마도 아시잖습니까? 마마가 현주씨에게 직접 기회를 줘야 하지 않겠습니까? 현주씨가 마마한테 화해를 요청할 수 있는 기회 말입니다."

"지금 그년이 나한테 하는 꼴을 보면, 내 몸에다 석유를 뿌리고 불이라도 싸지르려고 할걸?"

"마마가 현주씨에게 무얼 잘못하셨는데요?"

덜덜 떨리는 손으로 물컵을 몰아쥐며 마마가 단호하게 말했다.

"나 당장 숨넘어가겠으니, 그 얘긴 이제 그만둬! 잘못이라면 모두가 잘못한 거겠지. 이 빌어먹을 놈의 팔자 같으니라구!"

18

김현주를 만난 것은 인사동에서 열린 윤정의 사진전에서였다. 나는 여름방학을 보내고 있는 정민을 데리고 인사동으로 나갔다. 그 무렵 마마는 병원에 있기가 힘들다며 며칠 집으로 돌아와 통원치료를 받고 있었다. 그러나 제대로 돌봐줄 사람이 없는데다, 그때그때 의사의 처방이 필요한 상황이어서 다시 병원으로 돌아가야만 했다. 연일 무더위가 성난 벌떼처럼 기승을 부리는 가운데 열대야가 이어졌고 한낮의 공기는 살을 데울 듯이 뜨거웠다.

〈열대의 순간들〉이라는 주제로 열린 윤정의 사진전은 마침 주말이 끼어 있어 사람들로 북적거렸다. 갤러리가 문을 닫을 시간이 되어 식당으로 가려던 참에 나는 김현주가 곧 도착할 거라는 말을 들었다. 윤정에게 방금 전화가 걸려온 모양이었다. 근 한 달만에 얼굴을 보는 셈이었다. 인사동 거리는 중국인 관광객을 포함해 사람들로 넘쳐나고 있었고 어디를 가든 끼어앉을 자리가 보이지 않았다. 윤정은 서촌으로 옮겨가자며 김현주에게 전화를 걸어 경복궁역 쪽으로 오라고 했다. 세 사람은 광화문을 거쳐 서촌까지 천천히 걸어갔다. 저녁이 되면서 더위가 한풀 꺾여 있었지만 공기는 여전히 습하고 더웠다.

정민이 고기를 먹고 싶다고 해서 세 사람은 서촌 골목에 있는 한옥집으로 들어갔다. 정민이 우리 앞에서 자기 의사를 밝힌 것은 그날이 처음이었다. 돌이켜보니 아몬드나무 하우스에 들어와 살면서 처음 들어가보는 고깃집이었다. 육식을 금하는 마마의 얼굴이 스치듯 떠올랐으나 서로 그런 내색은 하지 않았다. 불판에서 생고기가 지글지글 익어갈 때, 김현주가 까맣게 지친 모습으로 기웃거리며 나타났다.

정민은 사이다를 마셨고 세 사람은 간간이 소주를 나눠 마셨다. 금세 얼굴이 불콰해지며 이마로 땀이 배어나왔다. 줄곧 서먹한 표정으로 앉아 있는 김현주에게 윤정이 먼저 말을 건넸다.

"영화일은 잘돼가? 아무리 독립영화라 해도 그게 큰 집을 짓는 일만큼이나 힘들고 고되다던데. 그만큼 사람도 많이 필요하고."

뭐 그냥 그래요, 라고 얼버무리는가 싶더니 김현주는 이내 속내를 털어놓았다. 그녀는 매일 촬영 현장을 따라다니며 제작일을 거들고 있었다. 듣자 하니 그녀가 투자자 겸 제작자이기도 했다.

"막상 대들고 보니 밑 빠진 독에 물 붓기예요. 끊임없이 돈을 밀어넣고 있어요. 그런데다 배우들 사정으로 걸핏하면 촬영이 지연되면서 수시로 대본을 바꾸기도 하고요. 어쩐지 날림 공사를 하는 기분이어서 불안한 게 사실이에요."

그녀의 목소리엔 맥이 빠져 있었다.

"극장에서 개봉을 할 수 있을지도 불투명한 상황이에요. 영화제를 겨냥하고 있는데, 그것도 그때 가봐야 알 것 같고요."

누구도 얼른 대꾸를 하지 못한 채 멀뚱하게 앉아 있었다. 나 역시 불판의 고기나 뒤적거리며 그저 못 들은 척했다. 윤정이 습관적으로 한숨을 내쉬며 잘되겠지 뭐, 하는 식의 무의미한 말로 되받았다. 그제야 김현주는 마마의 상태를 물어왔다.

"언니하고 명우씨한테 정말 미안해요. 제가 병실을 지켜야 하는데, 영화도 영화지만 왠지 마음이 그렇게 되질 않네요. 이모를 제가 많이 미워하고 있나봐요."

그때 뜻밖의 상황이 벌어졌다. 묵묵히 고기를 먹고 있던 정민이 슬그머니 고개를 들더니 김현주에게 대뜸 이렇게 말하는 것이었다.

"그래도 현주 누나가 마마 옆에 있어줘야 하는 거 아닌가요? 금방 돌아가실 것 같은데."

순간 윤정과 나는 당황했고 김현주는 얼굴이 숯불처럼 달아올라 어찌할 바를 몰랐다. 그녀는 표정을 감춘 채 거푸 소주잔을 비웠다. 분위기를 수습하기 위해 윤정이 또 입을 열었다.

"지금 집에 와 계신데, 오늘 우리하고 같이 들어가지그래?"

윤정이 거듭 채근하자 김현주는 마지못한 듯 말했다.

"솔직히 이런 꼴로 집에 들어가기는 싫어요. 조만간 시간을 내서 찾아뵐게요."

이번엔 내가 끼어들었다.

"이따 자리를 옮겨 나와 얘기 좀 하죠."

식당에서 나와 네 사람은 경복궁역 옆에 있는 스타벅스로 갔다. 서촌 주변 또한 사람들로 붐비기는 마찬가지였다. 윤정과 정민을 스타벅스에 남겨둔 채 김현주와 나는 대림미술관 골목으로 나와 담배를 피우며 이런저런 얘기를 나눴다. 전깃줄에 보름달이 걸려 있는 것을 올려다보며 내가 말했다.

"현주씨와 한 약속을 지키게 됐습니다. 무슨 뜻인지 알 거라고 생각합니다."

난데없이 총소리를 들은 듯 침묵하고 나서 김현주가 떨리는 목소리로 대꾸했다.

"그럼, 나한테 지금 얘기해줄 수 있나요?"

"그럴 수도 있겠지만, 이 어둡고 침침한 골목에서는 아니라고 생각합니다. 또 그전에 마마와 현주씨 두 분이 얘기를 나누는 게 백번 옳다고 생각하고요. 마마는 아직도 마음의 준비가 덜 된 것 같지만, 결국 현주씨에게 모든 것을 털어놓을 겁니다. 그래야만 한다는 걸 당신이 알고 있다는 뜻이죠."

나는 최근에 내가 느낀 바를 그대로 전했다.

"마마의 얘기를 듣게 되면 현주씨는 지금보다 더 힘들지도 모릅니다."

"그런가요?"

어둡게 가라앉은 눈빛으로 그녀가 나를 쏘아보았다. 눈빛 속에 막연한 불안과 두려움이 어른거렸다.

"그래도 나는 현주씨가 자신에 대해 알아야 한다고 생각합니다. 마마가 돌아가시기 전에요. 그래야만 두 분 사이에 고여 있는 앙금이 풀릴 테니까요. 무엇보다도 현주씨 자신을 위해서요."

그녀는 어둠 속에 미동 없이 서 있다가 희미하게 고개를 끄덕였다. 스타벅스로 돌아가는 길에 김현주는 마치 남의 얘기를 전하듯 내게 이런 말을 했다.

"소렌토 기억나세요? 엄마를 돌봐주던 그 여자가 살고 있는 이탈리아 남부의 작은 도시. 현지인과 결혼해 지금은 국적까지 바꿨죠."

나는 그녀를 돌아보았다.

"영화에 쏟아져 들어가는 돈을 마련하는 도중에 알게 됐어요. 현재 내 앞으로 돼 있는 갤러리 말고 생전에 엄마 명의의 재산이 더 있었다는 것을. 제주도에 있는 별 네 개짜리 호텔과 해운대의 규모가 제법 큰 일식당 건물. 그런데 엄마와 함께 지내는 동안 이 부동산들을 그 여자가 처분해 본인 계좌로 이체시켜놨더군요. 어디까지나 합법적인 방법으로 주도면밀하게 말예요. 그 과정에서 어린애처럼 무력해진 엄마를 집요하게 꼬드기고 구슬리고 때론 협박도 했겠죠."

나는 걸음을 멈추고 효자동과 통인동 사이에 난 대로로 차들이 전조등을 켜고 물밀듯이 오가는 것을 지켜보았다.

"물론 지금 와서 돌이킬 수 있는 일은 아니에요. 그러고 싶은 마음도 없고요. 다만 제 어리석음을 새삼 확인한 것뿐이죠."

나는 도무지 할말이 떠오르지 않았다.

"그렇다고 지나친 염려는 사절이에요. 오히려 담담해진 기분이랄까요. 전에는 바닥이 보이지 않아 늘 허둥거리며 불안했는데, 이제야 한쪽 발을 디딘 느낌이에요. 조만간 이모와 얘기를 나누게 되면 나머지 한쪽 발도 바닥을 디딜 수 있겠죠?"

나는 숨을 크게 몰아쉬었다.

스타벅스에 한 시간쯤 더 앉아 있다 세 사람은 지하철을 타고 아몬드나무 하우스로 돌아왔다. 김현주는 그 밤에 다시 강남에 있는 영화제작사 사무실로 가야 한다며 택시에 올라탔다. 돌아오는 길에 윤정은 김현주가 걱정된다며 어두운 얼굴을 하고 있었다.

사흘 뒤 마마는 재입원을 했다. 병원으로 가면서 그녀가 마지막으로 챙긴 것은 윤정이 전에 만들어놓은 아몬드나무 하우스 사람들의 사진첩이었다. 그로부터 약 한 달 뒤인 9월 초에 세상을 떠나는 날까지 마마는 그 사진첩을 들여다보는 일로 힘겨운 순간들을 버텨냈다.

그 이틀 전까지도 마마는 대부분의 시간을 온전한 정신으로 지냈다. 그날도 나는 아침부터 마마의 병실을 지켰다. 그녀는 간병인에게 부탁해 몸을 깨끗이 씻은 후 내게 창틀에 놓여 있던 손거울을 가져다달라고 했다. 그리고 거울에 비친 자신의 모습을 오래오래 들여다보았다.

거울을 보며 그녀가 내게 말했다.

"밖의 날씨가 어떤지 알려주게."

나는 창가로 다가가 커튼을 열고 창경궁 쪽을 내다보았다.

"하늘이 흐린 걸 보니 밤에 한차례 비가 올 것 같습니다."

"지금 몇시나 된 거지?"

오전 열한시를 막 지나고 있다고 나는 벽시계를 보며 말했다.

"명년 봄에도 세상천지에 꽃들이 다퉈 피려나? 또 언젠가 눈이 내리고, 하늘로 철새들이 떼지어 날아가려나?"

나는 히뜩 마마를 돌아보았다. 거울 속에서 그녀는 의미를 알 수 없는 미소를 짓고 있었다. 손거울을 내려놓고 나서 마마는 멀리서 보듯 가물가물 나를 쳐다보더니 이제는 된 것 같다며 이윽고 눈을 감았다.

19

마마는 새벽 세시에 중환자실에서 숨을 거두었다. 마지막 순간 뼈만 남은 손을 허공에 내저으며 무어라 말하는 듯했는데, 그게 무슨 말인가는 끝내 알아들을 수 없었다. 나와 함께 옆을 지키던 윤정은 마마가 숨을 놓자 잠시 까무러쳤다 깨어났다. 나 역시 한 생애가 끝나는 순간 화염에 휩싸인 것처럼 숨을 쉴 수도 몸을 움직일 수도 없었다. 그렇듯 절대적인 적막에 갇혀 있던 시간이 흐르자, 꿈에서 깨어난 듯 서서히 마음이 담담해졌다. 거기서 울고 있는 사람은 김현주뿐이었다.

마마가 세상을 떠나기 며칠 전부터 김현주는 나와 교대로 병실을 지켰다. 그동안 마마와 김현주 사이에 어떤 얘기가 오갔는지 나로서는 알 수 없었다. 발인을 하던 날 아침까지 빈소를 찾은 사람은 동네 몇몇 지인들과 노화가가 전부였다. 막상 어디로 부고를 전해야 할지 아무도 모르고 있었던 것이다.

마마의 유해는 벽제에서 화장을 한 다음 고인의 유언에 따라 정릉 봉국사奉國寺 납골당에 봉안했다. 마마가 생전에 가끔 들르던 절이라 했다. 윤정의 말에 따르면 마마는 병원에 입원하기 전에 남은 재산을 정리해 장애인복지재단에 기부했고 아몬드나무 하우스는 현재 그곳에 살고 있는 사람들의 공동명의로 이전해놓았다고 했다. 거기엔 물론 윤태와 정민의 이름도 포함돼 있었다.

봉국사에서 돌아온 날 밤 나는 파리로 전화를 걸었다. 비록 상대가 원하지 않더라도 나로서는 그렇게 할 수밖에 없었다. 어쩌면 확인이 필요했는지도 모르겠다. 이번에는 줄리, 아니 난희가 직접 전화를 받았다. 파리에 가서 만나봤으면 한다고 나는 차분하게 말했다. 그게 마지막이 되더라도 상관없다고 말이다. 그녀는 오래 망설이지 않고 대꾸해왔다.

"오시더라도 만나기 힘들 거예요. 그 여자는 낼모레 스위스로 가게 될 테니까요."

내가 잠자코 있자 그녀가 덧붙였다.

"호텔에 사무직 자리가 생겼거든요. 거기서 삼 년 정도 머물 생각이에요."

그녀는 이때껏 마음의 상처가 치유되지 않은 모양이었다.

"그다음엔 또 어디론가 옮겨갈 생각이고요."

나는 담담한 어조로 물었다.

"그렇더라도 괜찮은 건가?"

잠시 사이를 두었다가 그녀가 되받았다.

"지금의 이 상태가 저한테 실제적인 안식을 주고 있어요. 믿지 않을는지 모르지만 분명한 사실이에요. 이제 겨우 뒤를 돌아보지 않고 살 수 있게 됐고요. 그러니 그만 저를 놓아주세요."

나는 감정이 가라앉기를 기다렸다가 말했다. 이런 말들을 내게 들려줘서 고맙다고. 하루 사이에 두 사람을 떠나보내고 있자니 돌연 감정이 격해졌으나 나는 용케 참아내고 있었다. 어떤 미련이 남아 있어서가 아니라, 단지 그녀의 마음을 편하게 해주고 싶어 나는 이렇게 말했다. 어느 날, 그게 먼 훗날이 되더라도 돌아오게 되면 부디 한번쯤 소식을 전해달라고 말이다. 그녀는 내 말에 귀를 기울이고 있다가 네, 그러죠, 하고는 전화를 끊었다.

20

며칠 여행을 다녀오기로 했다. 내게는 앞으로의 삶을 생각할 시간이 필요했다. 딱히 갈 곳을 정하지 않은 채 나는 아몬드나무 하우스를 나서 지하철을 타고 서울역으로 향했다. 전동차가 회현역을 통과할 즈음 나는 불현듯 목포에 가보고 싶다는 생각이 들어 내처 용산역으로 갔다.

매표창구에 문의하니 목포행 KTX 열차는 오후 한시 이십분에 출발이었다. 시간은 정오를 지나고 있었다. 나는 던킨도너츠에 앉아 아이스커피와 베이글로 점심을 대신하면서 윤정에게 문자를 보내 당분간 서울을 떠나 있게 될 거라고 전했다. 그녀에게는 내 행방을 알려둬야 할 것 같아서였다.

기차가 광명역에 정차하는 동안 그녀에게서 답문자가 왔다.

—나도 며칠 뒤에 동남아로 다시 떠날 예정이에요. 잘 다녀오세요.

목포로 내려가는 동안 나는 예기치 못했던 감정과 마주하고 있었다. 왠지 현실에서 점점 이탈하고 있는 듯한 느낌이 몰려왔다. 무언가 나를 집요하게 붙잡고 놓아주지 않는 기분이었다. 그게 무엇이었을까.

호남선의 종착역인 목포역에 내린 나는 버스를 타고 유달산으로 갔다. 목포가 초행인데다 애써 찾아갈 곳이 떠오르지 않았던 것이다. 9월의 목포는 더웠고 버스 안까지 끈적하고 비릿한 바다 내음이 몰려들어왔다.

유달산 입구에는 이순신 장군 동상이 우뚝 버티고 서 있었으며, 이난영 노래비 주변은 쇠울타리 공사중이어서 접근이 어려웠다. 공원 매점에서는 〈목포는 항구다〉라는 노래가 되풀이해서 흘러나오고 있었다. 팔각정에 앉아 목포항 주변을 망연히 내려다보다 나는 발길을 돌려 시내로 내려갔다. 그리고 독천식당을 찾아가 낙지비빔밥을 먹고 밤의 목포항을 둘러보았다. 항구는 폐허처럼 쓸쓸했고 늙은 포주들이 어두운 처마 밑에 서서 목쉰 소리로 내게 말을 걸어왔다. 나는 덕인집이라는 허름한 선술집에서 홍어회를 안주로 구기자 막걸리를 마신 다음, 기차역 주변의 여관에 들어가 일찌감치 잠을 청했다. 종일 먼길을 걸어온 듯 몸과 마음이 홧홧하고 무거웠다. 실로 오랜만에 나는 꿈에 쫓기지 않고 밤새 깊은 잠을 잤다.

다음날 아침, 나는 목포역에서 부전으로 가는 아홉시 육분 무궁화호 열차, 즉 경전선 열차에 올라탔다. 기차에는 승객이 드물었다. 종착역인 부전역까지는 일곱 시간 십육 분이 걸릴 예정이었다. 목포를 출발해 나주 광주송정 명봉 보성 벌교 순천 광양 하동 진주 함안 진영 삼랑진 구포를 지나야 마침내 종착역인 부전에 도착하는 것이다.

진주를 지날 때 차창에 비가 사선으로 뿌리기 시작했다. 나는 창밖을 내다보며 지나온 날들을 무연히 돌아보았다. 마마가 세상을 떠난 것이 뒤늦게 실감이 나지 않았다. 나는 그녀가 내게 남긴 것이 무엇인가를 곰곰이 생각했다. 나는 그녀를 통해 전 시대를 살아온 한 사람의 삶을 간접적으로 체험할 수 있었고, 그 삶의 마지막 일부를 공유하기도 했다. 또한 그녀의 인생에 어둡게 도사리고 있던 회한과 분노와 광기 따위의 해묵은 감정들을 가까이에서 들여다볼 수 있었다. 그중 어떤 것들은 내가 받아들이거나 미처 감당하기 힘든 것이어서 오랫동안 마음에 짐으로 남을 것 같았다. 어쩌면 그게 마마가 남긴 유산인지도 몰랐다.

부전으로 가는 길은 멀었다. 차창에 흩뿌리는 빗발을 지켜보다 나는 현기증을 느끼며 눈을 감았다. 그러자니 시간이 빠르게 회귀하면서 잊고 싶었던 과거의 순간들이 눈앞에 하나씩 나타났다. 질식할 것 같은 느낌에 시달리다, 한순간 나는 눈을 번쩍 떴다. 그리고 오랫동안 글을 써오지 않았다는 사실을 깨달았다. 그것은 새삼스럽고 뼈아픈 자각이었다. 모든 것을 잃었다는 생각이 들 때마다, 그것의 일부라도 되찾을 수 있는 방법은 언제나 글을 쓰는 것이었다. 그렇다면 다시 시도해봐야 하지 않을까?

부전역에 도착한 것은 오후 네시 이십오분이었다. 나는 지하철과 버스를 갈아타고 기장 대변항으로 갔다. 언제던가, 벚꽃 피던 봄에 난희와 대변항의 멸치축제를 보러 왔던 기억이 떠올랐기 때문일까. 그날의 대변항은 한적했고 나처럼 하릴없이 부두 주변을 서성대는 사람은 눈에 띄지 않았다.

식당과 술집들이 늘어서 있는 거리를 지나다 나는 끌리듯 전면이 통유리로 된 일층 카페로 들어섰다. 그곳은 커피와 빵과 책을 팔고 있는 집이었다. 무어라 말할 수 없이 향기로운 냄새가 카페 안을 가득 채우고 있었다. 기시감 같은 익숙한 느낌에 사로잡혀 나는 창가에 자리를 잡고 앉았다. 그러자 불그레한 햇빛이 무릎 위로 따스하게 내려앉았다. 밖을 내다보니 비가 그쳐 있었고 처마의 붉은 차양에서 햇빛이 안으로 쏟아져들어오고 있는 참이었다.

그때 눈에 익은 여자의 뒷모습이 눈에 들어왔다. 그녀는 건너편 자리에 앉아 커피를 마시며 책을 읽고 있었다. 단발머리에 하얀 블라우스와 청바지 차림이었다. 테이블 위에는 묵직해 보이는 수동식 카메라가 놓여 있었다. 나는 엉거주춤 자리에서 일어나 그녀에게 다가갔다.

그녀는 내가 아는 사람은 아니었다. 나는 그녀에게서 다름 아닌 박윤정의 뒷모습을 보고 있었던 것이다. 그제야 나는 지난겨울 그녀가 여행했던 행로를 따라 내가 지금 이곳에 와 있음을 알게 되었다. 그와 동시에 김현주와 정민의 얼굴이 눈앞에 떠오르면서, 내가 다시 아몬드나무 하우스로 돌아가기 위해 떠나왔다는 사실을 저절로 알게 되었다. 거기엔 내가 해결해야 할 삶의 문제들이 여전히 남아 있었다.

나는 윤정에게 전화를 걸어 목포에서 경전선을 타고 지금 부산에 와 있다고 말했다. 그녀는 무슨 생각을 하는지 한동안 말이 없었다. 나는 아까부터 속으로 되뇌던 말을 그녀에게 전했다.

"동남아 여행을 조금 늦출 수는 없나요?"

"……"

"윤정씨가 떠나기 전에 할 얘기가 있습니다."

잠시 후 숨을 몰아쉬고 나서 그녀가 언제쯤 돌아올 거냐고 내게 물어왔다. 나는 내일 마산으로 갔다가 거기서 곧장 서울로 올라갈 거라고 말했다. 마산엔 왜요? 라고 물어올 줄 알았던 그녀는 음, 하고는 알았노라고 했다.

전화를 끊으려는 참에 윤정이 생각지 못했던 소식을 전해왔다.

"오늘 낮에 윤태가 돌아왔어요. 사흘 뒤에 입대라면서 그전에 명우씨 얼굴을 한번 보고 싶다고 했어요. 지금은 봉국사에 들러본다고 나갔고요."

어둠이 내릴 때까지 나는 카페에 앉아 있었다.

밖엔 가을이 몰려오고 있었다. 하늘로 검은 구름이 휘휘 몰려가면서 그 틈을 비집고 달이 떠올랐다. 나는 밖으로 나가 바람을 맞으며 방파제 쪽으로 걸어갔다. 먼바다로 나갔던 배들이 등대의 불빛을 보고 항구로 돌아오는 게 보였다.

작가의 말

수년 전부터 나는 도시 난민을 소재로 한 소설을 구상하고 있었다. 가족 공동체의 해체를 비롯해 삶의 기반을 상실한 채 실제적 난민으로 살아가는 사람들이 점점 늘어나고 있다고 보았던 것이다. 이들은 근본적으로 타인과의 유대가 붕괴되면서 심각하게 정체성의 혼란을 겪는 존재들이다. 나는 이 훼손된 존재들을 통해 새로운 유사 가족의 형태와 그 연대의 가능성을 모색해보고 싶었다. 이는 삶의 생태 복원이라는 나의 문학적 지향과도 맞물리는 것이었다. 그러나 거듭된 시도에도 불구하고 이야기는 계속 나를 외면하곤 했다.

이 소설이 시작된 건 서울에 있는 한 영화관에서였다. 그날 나는 미국의 화가 에드워드 호퍼에 관한 영화를 관람하고 있었는데, 텅 빈 영화관의 어둠 속에 앉아 망연히 스크린을 바라보는 동안 뜻하지 않은 환각을 체험했다. 그동안 나의 내부에 잠복해 있던 인물들이 스크린에 등장하더니, 이윽고 내게 하나씩 말을 걸어오는 것이었다. 순간 잊었던 열망이 되살아나면서 다시 이야기를 시도해봐야겠다는 생각이 들었다.

계간지 연재가 시작될 즈음 세월호 사고가 발생했다. 나는 그만 말문이 막혀버렸다. 이후 만성적인 우울과 불안에 시달리며 쓰다, 말다를 반복하면서 작가임을 스스로 한탄하기도 했다. 결국 연재가 한 차례 중단된 뒤, 나는 미완의 원고를 들고 밖으로 나갔다. 그리고 작년 한 해 해외에 체류하는 동안 소설의 후반부를 끝내고, 애먼글먼하며 틈이 날 때마다 고쳐 쓰기를 거듭했다.

오랜만에 내놓는 장편이니 홀가분한 심정이면 좋으련만, 되려 착잡한 마음이 앞서는 까닭은 무엇일까? 소설이란 상상력을 통해 현실을 재구성하고 그로써 삶의 지속 가능성을 묻는 양식이라는 오래된 믿음이 흔들린 순간들이 있었다. 소설의 상상력으로는 미처 감당하기 힘든 사회적 재난들을 지켜보면서 그때마다 무력한 화자話者로 전락한 느낌이 들어 매번 진저리를 쳤다.

그러나 이제 이야기는 끝났고 다시 한 권의 책으로 나오게 되었다. 애초에 구상했던 대로 소설을 마칠 수 있어 나로서는 그나마 다행이라는 생각이 든다. 문학에 환호하던 시대는 이미 지나간 것 같지만, 그렇다 해도 삶은 필연적으로 이야기를 통해 존속되게 마련이므로 다시 또 쓸 수밖에 없으리라는 예감이 든다. 마땅히 그래야만 하리라.

　언제나 그렇듯 이 책을 내는 과정에서도 많은 이들의 배려가
있었다. 그들에게 감사의 마음을 전한다.

　　　　　　　　　　　　　　　　　　　2016년 2월

　　　　　　　　　　　　　　　　　　　윤대녕

윤대녕

1962년 충남 예산 출생. 단국대 불문과 졸업. 1990년『문학사상』신인상을 수상하며 작품활동을 시작했다. 소설집『은어낚시통신』『남쪽 계단을 보라』『많은 별들이 한곳으로 흘러갔다』『누가 걸어간다』『제비를 기르다』『대설주의보』『도자기 박물관』『누가 고양이를 죽였나』, 장편소설『옛날 영화를 보러 갔다』『추억의 아주 먼 곳』『달의 지평선』『미란』『눈의 여행자』『호랑이는 왜 바다로 갔나』, 여행산문집『그녀에게 얘기해주고 싶은 것들』, 음식기행문『칼과 입술』, 산문집『이 모든 극적인 순간들』『사라진 공간들, 되살아나는 꿈들』등이 있다. 오늘의 젊은 예술가상, 이상문학상, 현대문학상, 이효석문학상, 김유정문학상, 김준성문학상, 소나기마을문학상 황순원작가상을 수상했다. 현재 동덕여대 문예창작과 교수로 재직중이다.

문학동네 장편소설
피에로들의 집
ⓒ 윤대녕 2016

1판 1쇄 2016년 2월 25일
1판 5쇄 2023년 4월 18일

지은이 윤대녕

책임편집 황예인 | 편집 정은진 김내리 이성근
디자인 김마리 유현아 | 저작권 박지영 형소진 오서영
마케팅 정민호 김도윤 한민아 이민경 안남영 김수현 왕지경 황승현 김혜원
브랜딩 함유지 함근아 박민재 김희숙 고보미 정승민
제작 강신은 김동욱 임현식 | 제작처 영신사

펴낸곳 (주)문학동네 | 펴낸이 김소영
출판등록 1993년 10월 22일 제2003-000045호
주소 10881 경기도 파주시 회동길 210
전자우편 editor@munhak.com | 대표전화 031) 955-8888 | 팩스 031) 955-8855
문의전화 031) 955-3576(마케팅) 031) 955-2675(편집)
문학동네카페 http://cafe.naver.com/mhdn
인스타그램 @munhakdongne | 트위터 @munhakdongne
북클럽문학동네 http://bookclubmunhak.com

ISBN 978-89-546-3963-7 03810

www.munhak.com